飛雷刀

비뢰도

비뢰도 5

검류혼 新무협 판타지 소설

2판 1쇄 찍은 날 § 2005년 12월 9일
2판 4쇄 펴낸 날 § 2015년 12월 16일

지은이 § 검류혼
펴낸이 § 서경석

편집장 § 문혜영
편집책임 § 장상수

펴낸곳 § 도서출판 청어람
등록번호 § 제1081-1-89호
등록일자 § 1999. 5. 31
어람번호 § 제2-0766호

주소 § 경기도 부천시 원미구 부일로 483번길 40 서경B/D 3F (우) 14640
전화 § 032-656-4452 팩스 § 032-656-4453
http://www.chungeoram.com
E-mail § eoram99@chollian.net

ISBN 89-5831-860-0 04810
ISBN 89-5831-855-4 (세트)

비뢰도

飛雷刀

FANTASTIC ORIENTAL HEROES

검류혼 장편 신무협 판타지 소설

5

운수대통 격타금(擊打琴) 비류연

도서출판 청어람

세상에는 종종 믿어지지 않는 일이
한 번쯤, 가끔씩 일어나 사람들을 놀라게 한다.
그때가 되면 사람들은 이 세상의 변덕스러움과
어이없음에 감탄하거나 욕을 하게 된다.
그런 맥락에서 천관도들에게 있어 비류연의 삼성대전 결승 진출은
그야말로 신의 농간이라 불러야 마땅한 일이었다.

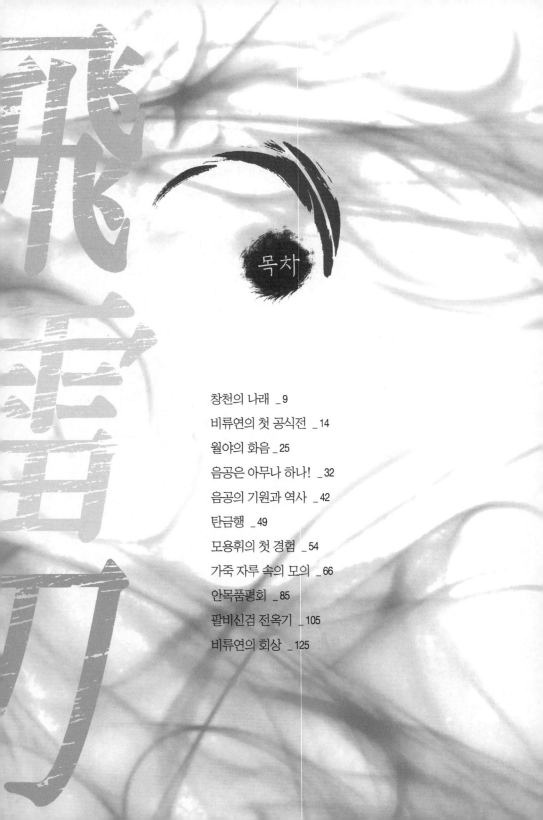

목차

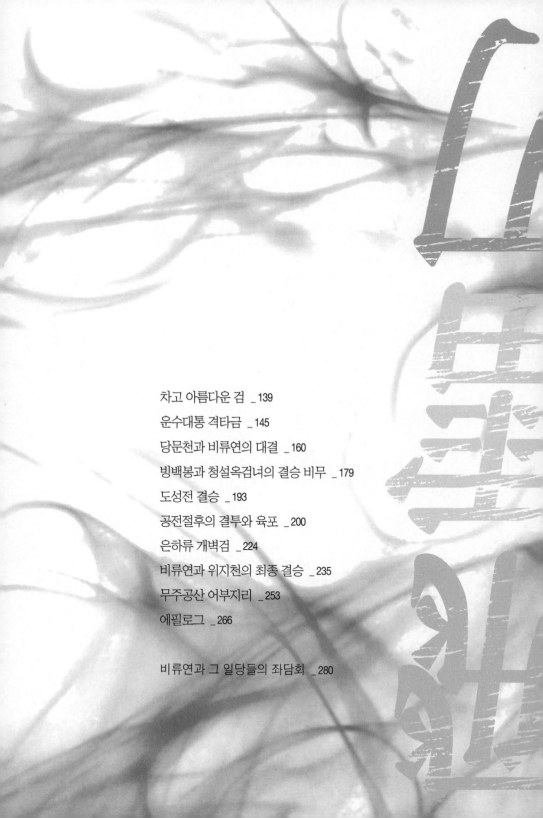

창천의 나래

"호오, 특이한 깃털 색을 지닌 매로구나.
저처럼 푸른 창천의 색을 지닌 매가 우리 학관에 있었던가?"
감탄사를 터뜨린 이는 여인이었는데,
안타깝게도 그 여인의 왼쪽 눈에는 안대가 대어져 있었다.

하지만 안대로도 그녀의 아름다움은 가려지지 않았고 오히려 독특한 분위기를 연출해 주고 있었다. 바로 그녀가 독안봉(獨眼鳳) 독고령이었다.

그녀는 지금껏 창공 위로 떠올라 바람을 타고 나는 수백 마리의 매를 보아 왔지만, 저처럼 특이하게 생긴 매의 비행을 본 것은 오늘이 처음이었다. 그 펼쳐진 날개의 당당함이 마치 하늘의 제왕 같았다.

"저도 처음 보는 매로군요. 저 정도로 특색 있는 매라면 저의 눈에 띄지 않았을 리가 없을 텐데요."

나예린도 독고령의 말에 수긍하듯 고개를 끄덕였다.

"창익(蒼翼)! 혹시 저것이 그 유명한 동방의 해동청이라는 매인가?

저렇듯 긍지 높게 창천을 가르는 매를 보는 것은 참으로 오랜만이구
나."

　해동청의 시원스런 날갯짓에 절로 미소가 머금어지는 독고령이었
다. 시원스럽게 바람을 가르는 매의 비행을 보니 덩달아 기분이 좋아
지는 모양이었다.

　"호오? 아무래도 저 매, 목적지가 사매인 모양인 걸! 이쪽으로 날아
오는 것 같은데."

　나예린의 시선도 그 사실을 확인하고 있었다. 창천(蒼天)을 휘젓듯
비행하던 매가 날개의 방향을 틀며 이쪽으로 향하고 있었다.

　순간 독고령의 고운 아미가 살짝 찌푸려졌다.

　'누굴까?'

　처음 보는 매이고 보니 그 주인이 누구인지 알 수가 없었다. 어차
피 모르는 사람. 이번엔 또 누구란 말인가? 제발 그만 두어 줬으면 하
는 것이 그녀의 간절한 바램이었다. 이젠 지겹기까지 했다.

　"저것도 역시 그건가?"

　뭔가 짐작이 가는 듯이 독고령이 혼자 중얼거렸다. 혹시나 했는데
역시나 하는 시선과, 누가 또 저런 쓰잘데없는 헛수고를 하는지 참으
로 불쌍하다는 투의 시선이 매를 뛰어넘어 매의 주인에게로 향하고
있었다. 이름조차 알 수 없는 그 주인에게로……

　"너, 이름이 우뢰매라고 하는구나."

　나예린이 보기 드물게 살짝 미소를 띠며 말했다. 웬일인지 사납기
만 하던 이 녀석도 나예린 앞에서는 얌전했다. 오히려 뽐내듯이 오만

하게, 그리고 당당하게 그녀의 왼손 비구(가죽으로 만든 팔 보호대) 위에 앉아 있었다.

나예린이 푸른 깃털을 가진 매의 이름을 알게 된 까닭은 매의 발목에 묶인 편지 안에 친절하게도 그 이름이 쓰여 있었기 때문이다. 하지만 그 외의 나머지 내용들은 그녀를 고민에 빠뜨렸다.

예상 밖의 일이었다. 매의 주인은 그녀도 잘 아는 사람이었다.

이제껏 단 두 번밖에 만나지 못했지만, 누구보다 강렬한 인상을 그녀의 뇌리 속에 각인시켜 준 바로 그 사람이었다. 그리고 그녀의 소중한 입술을 빼앗아 간 사람이기도 했다. 잊으려 해도 도저히 잊을 수 없는 사람이다.

"가 볼 생각이니?"

물론 가지 않겠지, 라고 생각하고 있으면서도 독고령은 다시 한번 그녀의 마음을 확인했다. 자신의 사매는 수천 통에 달하는 사내들의 서신을 받았지만 그 안에 쓰여 있는 부탁을 들어 준 적은 여태껏 단 한 차례도 없었다. 언제나 차갑게 거절하는 것이 그녀의 역할이었다.

하지만 독고령의 눈이 동그랗게 커지고 말았다. 그녀의 사매가 고개를 끄덕인 것이다. 의외의 결과가 아닐 수 없었다. 처음 있는 일이었다.

"저와 연관된 일입니다. 가 보지 않을 수 없습니다."

그녀가 아니었다면 비류연이 삼성무제에 참가하는 일은 없었을 것이다. 한편으로는 과연 어느 정도의 실력을 가졌기에 그녀 앞에서 그정도로 큰 소리를 쳤는지 알고 싶은 마음도 있었다.

그녀가 현재 알고 싶은 것은 바로 비류연의 무공 수준이었다. 도무지 알 수 없는 수를 써서 자신의 앞을 유유히 빠져 나간 백향관 침입자의 용의자로 비류연을 점찍고 있는 그녀로서는 그의 실력을 봐야 할 이유가 있었다.

"사매의 생각이 그렇다면 할 수 없지."

독고령도 마지못해 찬성했다. 그녀가 간다면 독고령 자신 또한 간다는 말과 진배없었기 때문이다.

"하지만 네가 그 녀석 비무를 관전하러 간다는 사실이 알려지면 여러 사내들이 두 눈에 질투의 불을 켜겠구나! 하긴 그것도 의외로 재미있을지도 모르지. 그 비류연이란 녀석이 당황하는 꼴이 눈에 선하구나!"

꽤나 볼 만한 장면이 연출되지 않을까 싶어 살짝 미소가 배어나오는 독고령이었다. 철혈여인(鐵血女人)이라고도 불리는 독안봉(獨眼鳳), 그녀의 미소를 보기란 하늘의 별 따기만큼 어려운 일이다. 하지만 그녀의 사매 나예린의 곁에서라면 그녀의 미소를 그나마 자주 접할 수 있었다. 나머지 한 사람이 절대 웃지를 않으니 어쩔 수 없이 그녀라도 웃을 수밖에 없었다. 그녀의 사매는 그녀보다 더한 미소 결핍증이었기 때문이다. 그리고 그 이유가 다 그 망할 놈의 늑대 같은 사내 자식들 때문이라고 확신하고 있는 독고령이었다. 때문에 그녀의 남자에 대한 인식은 더욱 안 좋았다.

일단 그녀가 가기로 했으니 독고령 자신은 반드시 그녀를 대동해야 했다. 그녀의 사매를 늑대들의 마수로부터 철통 경비할 책임은 그녀의 어깨와 검에 달려 있기 때문이다.

어디에 가나 짐승 같은 사내들이 존재하는 한 나예린의 신변에 대해 절대 안심할 수 없었다. 빙봉영화수호대라는 집단이 있다지만, 독고령은 그들을 딱히 신용하지 않았다. 믿을 게 따로 있지 어떻게 짐승 같은 남정네의 집단을 신뢰할 수 있단 말인가! 때문에 그녀의 남성 불신증은 나아지기는커녕 점점 더 깊어만 가고 있었다.

그녀의 사매인 나예린 또한 그 점에 있어서는 마찬가지였다.

허나 차라리 보지 않는 게 더 좋았을지도 모른다. 세상에는 보는 것이 오히려 안 보는 것보다 못한 것도 종종 있게 마련이다. 비류연의 첫 시합! 그것은 그녀의 판단 기준으로 놓고 보았을 때 비무라고 말할 수 없는 그런 종류의 것이었다.

비류연의 첫 공식전

비류연은 고개를 좌우로 흔들며 무언가를 열심히 찾고 있었다.

"뭐 찾으시는 거라도 있으십니까?"

옆에 서 있던 남궁상이 공손히 물어 왔다.

지금 비류연의 수발은 고스란히 남궁상의 몫으로 돌아가 있었다.

"기다리고 있어."

들뜬 목소리로 비류연이 말했다. 마치 어린애 같은 표정이었다.

"누구를 말입니까?"

"나예린 소저!"

"예에?"

남궁상뿐만 아니라 주작단 전원의 시선이 비류연에게로 꽂혔다.

효룡, 장홍도 이 자리에 있었다면 예외는 아니었겠지만 그들은 지금 반대편 자리에 가서 앉아 있었다. 아직 그와 주작단과의 관계를 남들에게 밝힐 수 없었기 때문이다.

"하하하하! 농담이시죠?"

맞을 줄 알면서도 왜 그런 말을 내뱉었을까? 남궁상은 아차했다. 징벌은 금세 가해졌다.

"따악!"

경쾌한 소리가 남궁상의 뒤통수를 악기(樂器)삼아 울려 퍼졌다.

"넌 내가, 이 대사형이 시답지 않게 거짓말이나 할 사람으로 보이냐? 네 녀석 두 눈이 제대로 박혀 있는지, 시력에는 이상이 없는지 차곡차곡 확인 절차를 밟아 줄까?"

사뭇 위협적인 어투에 반항할 테면 반항해 보라는 그런 눈빛이었다. 그랬다간 아작을 내 주겠다는 의미가 듬뿍 담긴……

남궁상은 간담이 서늘해졌다. 한다면 분명히 할 수 있는 그런 종류의 사람이란 걸 익히 잘 알고 있었기 때문이다.

남궁상이 손을 휘휘 저으며 말했다.

"아…, 아니요! 아닙니다. 그럴 리가 있겠습니까! 전 그 누구보다 대사형을 믿고 따르고 있습니다. 하하하! 설마 대사형이 하신 말씀에 감히 의문을 품을 수가 있겠습니까! 누굽니까? 감히 대사형의 일언에 의문을 품는 사람이!"

남궁상은, 자신은 절대 그런 사람이 아니라는 듯, 혹여 그런 사람이 있다면 반드시 적발(摘發) 색출(索出)하겠다는 태도로 주위를 매섭게 휘휘 둘러보는 것이었다. 물론 거짓말이었다. 옛날 같지 않게 아부도, 능청도 많이 는 남궁상이었다.

"그래? 그 마음 잊지 않는 게 좋아!"

비류연이 싱긋 웃으며 흡족한 웃음을 지었다. 그리고는 남궁상의 등을 토닥여 주었다. 그제야 남궁상은 안도의 한숨을 내쉴 수 있었다.

"그런데 어떻게 그분이 오실 거라고 확신합니까? 그 소저는 함부로 움직이지 않는 부동(不動)으로 유명한데요?"

"편지를 보냈어!"

별 대수롭지 않다는 투로 비류연이 말했다. 당연한 것을 왜 묻나 하는 그런 말투였다.

너무 자신만만하고 확신에 차 있어서, 순간 듣고 있던 남궁상도 정말 그대로 되는 것으로 생각이 들었다. 허나 그는 이내 세차게 고개를 저었다.

"편지요? 겨우 그 정도로 그렇게까지 확신하시는 겁니까? 제가 알기로도 하루에 나예린 소저에게 전해지는 편지만 해도 수십 통이 넘습니다. 과연 와 줄까요?"

결론은 물론 매우 회의적이었다. 그런 일이 일어날 리 없지 않은가! 이미 나름대로 결론을 지어 놓고 있는 남궁상이었다.

"답장도 왔거든!"

"예? 서… 설마……."

믿을 수 없다는 듯 남궁상이 외쳤다. 설마 여태껏 빙백봉 나예린으로부터 답장을 받았다는 남자 이야기는 어느 풍문으로도 들어 본 적이 없었다. 그래서 그녀를 난공불락(難攻不落)의 빙성(氷城)이라 칭하고 있는 게 아닌가. 혹시 위조 편지가 아닌가 하는 의문까지 불쑥 고개를 내밀었다.

그때 그의 등 뒤에서 웅성웅성 큰 소란이 일었다. 사람들의 동요가 피부로 느껴질 정도였다. 왜 여기저기서 감탄사와 탄성이 터져 나오는 것일까? 뒤통수가 따끔거렸다.

그때 비류연이 손가락으로 자신의 등 뒤를 가리키며 보란 듯이 말했다.

"봐! 왔잖아! 내 말 맞지!"

"에이, 설마……. 헉!"

설마 했던 마음으로, 농담이겠지 하는 심정으로, 그래도 명색이 대사형이니 속아 주는 척은 해야겠지 하는 갸륵한 마음가짐으로 고개를 돌리던 남궁상은 헛바람을 들이켜고 말았다. 정말 그의 눈에 빙백봉 나예린의 모습이 들어왔다.

보는 사람을 숨막히게 하는, 이 세상 사람이 아닐 것 같은 미모(美貌). 그 속에 담겨 있는 날카롭고 차가운 이성(理性). 묘하게 사람 마음을 흥분시키게 만드는 불가사의한 향기(香氣)!

가장자리에 앉아 있던 사내들이 일제히 벌떡 일어나서 앞을 다투어 그녀에게 길을 비켜 주고 있었다. 한덩어리로 뭉쳐 있던 인파가 반으로 쫙 갈라졌다. 앞자리로 가서서 편안하게 보세요, 라는 의미였다. 나예린은 살짝 고개를 숙인 후 그들이 만들어 준 길을 유유히 걸어갔다.

사내들은 황공스런 표정을 지으면서도 그녀를 힐끔힐끔 훔쳐보는 것을 잊지 않고 있었다. 그들이 이런 때가 아니라면 언제 그녀를 눈 앞 가까이에서 볼 수 있겠는가. 오늘 여기 모인 사내들은 횡재한 것이다. 빙봉영화수호대 대원들이 선두에 서서 길을 열어 주고 있었다. 그들은 그녀가 굳이 말하지 않아도, 부탁하지도 않아도 알아서 처리하는 그런 사람들이었다.

그녀는 이런 부담스러운 일들 때문에 더욱 사람이 몰려 있는 곳을 기피하는 처지였다. 그런 만큼 그녀의 이번 관전은 매우 예외적이며 충격적인 일인 것이다.

　신경 안 쓰려고 해도 어쩔 수 없이 신경이 쓰이는 수많은 사내들의 시선이 그녀의 기분을 착잡하게 만들었다.

"너무 그렇게 넋을 빼고 뚫어지게 쳐다보지 마라. 닳는다."

　멍하니 시선을 고정시킨 채 미동조차 하지 않는 남궁상에게 비류연이 경고했다. 비류연은 친절하게도 또 하나 경고를 잊지 않았다.

"게다가 너 그러고 있으면 령이가 가만 안 놔둘 걸? 네 신변에 대한 위협도 걱정해야 되지 않겠니? 명색이 무림인인데 말이야! 너무 주의력이 부족하구나."

　그제야 흠칫하며 자신의 실태를 깨달은 남궁상이 고개를 돌려 진령을 찾았다. 주위에 없기를 바랐건만 안타깝게도 그녀는 그곳에 있었다. 게다가 뚫어지게 자신을 응시하고 있는 게 아닌가!

'윽! 헉!'

　왠지 그녀의 눈빛이 심상치 않았다. 얼굴을 보니 왠지 뾰로통한 게 심하게 삐친 것 같았다. 일이 잘못된 건가? 남궁상은 그녀의 사나운 시선에 독사 앞의 생쥐처럼 오돌오돌 떠는 수밖에 없었다. 가슴이 철렁 내려앉았고 등줄기를 타고 식은땀이 줄줄 흘러내렸다.

"흥!"

　남궁상은 통한의 마음으로 자신의 실책을 반성했다. 다음부터는 절대 조심해야 되겠다고 맹세하며, 일을 이렇게 만든 원인 제공자인 대사형을 원망하며 비굴한 웃음으로 헤헤거릴 수밖에 없었다.

현재 그에게 남은 유일한 돌파구이자 피난처라고 느껴졌기 때문이다.

"헤헤…, 아, 저 진…진 소저. 그러니까… 이건, 저어……."

"흥!"

진령은 완전히 토라진 듯 고개를 홱 돌려 그녀의 얼간이, 남궁상을 외면함으로써 그의 가슴에 강력한 일격을 가했다. 한숨만 푹푹 나오는 남궁상이었다. 그의 이름에 걸맞은 궁상스러운 모습이었다.

"아이고 내 팔자야."

남궁상의 찌를 듯한 원망도 모르는지 하늘은 얄미울 정도로 맑고 높기만 했다.

"노사님! 대사형이 너무 무모한 것 같지 않습니까?"

현운이 그들 옆에서 함께 관전 중인 염도(焰刀)를 쳐다보며 물었다. 아무래도 묵금을 들고 간 것이 일견하기에도 무모해 보였던 탓이다. 그들이 아미산 합숙 훈련 시절 사부에게서 보고 배운 것 중에 음공에 관한 것은 하나도, 한 줄도, 한 마디도 없었다. 있었다고 굳이 우긴다면 '그래도 멋을 부리려면 뭐니뭐니 해도 금(禁)이 아니겠느냐'라고 말한 정도였다.

헌데 이번엔 그 사부로부터 절기를 물려받았다는 수상하기 짝이 없는 대사형의 인연에도, 사문 무공의 족보에도 없는 금(琴)을 들고 나간 것이다. 꼴에 음공을 펼쳐 보이겠다면서……, 은근히 걱정되지 않을 수가 없었다.

"대사형에겐 다른 절기가 버젓이 있는데……. 권(券)을 쓰는데 혹시나 금(琴)이 방해되지 않을까요?"

삼복구타권법(三伏毆打拳法)이 무섭긴 무서웠던 모양인지, 아직도 비류연의 진신절기는 권(券)이라고 굳게 믿고 있는 현운이었다. 아니, 현운뿐만 아니라 주작단 모두가 그렇게 생각하고 있었다.

헌데 염도의 반응은 현운에게는 좀 뜻밖이었다.

"흥! 저 괴물딱지 놈이 어떤 놈인데 이런 데서 지겠느냐! 쓸데없는 기대 따위는 갖지 말고 구경이나 열심히 해라!"

안 들린다고 그래도, 명색이 사부인 비류연을 놈이라고 마구 부르는 염도였다. 그로서는 일종의 분풀이였다. 어린애 같은.

비류연이 얻어맞는다면 그것도 나름대로 볼 만한 통쾌한 구경거리임이 틀림없지만, 저 정체를 알 수 없는 괴물딱지가 겨우 여기서 진다는 건 더더욱 상상도 못하는 일이다. 어떤 녀석이 아무리 천운(天運)을 대량(大量)으로 얻었다 해도, 감히 그를 이길 수는 없다는 게 염도의 판단이었다.

과연 누가 있어 저 얼굴에 맺힌 여유만만한 웃음을 없애 줄 수 있을 것인가!

"둥둥둥!"

시작을 알리는 북 소리와 함께 이제 막 비류연의 첫 번째 공식적인 비무(比武)가 시작되려 하고 있었다.

"무모하군요!"

묵금을 들고 비무대에 올라선 비류연을 본 나예린의 첫 관전평이었다. 그녀는 여전히 따끔거리는 시선의 화살을 애써 무시하고 있는 중이었다.

"그렇지?"

독고령도 이내 동감을 표시했다. 아무리 생각해도 저 1학년 후배 녀석의 행동은 무모하다고밖에 달리 표현할 수가 없었다. 비무 대회에 가장 어울리지 않는 것을 들고 나온 것이다.

"자신의 진신절기가 아닌 금(琴)이라니……, 의외로군요!"

"그럼 사매는 저 녀석의 진신절기가 뭔지 안단 말이야?"

사내에게 도통 관심이 없는 그녀가 어찌 1학년 애송이의 무공 체계를 알 수 있단 말인가? 게다가 접촉할 기회도 없었을 텐데…….

"그게 뭔지 몰라도 음공(音功)이 아닌 것만은 확실합니다."

선풍검룡 위지천을 쓰러뜨린 한 수는 분명 음공이 아니었다. 그 한 수를 바로 눈 앞에서 목격한 그녀였다.

"너무 이 대회를 무시하는 처사로군! 지겠지?"

당연하게 유추되는 결과였다. 그녀뿐만 아니라 여기 모인 대부분의 사람들이 같은 생각을 가지고 있을 것이다.

"일단 두고 보기로 하지요. 이기기도 어렵겠지만 진다고는 더더욱 생각하기 힘듭니다."

"사매, 너답지 않구나. 너무 높게 평가하는 것 아니냐? 저런 녀석!"

그녀는 조용히 고개를 가로저었다. 독고령은 계속 의아해 할 수밖에 없었다. 저런 별 볼일 없는 녀석의 실력을 두둔한다는 것은 자신의 사매답지 않았다.

'비전절기를 숨기고도 이길 수 있다는 자신감일까? 그렇다면 정말 무모한 사람이로군.'

나예린의 생각도 어느 정도 남들과 마찬가지였다. 어차피 1차전에서 떨어질 상대라면 더 볼 것도 없는 일이 될 것이다. 하지만 그녀는 그나마 천무학관 내에서 비류연의 실력을 일부라도 본 몇 안 되는 사람 중 한 명이었다.

그녀의 생각으로 선풍검룡 위지천은 절대 1회전에서 패할 사람이 아니었기 때문이다.

웅성거리는 경악의 소리와 집중되는 사내들의 따갑기까지 한, 그래서 독고령의 눈살을 찌푸리게 만드는 시선을 제외한다면 독고령의 예상은 대강 맞아 떨어졌다. 그녀의 사매와 함께 다닌 지 벌써 1년 반, 이제 익숙해질 때도 되었건만 여전히 익숙해지지 않는 사내들의 시선 다발이었다.

비류연에 대한 관전석의 반응은 예상대로였다. 거의 움직이지 않는, 비무(比武)든 뭐든 어떤 행사에도 거의 얼굴을 보이지 않던 천무제일미 빙백봉 나예린이 움직인 것이다. 그것도 알려지지도 않은 무명의 애송이 시합에 얼굴을 내비친 것이다.

사내들은 경악했다. 이윽고 무시무시한 질투(嫉妬)의 불길로 온몸을 불사르기 시작했다. 해서 비류연의 승리를 바라는 자가 주위에는 하나도 남지 않게 되었다. 아주 극소수(極少數)를 제외하고…….

헌데 단 하나 독고령의 예상이 틀린 것이 있었다. 그것은 바로 당사자인 비류연의 태도였다.

관전객(觀戰客)들의 따가운 눈총과 시기심어린, 질투에 불타는 시선에도 불구하고 그 중심에 서 있는 비류연은 태연하기 그지없었다. 너무나 태연하고 의기양양해서 보고 있는 독고령이 다 의아할 지경이었다.

게다가 비류연은 놀랄 만한 일을 또 한 번 그녀의 눈 앞에서 저질렀다. 거의 전 천무학관도가 모여 있다시피한 비무장 안에서 나예린에게 아는 체를 한 것이었다. 그것이 천무학관에 소속된 반수 이상의 남자들을 적으로 돌리는 행위라는 것을 알고도 그런 짓을 저질렀다는 것이 독고령은 의문스러웠다.

"나 소저! 올 줄 알았어요!"

비류연은 함박 웃음을 지으며 손까지 흔들어 보였다. 그 대가가 뭔지 비류연은 알고나 있을까? 1학년 애송이가 그들의 우상에게 아는 체를 했다는 것은 만인의 공분을 살 만한 일이었다. 그리고 수십 개의 질투의 무리를 결성시키는 결과를 가져왔다.

그들은 결코 비류연을 용서하지 않을 것이다. 게다가 비류연이 무슨 일을 예전에 저질렀는지 대충이나마 알고 있는 나예린의 친위 대원들은 더욱더 격분해서 날뛰었다.

"우우우우! 죽어라!"

"이봐! 저런 녀석, 일검에 목을 쳐버려!"

관전석의 분위기가 점점 험악해지고, 야유 소리 또한 점점 높아졌다. 모두 비류연 개인에게 쏟아지는 야유(揶揄)와 질시(疾視), 그리고 살기(殺氣)였다.

"여긴 바보들이 많네요!"

광분하는 관객들을 소 닭 보듯 한번 훑어본 비류연의 한 마디 소감이었다. 삼성무제 참가자 중에도 나예린을 사모하는 그녀의 추종자가 당연히 있을 것이다.

비류연의 첫 대전 상대 해남파(海南派)의 쾌환검(快幻劍) 단평도 그 중 한 명에 불과할 뿐이었다. 그는 눈에서 불똥을 튕겨내고 있었다. 비류연은 몰랐고, 알 생각도 없지만, 그 또한 빙봉영화수호대의 일원으로, 나예린의 추종자 중 한 명이었던 것이다.

상태를 보아하니, 십중팔구 이성(理性)의 끈이 돼지 꼬랑지만큼도 남아 있지 않은 모양이다.

"둥둥둥!"

"개시(開始)!"

푸른 깃발이 내려가고 시합 개시를 알리는 북 신호와 함께 상대가 사정없이 살기 듬뿍 담긴 검을 휘두르며 달려들었다. 시작부터 최절초에 해당하는 쾌검살초를 펼쳤다. 해남파의 검은 빠르고, 그 변화가 기괴막측한 환검(幻劍)의 묘책을 장기로 삼고 있었다. 지금 단평의 모습은 해남파의 진수, 남해36검(南海三十六劍)을 전력을 다해 남김없이 보여 주겠다는 의지가 명확했다.

아예 죽이려고 단단히 작정한 듯 달려드는 모습이었다. 과연 세인들이 보기에 그 빠르기는 명불허전이었다.

'얼레?'

그제야 비류연은 자신이 간만에 실수했다는 사실을 알아차렸다. 그러나 지금 후회하기엔 조금 때가 늦었다.

월야의 화음

아름다운 옥소(玉簫) 소리가 저녁 바람을 타고
달빛과 어우러져 노닐 듯이 은은하게 울려 퍼졌다.
듣는 이의 심금(心琴)을 울릴 듯한 아름다운 소리였다.

허나, 현재 옥소 소리에 끌려가듯 다가서는 중년의 사내, 세인들이 화산비천응이라 이름 붙여 준 사내 문일기는 이 소리가 평소와는 상당한 차이가 있다는 것을 잘 알고 있었다. 언제나 차분하고 조용하던 소리가 오늘따라 유달리 급박하고, 불안정하게 들리는 것이었다. 그리고 그 이유도 어느 정도 정확하게 짐작하는 문일기였다.

소리의 근원에 다다르자 문일기는 곧 자신이 목적했던 목표물을 찾을 수 있었다. 역시 여기 있었던 것이다. 그는 자신의 예리한 판단력에 다시금 연거푸 칭찬을 내렸다.

달빛을 은은히 머금은 얼굴은 탄성을 절로 자아낼 만큼 아름답기 그지없었다. 누가 저 아리따운 모습을 보고 마흔 살 나이의 흔적을 찾아낼 수 있겠으며, 아줌마라 부르겠는가. 만일 그런 놈이 있다면 당장에 달려가 다리몽둥이를 부러뜨려 줄 참이었다.

문일기는 그녀의 연주를 방해하지 않기 위해 조용히 서서 귀를 기울였다. 속에 묻은 울화와 분노를 그녀는 지금 옥소를 통해, 음률을 통해 풀어내고 있는 중이었다. 여기서 방해한다는 것은 매우 큰 실례였거니와, 화를 속에 간직한 사람을 자극하는 행동은 그에게도 좋지 못한 일이었다. 이럴 때는 그저 하염없이 지켜봐 주는 쪽이 현명한 행동이었다.

그녀의 음률이 점점 격렬해지고, 사나워졌다. 그도 처음 듣는 느낌의 음률이었다. 그만큼 그녀의 마음도 함께 격동하고 있다는 반증일 것이다. 음률은 곧 그녀의 마음을 대변한다는 것을, 비록 음률에는 문외한인 그도 잘 알고 있었다.

한동안 거센 폭풍을 만난 조각배를 연상시키는 사나움이 느껴지던 음률에 곧 폭풍이 가시고 잔잔한 물결 같은 안정이 돌아왔다. 그리고 마침내 소리가 잦아들며 조용히 옥소를 입에서 뗐다. 홀린 듯이 그녀의 음률에 심취되어 있던 문일기는 그녀의 음률이 끝나고 나서야 퍼뜩 정신을 차릴 수가 있었다.

'과연 음선(音仙)의 맥(脈)을 잇는 사람답군!'

언제 들어도 감탄스러운 음률이었다.

인기척을 느꼈는지 그녀가 고개를 돌려 그를 쳐다보았다. 그리 반가운 얼굴은 아니었는지 그녀의 고운 얼굴이 살짝 찌푸려졌다. 그녀의 그런 얼굴을 보고 누가 40대 아줌마라고 함부로 얘기할 수 있겠는가. 주둥이가 뭉개지고 싶지 않다면…….

먼저 입을 연 쪽은 문일기였다.

"음률이 흐트러지셨습니다. 무슨 마음 상하는 일이라도 있습니까? 그렇게 거칠고 난폭하게 옥소를 부는 선자의 모습을 보는 것은 참으로 오랜만이군요. 근 5년 만의 볼거리 같습니다."

"속이 시원하신 모양이군요. 그렇게 즐거웠나요? 물론 재미있었겠지요. 제 꼴이 보기 좋아 보이던가요? 눈요기를 마음껏 하셨다니 다행이군요!"

그녀가 독 오른 암코양이처럼 신경질적으로 소리쳤다. 오늘 낮부터 그녀는 낯이 뜨거워 사람들을 만나기가 꺼려졌었다. 해서 아무도 찾지 않는 이곳을 찾아 옥소를 불며 마음을 달래던 중이었다. 그러는 와중에 이 남자가 용케 찾아온 것이다. 하지만 아직 그녀는 남들과 대화할 기분이 아니었다.

"허허허, 이거 화가 나도 단단히 나신 모양입니다그려. 뭐 옥소도 때리거나 찌르는 용도로 쓰이지 않습니까! 그런 걸 가지고 그렇게 속상해할 이유는 없을 것 같군요. 마음을 편히 가지고 화를 푸세요."

문일기가 너털 웃음을 터뜨리며 말했다.

"제가 지금 진정하게 됐어요! 어떻게 그런 참담한 꼴을 보고 저에게 참으라고 말하실 수가 있습니까?"

위로인지는 의심스럽지만 자기딴에는 위로랍시고 하고 있는 소리를 듣고 있던 천음선자 홍란이 갑자기 소리를 빽 질렀다.

"간 떨어지겠소이다."

문일기가 찔끔한 표정을 지으며 한 마디 했다. 하지만 그의 얼굴 형색을 보건대 그리 놀란 것 같지는 않았다.

"떨어질 테면 떨어져 버리라고 하죠. 그런 술에 쩔어 비실비실한 간 따윌 누가 신경 써 주기라도 한답니까?"

홍란이 독 오른 살모사처럼 표독하게 반박했다. 어지간히 기분이 상해 있는 모양이었다. 이렇게 되면 기분 수습하러 온 문사부에게는 참으로 첩첩산중 소림 사십팔동관의 난관이 아닐 수 없었다.

"이거, 이거 너무 하시는군요! 그래도 제게는 소중한 장기(臟器)입니다. 그 비류연이라는 아이의 일에 대해 너무 과하게 생각하는 것 아니오?"

그녀에게서 무슨 소리를 들은 간에 문일기는 어떻게든 그녀를 달래야 하는 입장이었다.

"과하다니요? 오늘 하루 아침에 음문(音門)의 명성(名聲)과 제 이름이 땅에 곤두박질쳤는데 제가 가만히 있게 생겼나요? 아아~, 음문 칠백 년의 역사가……. 부끄러워 감히 조사님들의 얼굴을 어떻게 뵈올지……."

그녀의 매끄러운 입으로부터 전혀 어울리지 않는 독설이 쏟아져 나왔다. 그녀조차도 자신이 왜 이렇게 기분이 최악인지 알 수가 없었다. 이게 다 그 녀석 때문이었다.

오늘 비류연 때문에 고매하기 그지없던 음문의 이름이 땅에 곤두박질쳤다고 굳게 믿고 있는 홍란의 귀에 문일기의 말이 들어올 리가 없었다. 그런 생각이 드니 더더욱 화가 치밀어올라 얼굴이 붉어지는 천음선자였다.

문일기의 위로는 오히려 역효과를 가져왔다. 그녀의 얼굴이 울그락불그락 변화무쌍한 색조(色調) 변화를 보이기 시작했다. 문일기 때문이 아니었다. 문일기의 능글맞은 얼굴을 대하다 보니 다시 그날, 그때가 떠올랐기 때문이다.

그 얼굴이 떠오르자 다시 한번 울화가 치밀어오르고 심화가 들끓어오르는 걸 주체할 수가 없었다.

어찌 잊을 수 있단 말인가! 음문 전체가 웃음거리가 된 듯 느껴지던 그날, 그때의 일을…! 백주 대낮에 수백 명이 지켜보는 가운데서 버젓이 일어난 천인공노할 일을!

"그래도 이기지 않았습니까! 잘 했다고도 할 수 있죠. 진 것보다야 낫지요!"

사실 문일기는 비류연이 지든 이기든 별 상관없었다. 아니, 자신의 수업 시간에 보여 주었던 괘씸한 태도를 보면 져도 마땅하다고 생각하는 쪽이었다. 하지만 지금 그의 관심은 비류연 쪽이 아니었기에 이런 말을 할 수 있었던 것이다.

그는 40대의 반을 지난 지금도 아직 아내가 없었다. 소위 세간에서 말하는 노총각이었다. 그리고 홍란도 마흔이 넘었음에도 아직 남편이 없었다. 심하게 말하자면 소위 세간에서 말하는 노처녀인 것이다. 아마 사문의 영향이 큰 탓일 것이다.

노총각이 노처녀에게 관심을 가지게 되는 것이 자연의 당연한 섭리라고 말할 수 있다면, 문일기가 이곳에 온 것 또한 자연의 섭리에 따른 행동이었다.

"전…, 전 절대로 저런 싸움법을 인정할 수 없어요!"

부르르 몸을 떨며 홍란이 말했다.

"차라리 깨끗하고 깔끔하게 졌으면 졌지 그런 싸움, 그런 승리, 전

절대로 인정할 수 없습니다. 음문의 사조에게 들 낯이 없습니다."

그녀의 말은 단호했다. 그런 볼썽 사나운 싸움을 인정하느니 칼을 물고 자결하는 게, 아니면 자결시키는 게 오히려 마음 편하다고 생각했다.

오늘 비류연은 그녀 자신뿐만 아니라 음문(音門) 전체를 비웃음거리로 전락시켰다. 그것은 그의 소속이, 그의 일맥(一脈)이 음문이냐 아니냐는 전혀 중요하지 않았다.

무림 일맥 중에 문도가 가장 적은 문파를 꼽으라면 제일 먼저 꼽을 수 있는 데가 바로 음문(音門)이었다. 그렇지만 세력은 약한 반면, 그 어느 곳보다 고고하고, 자부심이 강하며 유대감 또한 높은 곳이 음문이었다. 그런데 음문을 표방하는 악기를 들고 저런 싸움이라니. 차라리 옥소(玉簫)를 가지고 검(劍)처럼 휘둘렀으면 말이라도 하질 않겠는데…….

그런데…, 그런데…….

그날의 일을 생각하면 생각할수록 저절로 한숨이 새어 나오는 것을 막을 수가 없었다.

그날! 자신의 얼굴만 걸려 있다고 해도 분하고 원통할 터에, 확대 해석해 보면 음문(音門) 전체가 웃음거리와 조롱거리로 화(化)해 버린 그날의 일을 어찌 잊을 수 있단 말인가. 눈에 흙이 한 포대 들어가도 잊을 수 없는 경악할 만한 사건이었다.

오늘 낮 이후, 그날은 사실 바로 오늘 낮이었다. 그 이후로 그녀는 사람들 앞에만 서면 얼굴이 화끈거려 제대로 고개도 못 들 지경이었다.

문로(門路)와 비전(秘傳)을 잇는 직전 제자는 아니라고는 하나 자신의 손을 거쳐 간 제자임에는 틀림없다는 사실을 부정할 수 없는 현실이 원통했다.

그때 애초에 등장부터 조짐이 이상할 때 무슨 수를 써서라도 막았어야 했는데, 그러지 못한 것이 천추의 한으로 남아 이리도 자신을 괴롭힐 줄이야! 이제 와서 후회해 봤자 사후(死後) 약방문(藥房文)이고, 현실적으로도 말릴 방도가 없었지만, 사람 마음이란 게 참으로 오묘해서 쉽사리 현실에 승복할 수 없는 것이다. 후회막심이었다.

사건의 시작은 매우 평범했다.

음공은 아무나 하나!

"아니 저 아이는!"
비류연이 처음 비무대 위에 올라왔을 때
심사위원석에 앉아 있던 천음선자 홍란은
눈을 동그랗게 떠야 했다.

그녀는 비류연을 알아보았고, 그의 등 뒤에 걸려 있는 묵금(墨琴)도
알아보았다. 해서 그녀는 한 마디 하지 않을 수 없었다.
"저런 무모한!"
천음선자 홍란은 막 비무대 위로 올라오는 비류연을 한눈에 알아
보았다. 더군다나 그가 지닌 신기에 가까운 명기 묵금(墨琴)은 잊으
려 해도 잊을 수 없는 홍란이었다. 비록 비류연의 얼굴은 잊어먹을지
라도…….
"아는 아이입니까?"
옆에 있던 한 노사가 물었다. 홍란은 고개를 끄덕였다. 얼굴에 서
린 의아함은 굳이 감추려 하지 않았다.

"이상하군요. 현재 저 아이의 수준으로 미루어 볼 때, 저 아이가 실전에서 음공을 사용할 수 있을 리가 만무한데요……. 저런 무모한 짓을!"

배운 지 얼마나 됐다고 이런 엄청난 고수들이 몰리는 수준 높은 비무 대회에 묵금(墨琴) 하나만 달랑 메고 나온단 말인가! 별다른 무기가 없는 걸로 봐서 분명 등에 메인 묵금을 병기로 사용하겠다는 터무니없는 의지임이 분명했다. 때문에 그녀는 무모하다고밖에 평할 수 없었다.

아무리 생각해 보고, 염두를 굴려 보아도 자신의 수업 시간에 보인 비류연의 진지하지 못한 수업 태도를 미루어 보았을 때 벌써 음공을 실전에 응용할 수준일 리가 없었다. 확실히 첫 인상에 비해 의외로 기본 음률에 재능과 실력이 있어서 홍란을 깜짝 놀라게 하기도 했다. 간간히 보이는 실력은 한두 해 습득한 실력이 아님을 한눈에 알 수 있었다. 현재 1학년 천자조 중에서는 음률 면에서는(음공이 아니라) 모용휘와 함께 으뜸일 것이다. 인정하긴 싫지만…….

그래도, 그건 그거고 이건 이거다.

백날 금 연주를 잘 한다 해서 음공을 제대로 펼칠 수 있다는 이야기는 절대 아니었다.

음률은 음악이고 음공은 무공이다. 분야가 하늘과 땅만큼 다른 이야기였다. 헌데 고작 1년 배워 무엇을 펼칠 수 있겠는가!

음공은 아무나 하는 게 아니다.

이때까지만 해도, 홍란은 결과가 그런 식으로 나타날 것이라고는 전혀 상상도 하지 못하고 있었다.

"아아! 설마 그런 일이 벌어질 줄이야. 누가 감히 상상할 수 있었겠습니까!"

비류연이 오늘 저질렀던 끔찍한 만행을 생각하자 그녀는 절망에 빠져 깊은 탄식을 토해내야만 했다. 자신이 직접 거두어들인 문하 제자라면 당장 사문으로부터 쫓아냈을 터였다. 허나 여기는 천무학관이었고 저 자식은 자신의 직전 문하가 아니었다. 무수히 빛나는 별의 바다가 그녀의 시름에 빛을 잃어 갔다. 최소한 문일기의 눈엔 그렇게 보였다.

사람 죽이는 데는 꼭 아름다운 소리가 필요하란 법은 없지만, 그런 만큼 음문(音門)에는 지켜야 할 덕목(德目)이 있다. 멋과 낭만, 그리고 품위야말로 음문에 몸담은 악사가 지켜야 할 삼대덕목(三代德目)인 것이다. 음공사(音功士)는 긍지 높은 당당한 무인이지 시정잡배가 아닌 것이다. 게다가 살인자는 더더욱 아니었다. 그들은 멋과 예와 낭만을 찾아 떠도는 풍류객인 것이다.

오늘 낮, 하마터면 홍란은 비틀림 때문에 옥소를 못 쓰게 될 뻔했다. 악기(樂器)는 섬세하기 때문에 작은 충격에도 소리가 어긋날 수 있다. 만약 소리가 어긋난다면 그것은 곧 악기의 생명이 끝났다는 것과 같은 뜻이다. 자신이 너무 힘을 꽉 준 탓이기도 했지만, 만일 자신의 애기(愛器)가 종언을 맞이하기라도 했다면, 천음선자는 당장에 비류연을 때려 죽이려고 뛰쳐나갔을지도 모를 일이다.

검객에게 있어 검이 곧 자신의 생명이듯 악사에게 있어 악기는 곧 자신의 생명인 것이다.

그 생명이 어처구니없는 제자놈 덕분에 끝장날 뻔했으니 더욱 기가 막힐 수밖에 없었다. 더구나 비류연이 저지른 일은 더욱 경악스러운 일이었다.

이러니, 가만히 있을 사람이 어디 있겠으며 그녀가 어찌 진정할 수 있었겠는가.

저런 꼴사나운 비무를 보고도 가만히 있어야 하다니. 차라리 깨끗하게 졌으면 보기에도 좋았을 것을……. 그러면 1년도 안 된 녀석의 만용이었다고 웃어넘기기라도 했을 것 아닌가.

한숨 섞인 탄식이 절로 터져 나왔다. 눈 앞이 캄캄하다는 게 어떤 느낌인지 오늘 하루 만에 절절이 깨우치는 그녀였다.

그렇다면 비류연이 처참하게 패했느냐? 그건 아니었다. 오히려 그는 이겼다. 하지만 이번엔 이겼다는 게 문제였다.

비류연의 첫 상대는 해남파 출신의 단평이었다.

단평은 검에 내재된 변화가 출중하다 하여 노사들로부터 칭찬이 자자한 인물이었다.

해서 사람들은 그를 쾌환검(快幻劍)이라 불렀다. 그만큼 그의 검에 담긴 변화가 빠르고 무섭다는 뜻이었다. 부서지는 파도의 포말을 연상케 하는 은실 자수가 수놓아져 있는 쪽빛 바다를 연상케 하는 진청색 무복은 바로 해남파의 상징이며 오직 해남파 문인들만 입을 수 있는 옷이었다. 쾌환검 단평, 그가 속한 해남파(海南派)는 구대 문파(九大門派)이면서 구대 문파가 아니기도 했다. 이게 무슨 말장난인가 하면, 구대 문파는 아홉 개이기도 하면서 아홉 개가 아니다라고 말할 수 있기 때문이다. 이유는 간단하다.

소림(少林), 무당(武當), 화산(華山), 아미(峨嵋)의 사대 대파(四代大派)를 제외한 나머지 칠파(七派)는 항상 그 자리를 바꾸어 왔기 때문이다.

구대 문파의 아홉 자리 중 사대 대파의 네 자리를 제외한 나머지 다섯 자리를 놓고 항상 경쟁을 벌여야 했는데, 이 경쟁 상대는 항상 일곱 문파로 정해져 있었다.

그들이 바로 청성파(靑城派), 곤륜파(崑崙派), 종남파(終南派), 공동파(崆峒派), 형산파(衡山派), 점창파(點蒼派), 해남파(海南派), 이렇게 일곱 문파였다. 이들은 항상 사이좋게 번갈아가며 구대 문파 안에 들었다 나왔다 하기를 반복했다. 그러다 보니 자연히 보이지 않는 인연의 고리가 이들을 묶게 된 것은 필연이라 할 수 있었다.

이들은 모두 합쳐 열한 개 문파이면서도 자신들을 구대 문파로 부른다는 것은 어떻게 보면 매우 웃기는 노릇이 아닐 수 없었다. 그리고 실제로 그들은 그렇게 묶여 있었다.

절대 부동의 사대 대파를 빼고는 항상 그 자리를 바꾸어 왔다고 해서 그들이 다른 문파와 잘 어울릴 만큼 그들의 자존심을 꺾은 것은 아니었다. 매번 그 자리를 바꾸어 왔다는 것은 다들 실력이 고만고만하다는 뜻이었고 사대 대파를 빼고는 운으로 결정되는 수가 종종 있었다. 이럴 경우는 결과에 승복하기가 더욱 힘든 것이다.

그래서 그들은 자신들끼리 암암리의 불문율을 만들어낸 것이다. 비록 5년마다 한 번씩 있는 구대 문파 대회에서 구대 문파(九大門派)의 명예를 차지하지 못하는 문파라 하더라도 그들을 대우해 줄 때 같은 구파의 일원으로 대우해 주는 것이 이제는 전통으로 굳어진 일이었다.

구대 문파의 회합이 있을 때도 모이는 것은 항상 이 열한 개 문파이다. 정확히 아홉 문파만 모이는 일은 절대로 없다. 그러면서 내거는 이름과 간판은 항상 구대 문파 회합이다. 언뜻 보면 이해하기 힘든 일이다. 하지만 이면을 살펴보면 그들은 그럴 수밖에 없는 사정이 있었다. 언제 자신이 그 자리에 떨어질지 모르기 때문이다. 그것이 그들은 두려운 것이다.

이들은 가끔씩 구대 문파의 자리에서 밀려난다고 해서 구파를 외면할 수는 없었다. 구대 문파도 그들을 외면할 수 없다. 언제 자기 자신이 그 자리에 떨어져 똑같은 신세가 될지 모르는 일 아닌가! 이들은 이처럼 구파에서 몸을 뺄 수는 없는 처지이기에, 또 그렇다고 다른 군소 문파와 어울리기엔 그 자존심이 너무나 크고 높기 때문에 명분만이라도 서로를 구대 문파(九大門派)라 칭하는 것이다.

이들은 자신들의 자존심을 위해서라도 구대 문파 이외의 타문파와는 어울릴 수가 없었다. 아니, 어울리지 않았다. 격이 맞지 않는다는 이유에서였다. 그런 맥락으로 인해 구정회(九正會)에 소속된 문파도 9개가 아닌 11개 문파였다.

때문에 이들 11개 문파는 자기들끼리는 모두 구대 문파라고 부르는 모양이다. 스스로 호칭할 때도, 그리고 남들이 호칭할 때도! 강호에서도 어쩔 수 없이 인정해 주는 처지였다.

강호엔 이처럼 눈 가리고 아옹하는 일이 많다. 어처구니없는 일로 다투기도 하고, 대수롭지 않은 일에도 일부러 격식을 찾아 억지로 갖추기도 한다.

5년마다 한 번씩 자격을 논하는 대회에서 결정된 금번 구대 문파는 소림(少林), 무당(武當), 화산(華山), 아미(峨嵋), 청성(靑城), 형산(衡山), 곤륜(崑崙), 종남(終南), 공동(崆峒)이 차지했다. 아쉽게도 해남파(海南派)와 점창파(點蒼派)는 제외되고 말았다. 하지만, 제외되었다 해도 이들은 항상 무림의 대들보라 불리는 구대 문파의 후예들이다. 그리고 그들은 능히 그럴 만한 능력을 지니고 있었다.

쾌환검(快幻劍) 단평은 그 구대 문파이자 구대 문파가 아닌 해남파의 직전 제자였다. 명문 정파의 제자답게 녹록한 실력일 리가 없었다. 그런 사람을 상대로 익숙하지도 않는 금(琴)을 들고 나오다니……. 비류연의 행동은 상식적으로는 도저히 이해가 되지 않는 일이었다.

이것은 한 마디로 음공을 무시하는 처사였다. 그리고 단평을 완전히 깔보는 처사이기도 했다.

음공은 아무나 하는 게 아니다. 한 곡조의 음률을 무기로 들고 나오는 것까지는 좋았다. 여기까지야 누가 뭐라고 토를 달겠는가. 그런데 문제는 그 다음이었다.

비류연은 자신의 통찰력이 부족하다고 비난받아도 입을 조개처럼 다물어야 할 판이었다.

비류연이 자신만만하게 묵금을 들고 비무대 위에 올라섰지만, 음공이란 것은 참으로 비효율적이고 비능률적이며, 또한 골이 뒤흔들릴 정도로 복잡 난해하기 때문에, 그만큼 아무나 익힐 수 있는 게 아니었다. 현재 강호상에서도 음공만으로 자신의 몸을 보호하며 무위를 떨칠 수 있는 사람은 열 손가락으로 꼽으면 손가락이 남아돌 지경이었다.

왜 백일도(百日刀), 천일창(千日槍), 만일검(萬日劍)이라는 이야기가 있겠는가. 그만큼 검이 배우는 데 비효율적이고 난해하기 때문이다. 그래서 흑도엔 검객이 적다. 아예 없다고 말할 수 있다. 배우는 데 너무 시간이 오래 걸리고, 또한 그것을 실전에서 써먹으려면 시간이 한참이나 더 걸리기 때문이다. 마도의 검도 고수는 그야말로 고수 중의 고수라고 보면 된다. 그렇지 않으면 그저 멋만 부리는 껍데기거나…….

음공은 1만 일이 문제가 아니다. 대충 인심 써서 적게 잡는다 해도 한 2만 일쯤은 배워야 제대로 위력을 발휘한다. 사실 2만 일이면 60년에 가까운 세월이다. 이때까지 음공만 익힐 수는 없지 않은가. 그만큼 어렵다는 이야기다.

물론 이것은 음공으로 입문하여 음공만을 익혔을 때의 일이다. 왜냐 하면 음률도 음률이지만 음공이 본래의 최대 위력을 발휘하기 위해서는 내공이라고 하는 필수불가결한 요소가 반드시 필요하기 때문이다.

널리 알려진 바대로 이 내공이라는 것은 참으로 연성하기가 힘들고 까다롭기 때문에 음공 연성이 더욱 힘든 것이다. 물론 내공을 일정 수준 이상 가진 채 시작한다면 훨씬 빠른 성취를 보일 수 있을 것이다. 아무리 그렇다 해도 200일도 채 안 되는 반년은 너무 짧은 게 아닌가 하는 감이 든다. 비류연이 아무리 그 동안 음률에 대해 미리 공부해 둔 게 있다고 해도 마찬가지다.

　사실 음률 공부만 따지자면 벌써 8년 가까이 된 비류연이었다. 묵금을 들고 연습한 지도 거의 7년 정도 되었다. 사부가 음공 쪽은 잘 몰라도 음률에는 조예가 있었다. 남아도는 게 시간이었을 테니 아마 심심풀이로 익힌 모양이었다. 자신도 사부가 도대체 몇 살이나 먹었는지 정확히 알지 못했다. 단지 무지무지 많이 지겹도록 먹었다는 것만은 알고 있었다.

　사실 사부에게 음공 따위는 전혀 불필요한 것이었다. 그런 게 아니더라도 사부에겐 사람을 잡을 수 있는 여러 가지 수단이 넘치도록 많이 있었던 까닭이다.

　역시 연습과 실전은 천양(天壤)지차가 있다는 것은 만고 불변의 진리인 모양이다. 음공은 익히는 것도 어렵지만, 그것을 실전에서 사용하는 것은 더욱더 어려웠다.

　음…, 역시 이번 비무의 최대 계산(計算) 실수는 자신의 상대가 움직이지 않고 얌전하기만한 식물이 아니라는 점을 간과한 사실이다. 그야 물론 매우 상식적인 이야기고 어처구니없을 정도로 당연한 이야기지만, 때문에 상대는 생각보다 우아하게 싸워 주지 않을 모양이었다. 게다가 거리에 따른 계산 오차가 생각보다 컸다. 다시 한 번 음공이란 상당히 비효율적인 녀석이라는 것을 새삼 느껴 보는 비류연이었다.

　푸념은 푸념으로 끝내고 지금은 섬전처럼 달려와 검질을 하려는 적을 상대해야 할 때다.

앞머리에 가려 잘 보이지는 않지만, 비류연의 눈이 푸르게 빛나기 시작했다.

이미 연주 따위를 할 시간적 여유는 비류연에게 주어지지 않았다.

음공의 기원과 역사

음공(音功)은 어디에서부터 그 기원(起源)을 찾을 수 있을 것인가?
물어 보지 않아도 그것은 남달리 유별나면서도 독특한 것을 아주 좋아하는,
혹은 괴팍하기까지 할지도 모를 무공 고수의 실험 정신에서부터
시작되었다고 자신 있게 말할 수 있을 것이다.

그렇지 않다면 어느 미친 작자가 실용성(實用性) 하고는 만 리(萬里)쯤 동떨어진 음공(音功)을 만들어 내었겠는가!

물론 그 괴팍하지만 막강한 고수(高手)는 음률을 무척이나 광적으로 사랑한 인물이었을 것이다.

모든 음문(音門)에서는 공통적으로 자신들의 시조, 즉 음문의 시조(始祖)를 천명음(天鳴音) 홍조현으로부터 찾고 있다.

그는 700년 전의 전설적 음공 고수(音功高手)이자 음공의 효시(嚆矢)를 알린 사람이기도 했다. 즉 처음 음(音)으로 사람을 죽인 사람이다. 더 정확히 말하면 소리가 아닌 악기를 사용한 음악으로 사람을 죽인 사람이기도 했다. 죽였다고 하면 너무 살벌한가? 그래도 한 무

맥(武脈)의 대종사인데……

　보통 일반인들은 음률, 음악하면 음주 가무(飮酒歌舞)할 때의 음악만을 생각하지만, 이것은 참으로 무식하고 수치스러운 생각이 아닐 수 없다. 이 세상에는 술판의 주흥을 돋우는 음악도 있지만(이게 대부분이긴 하지만), 수많은 종류의 다른 목적을 가지고 만들어진 음악들도 있다. 그리고 예(藝)와 선(仙)을 닦기 위해 음률에 매진하는 사람도 있었다.

　음악은 음주 가무의 음(音)만 있다는 게 아님을 여실히 증명한 사람이 바로 700년 전의 천재 천명음(天鳴音) 홍조현이었다. 그는 음률을 광적으로 사랑한 사람이었는데, 그의 음률은 하늘에 이르렀다는 평을 듣고 있었다. 그는 음악이 주흥을 돋우는 데 탁월한 효과가 있을 뿐만 아니라 사람의 마음을 뒤흔들고 조절하며 심지어는 심적 타격을 주어 저 세상 구경까지 시켜 줄 수 있는 효능이 있다는 것까지 증명해낸 사람이기도 했다.

　처음엔 누구나 그의 이론과 설명에 코웃음을 쳤으리라. 그것은 그가 천하 제일 기공인 태천진명신공을 익히고 있었고, 검으로도 따를 자 없는 일대 검신(劍神)이라 해도 될 만한 인물이었다. 허나 그는 10년을 참호한 끝에 음률로써 사람의 마음을 움직이고, 심지어는 죽음에까지 이르게 할 수 있는 음률의 무공을 만들어내 세상을 놀라게 했던 것이다. 그리하여 그는 새로운 무맥(武脈)의 일대 종사가 되었다.

　소림(少林) 범천음(梵天音)이나 사자후(獅子吼) 같은 엄청난 소리에 내공을 실어 순간(瞬間)에 발하는 것, 말이 아닌 최초로 음률로써 사람을 격상(擊傷)시킨 사람은 천명음(天鳴音) 홍조현, 그가 최초였다고 전해진다. 그리고 그가 세운 문파가 바로 천음문(天音門)이며, 현재 천음선자 홍란이 그 맥을 계승한 후예였다. 그러니 홍란의 음공에 대한 자부심을 능히 짐작할 수 있을 것이다.

음공(音功)이 천명음 홍조현의 손에 의해 완성되기 전까지는, 참으로 조잡한 위력이었음이 틀림없다. 게다가 익히기가 난해하고, 쓰기는 더욱 어려워 그 비효율성은 타의 추종을 불허했다고 한다. 물론 지금도 여전히 그러하다.

이처럼 비효율성이 타의 추종을 불허하던 음공이 처음 대량 학살의 조짐과 가능성을 조심스럽게 내비친 것은 300년 전 마음선(魔音仙) 곽휴정 때부터라고 한다. 그는 그때 항상에서 100여 명의 무인들에게 포위당했을 때, 고고하게 10장 높이의 바위 위에 앉아 손가락만 까딱하면서, 대신 발가락 하나 까딱하지 않은 채 주위 반경 30장 안에 있던 100여명의 무인들을 한 곡조 타는 동안 모두 저승으로 보냈던 것이다. 그가 이때 연주한 곡에는 백혈음(白血音)이라는 이름이 붙었다. 100여명의 피를 마신 곡조라는 의미였다.

물론 강호는 경악을 금치 못했고 그때 받은 충격은 상상을 초월한 것이었다. 그리고는 강호인들은 경악한 채 음공에 대량 학살의 위력이 있음을 묵묵히 시인할 수밖에 없었다.

이때부터 음문에서 갈라져 나와 이쪽 계통으로 내려온 것이 마음일맥이라고 불리는 계열인데, 아무래도 사파 쪽에 뿌리내리며 면면히 이어져 오고 있었다. 음선(音仙) 천명음(天鳴音) 홍조현으로부터

내려온 정음(正音) 쪽으로 보면 숙적(宿敵)이라고 불러 마땅할 자들이
다.

  음공(音功)이란, 적과의 상대 거리가 장거리일 때 유리하지, 단거리
일 때는 음공만큼 불리한 무공도 드물었다. 너무 멀면 음률의 힘이
미치지 못하고, 너무 가까우면 본래 위력에 도달하기 전에 공격당해
버린다.

  때문에 음공은 다른 창과 검의 비교처럼 한 치의 차이가 아니라 음
공의 비교 단위는 몇 장(丈) 하는 식으로 장(丈)의 단위(單位)였다. 일
단 적(敵)이 10장(十丈: 약 30미터) 내에 있어 자신과 마주 본다면 일단
하위를 점한다고 보면 별 무리가 없다. 특히 옥소 같은 휴대하기 편
하고 움직임이 간편한 악기를 사용하는 음공의 경우 고수쯤 되면 5
장(五丈: 약 15미터, 1장은 3미터) 거리까지는 능히 대적할 수 있다고 한
다. 그리고 3장(三丈) 안에서 적을 대적할 수 있어야만 비로소 초고수
라고 불릴 수 있다.

  하지만 금(琴)의 경우는 다른 음공과는 좀 달랐다. 옥소(玉簫)는 적
이 쳐들어오면 발을 놀려 뒤로 물러날 수가 있지만 금의 경우처럼 운
신(運身)에 최고의 방해가 되는 악기는 최절정 고수가 아닌 이상 사
용하는데 심각한 고려가 있어야만 할 것이다.

  따라서 좁은 비무대 안에서 쓸 수 있는 그런 무공이 아니었다. 금
을 탄주하는 자세부터가 다리의 움직임을 봉하고 허리 위쪽만 사용
이 가능하도록 하는 것이 아닌가.

들리는 일설에 의하면 금(琴)을 탄주하기 위한 특별한 운신법이 개발되어 비전되고 있다는 소리도 언뜻 들리고 있었다. 즉, 무릎을 펴지 않고도 내공의 수발과 발 끝의 움직임만으로도 땅 위나 빙판 위를 미끄러지듯 움직일 수 있다는 것이다. 하지만 제대로 그 정체가 밝혀진 바는 없다. 그 운신법이야말로 음문(音門)에서의 비법 중의 비법인 것이다.

어중이떠중이로 배운 지 반년밖에 안 된 비류연이 할 수 있을 리가 없었다.

옥소(玉簫)를 이용한 음공에서 가장 중요한 것도 옥소를 불며 신형을 자유자재로 변화시킬 수 있는 호흡법과 진기 유통법과 보법이다. 이 셋이 어우러져 하나가 돼야 하며 그 어느 것 하나라도 빠지면 연성이 불가능하다.

금(琴)에서도 이것은 마찬가지였다. 이것을 할 수 없으면 금(琴)은 그저 장식품에 불과할 따름인 것이다.

음공(音功)이란, 집단전이나 난전(亂戰)에 가선 거의 쓸모없는 무공이라 생각해도 별반 틀리지 않다. 무용지물(無用之物)이라 여겨도 좋다.

사람 죽이는 살인 행위에 있어 악기를 사용하고 음률을 연주해서 죽인다는 것은 어떻게 보면 매우 비능률적이고 비효율적인 이야기가 아닐 수 없다. 처음 음공(音功)을 만든 사람도 같은 심정이었을 것이다. 어차피 음공이란 것은 음률을 너무나 좋아하는 한 무인의 어처구니없는 발상에서 시작했을 가능성이 너무나 높기 때문이다. 게다가 그것은 살인보다는 제압에 더 초점을 맞추었을 것이기 때문이다.

하지만 그렇다고 해서 음공이 전혀 쓸모없는 것은 아니다. 음공(音功)만으로 음선(音仙)의 경지에 이른 자라면 한 음절의 곡조로 다수의 사람을 상해(傷害)시키거나 정신적 타격(打擊)을 줄 수 있다고 한다. 심적, 정신적 타격을 주는 것이 가능하다는 점이 바로 음공의 탁월한 장점이다. 음공은 음률로써 사람의 마음을 휘저어 놓는 위력이 있기 때문이다.

그렇다면 음공의 가장 커다란 약점은 무엇일까?

그것은 바로 거리와 시간이다. 짧은 거리와 그로 인해 얻어지는 넉넉하지 못한 시간은 음공에 있어선 치명적인 약점이자 심각한 위협이 된다. 때문에 음공을 비무 대회에 가장 어울리지 않는 무공 중 하나로 꼽는 것이다. 왜냐 하면 비무대 위는 음공이 제 힘을 발휘하기에는 너무나 좁기 때문이다.

음공은 그 특성상 단시간 내에 최고조의 제 위력까지 도달하기가 힘들다. 음악은 여러 가지 소리와 화음이 어울려 음률을 만들어내는 까닭이다.

때문에 음공의 경지는 얼마나 단 시간 내에 상대를 자신의 음 안에 사로잡을 수 있는가로 그 수준을 판가름한다. 그만큼 음공은 배우기 난해하고, 펼치기는 더욱 어려우며, 수많은 제약이 따라다니는 무공인 것이다.

음공 중에서도 금(琴)을 이용한 음공(音功)은 특히나 연성하기 어렵고, 또한 다루기도 어렵다. 실전에서의 이용하기란 정말 하늘의 별 따기와 매한가지인 그런 일이라 할 수 있었다. 특히나 비무대처럼 좁고 한정된 공간이라면 더욱더 두말할 필요도 없다. 스스로 발에 천

근짜리 족쇄를 다는 것이랑 매 한가지인 일인 것이다.

그런 무공을 지금 비류연이 펼치고자 하는 것이다. 이런 이유로 지금 홍란이 걱정하고, 그의 행동을 무모하고 어처구니없다고 비판하는 것이기도 했다. 그리고 비류연은 단평의 숨 돌릴 틈 없는 빠른 공격에 자신의 실수를 깨달은 것이다.

음공을 실전에서 처음 사용해 보는 비류연의 치명적인 실수였다.

탄금행(彈琴行)

천음선자 홍란의 예상은 반 정도만 맞아떨어졌다.
어쨌든 비류연에게 있어 오래간만의 계산 실수였다.
처음 음공을 실전에 도입해 보는 입장에서
그 자신도 거리를 염두에 두지 않은 것이다.

의외로 음공이란 것은 창이나 활보다도 거리감에 신경을 써야 하는 무공이었던 것이다. 거리는 승패와 직결되는 문제이기에 거리에 신경 쓰지 않으려 해도 안 쓸 도리가 없었다. 허나 이미 때는 늦었다. 비류연이 그걸 깨달았을 땐 이미 때가 늦어 있었다.

상대에겐 자신의 금음(琴音)을 들을 여유와 그만한 아량이 없었다. 도량이 부족한 놈은 억지로라도 잡아서 부족한 만큼 늘려 줄 필요가 있었다.

단평의 검초는 제대로 교육받은 명문의 제자답게 그 변화가 빠르고 날카로웠다. 게다가 흥분한 채로 달려들고 있어 감히 소홀히 대할 수 없는 광기(狂氣) 같은 예기(銳氣)를 머금고 있었다. 하지만 그의 검초를 피하는 비류연의 행동은 너무나 간단했다.

자신의 목을 향해 날아오는 쾌속한 일검을 고개 한 번 숙이는 것으로 흘려보낸 비류연의 몸이 빙판을 미끄러지는 것처럼 앞으로 쭈욱 움직이는가 싶더니 어느새 그의 후방을 점하고 있었다. 그는 단 두 번의 움직임으로 단평의 검초를 무용지물로 만들고, 자신에게 유리한 고지를 점했던 것이다. 누가 봐도 감탄할 만한 운신법이었다.

분노 속에서 성급하게 내지른 혼신의 일검이 빗나가고, 실수를 채 수습하기도 전에 단평은 뒤를 빼앗겨 버린 것이다. 아무런 낌새 없이 앉은 채 몸을 움직이는 비류연의 운신법은 누구도 예상치 못한 놀라운 것이었다.

"탄금행(彈琴行)! 저 아이가 언제 저것을……!"

천음선자 홍란이 자리에서 벌떡 일어났다. 그녀의 입에서 오래간만에 탄성이 터져 나왔다. 그녀가 보기에도 비류연의 탄금행은 하자가 없는 매끄러운 것이었다. 그러니 그녀가 탄성을 터뜨리는 것이 당연했다. 그녀는 그것을 아직 가르쳐 준 적이 없었고, 앞으로도 함부로 가르쳐 줄 수 없는 비전 중의 비전이기 때문이다. 홍란이 눈이 튀어 나올 만큼 놀란 것도 무리가 아니었다.

탄금행(彈琴行)!

옥소(玉簫)에 비해 운동 능력이 현저히 떨어지는 금음공(琴音功)을 익힌 자가 반드시 익혀야 하는 것이 바로 그 고도로 어렵다는 비전(秘傳)의 운신법(運身法), 탄금행(彈琴行)이다.

탄금행이란 말 그대로 금(琴)을 탄주하며 몸을 움직이는 운신 비법 일체를 말한다. 전승(傳承)에 의하면 그것은 마치 빙판에 미끄러지는 구슬처럼 몸을 정좌한 채 움직이는 비법으로, 무릎과 허벅지, 그리고 골반을 전혀 사용하지 않는 보법이라고 하여 음문의 제일 비전(秘傳) 중 하나로 꼽히는 것이기도 하다.

이 탄금행이라는 비전의 운신법이 있는 금음무공(琴音武功)이란, 단지 다리 불구인 신체장애자에 불과할 뿐인 것이다.

탄금행, 그것은 아무에게나 전수되는 게 아니다. 음문(音門)의 밑천 중의 밑천인 것이다.

그것을 홍란이 가르쳐 준 기억이 없는데도 불구하고 비류연이 펼쳐 보인 것이다. 홍란의 놀라움이 얼마나 컸을지 짐작이 간다. 비전을 도둑맞은 장문인의 심정이었을 것이다.

만약 비류연의 다음 한 수가 없었다면, 그는 이 탄금행(彈琴行) 하나만으로도 극찬받기 충분했다. 비록 시합에 패한다 할지라도 홍란은 비류연을 칭찬했을 것이다. 하지만 비류연의 다음 한 수를 본 사람은 이 탄금행의 훌륭함을 기억에 떠올릴 수가 없었다. 그리고 홍란은 얼굴이 새파랗게 질린 채 분노했다. 비류연의 다음 한 수는 그만큼 세인들을 경악의 도가니에 빠뜨리는 어처구니없는 행위였기 때문이다.

비류연이 무슨 신공비기를 선보인 것은 아니었다. 그의 한 수는 매우 단순하고 또한 무식했다. 그는 자신이 들고 있던 5척(1척은 약 33센티미터) 길이의 묵금(墨琴)을 양손에 들고 상대인 단평의 뒤통수를 시원스럽게 후려갈긴 것이다.

거무튀튀한 색상 덕분인지, 제법 중량감까지 느껴지는 묵금이 맹렬히 선회하며 조자후의 뒤통수를 그 예리한 모서리로 후려갈긴 것이다.

단평이 냉큼 고개를 숙여 이 한 수를 피하기만 했더라도 그나마 그림이 좀 되었을 테고, 그 자신도 꼴불견을 면할 수 있었을 텐데 이 녀석은 고수(高手) 소리 듣는 놈답지 않게 몸이 어찌나 굼뜬지 미처 피하지 못했다. 그 대가는 참혹한 것이었다.

"쾅!"

하늘을 울릴 듯한 요란한 격타음과 함께 단평의 몸이 지면을 향해 무서운 속도로 고꾸라졌다.

"퍽!"

결과는 참혹했다. 그 동안 천무학관에서 꾸준히 단련해 온 단평이었지만 이번 일격을 견디기엔 역부족이었다. 그리고 그는 거대한 충격에 정신을 놓쳐버렸다. 비류연은 금(琴)에 이런 쓰임도 있다는 것을 홍란에게 가장 끔찍한 방법으로 알려 준 것이다.

관전하던 세인들의 눈이 이 의외의 사태에 동그랗게 떠졌다. 그들도 저런 식의 싸움은 태어나서 처음 보는 황당무계한 것이었다.

이겼지만 칭찬받지는 못할 그런 시합 내용이었다. 모두들 어이없이 고개를 설레설레 흔들 뿐 누구 하나 감탄이나 박수를 보내는 이가 없었다.

비류연의 무식하기 짝이 없는 천박한(그녀가 보기에) 한 수를 본 천음선자 홍란은 까무러칠 듯 놀랐고, 그 다음에는 미칠 듯이 분노했다. 이성이 다 날아갈 버릴 정도로 그녀는 분노했다. 얼마나 그녀가 분노했으면 목숨처럼 아끼는 그녀의 애기(愛器) 천음소(天音簫)가 그녀의 움켜쥐는 손 힘에 손상을 입을 뻔했겠는가.!

장내는 싸늘할 정도로 냉각되었다. 누구도 함부로 말하는 이가 없었다. 묵직한 침묵이 비무대 주위를 내리누르고 있었다. 세인들도 이번 비무에 섣부른 판단을 내릴 수가 없었다. 이기긴 이겼는데 뭔가 찝찝한 것이다. 목에 걸린 생선가시처럼……

박수 소리나 함성이 들려오지 않자 갑자기 시시해진 모양이인지 비류연은 그냥 비무대 위에서 내려와 버렸다. 이제 비무대 위에는 폐사한 개구리처럼 대(大)자로 꼴사납게 널브러져 있는, 한때 쾌환검이라 불리며 칭송받던 남자만이 남아 있을 뿐이었다.

밤하늘에 촘촘히 박혀 빛나는 별이 아름답기만 하다. 하지만, 그 별을 보고 아름다움을 인식할 수 없는 것은 자신의 마음이 안정되어 있지 못하기 때문일 것이다.

"휴우……"

홍란은 처연한 한숨을 내쉬었다. 왜 이렇게 마음이 혼란스러운지……. 이유야 뻔하지만 아무것도 할 수 없는 자신의 입장과 자신을 그렇게 만든 삼성제 규칙이 원망스러웠다.

이렇게 해서 비류연의 2회전 진출은 결정되었다.

모용휘의 첫 경험

"으음! 왠지 불쾌하군."
"무엇이 말인가?"
"이래서야 마치 모용휘가
오늘의 주인공인 것 같은 느낌이 들잖아!"

　아무래도 오늘은 자신이 주목받지 못하고 있다는 기분이 들어 볼
이 잔뜩 부어 있는 비류연이었다.
그리고 그것은 기분뿐만이 아니라 현실이 그랬다.
　효룡이 눈을 동그랗게 뜨며 반문했다.
"서…, 설마, 아니, 그럼 자네는 자네가 오늘의 주인공인 줄 알았단
말이야?"
"응!"
　서슴없이 고개를 끄덕이는 비류연을 보며 효룡은 할 말을 잃었다.
설마 이 정도까지 자각이 부족할 줄이야…….
　오늘의 주인공은 비류연이 아니라 모용휘인 듯한 느낌이 드는 것

이 착각이 아니라 명명백백한 사실이었다. 사실 오늘의 주인공은 바로 모용휘였다. 우아하지 못한 싸움을 보인 비류연에게 관심 가져 줄 여유롭고 한가한 사람은 이 천무학관 내엔 없었다.

언젠가 자신들의 최고 경쟁자, 경쟁 상대로 떠오를 차세대 신진 주자인 모용휘에게 관심 갖지 않는 놈이 오히려 비정상인 것이다. 게다가 오늘은 그 유명한 모용휘의 공식적인 첫 무대라 할 수 있는 시합이었다.

세상의 모든 관심이 모용휘한테 쏠렸다 해도 효룡은 놀라지 않을 자신이 있었다.

"이거 사람이 너무 많잖아? 으웩~."

검성전(劍聖戰) 전용 비무장을 둘러싼 주위 관람석은 시장을 방불케 할 만큼 사람이 많았다. 앉아서 구경할 관람석이 미어터질 지경이었으니 더 이상 말하여 무엇하겠는가. 압사(壓死)당하지 않으려면 내공을 끌어모아 호신강기(護身剛氣)라도 일으켜야 할 정도였다.

오늘 이 시합에 지금까지 있었던 그 어떤 시합보다도 많은 사람들이 모여들었다는 것을 한눈에 알아볼 수 있을 정도였다. 게다가 사람들의 신경도 그 어떤 보검(寶劍)보다도 날카로워져 있는 것 같은 기분이 들었다.

비류연은 오늘 이렇게 평소의 대전보다 3배나 많은 사람들이 몰린 이유를 이해는 못하지만 알고는 있었다.

그것은 바로 한 명의 남자를 보기 위한 것이다. 남자가 남자를 봐서 좋을 게 뭐가 있겠는가마는(비록 모용휘가 여자 뺨칠 정도로 엄청나게 잘 생겼다고는 해도), 지금 이들은 한 남자의 일거수 일투족에 실력, 버릇까지 하나도 남김없이 샅샅이, 낱낱이 파헤치기 위해 모두들 기를 쓰고 준비 중에 있었다. 일종의 정탐인 것이다. 그리고 그 남자는 바로 비류연 자신이 아니라 바로 자신과 같은 방을 쓰고 있는 모용휘였다. 이 점이야말로 비류연이 가장 이해 못하는 부분 중 하나였다.

비류연은 왜 자신이 보기에도 별로고, 본인도 아니라고 하는데 남들은 극구 그 녀석을 천재라고 우기는지 이해가 가지 않았다. 본인도 아니라고 하는데 참 끈질긴 녀석들이다.

괜히 주위의 쓰잘데없는 시선 따위나 긁어모으는 이 녀석 때문에 피해를 당한 게 한두 번이 아니다. 자기 자신 때문에 주위 사람들이 몇십 배는 더 피해를 입었고, 현재도 입고 있다는 사실은 전혀 신경 쓰지 않는 비류연이었다. 의도적으로 무시하는 건지, 아예 인식을 못 하는 것인지 알 수 없는 녀석이다.

"오호! 아야! 엉덩이가 무거운 거물들의 대거 행차시군!"

장홍이 휘파람을 불며 감탄사를 터뜨렸다. 좋은 구경거리를 찾은 어린아이 같은 표정이었다.

"난 잘 모르겠는데?"

장홍을 흉내내며 좌우를 둘러보던 비류연이 한 마디 했다. 그가 가진 강호에 대한 지식은 가뭄에 말라 버린 우물물 정도가 고작이었다.

"기대하지 않았네. 내가 가르쳐 주지. 경청하게나. 다 피가 되고 살이 되는 영양 만점의 금과옥언이니까 말일세! 하하하!"

"서론이 길군요. 아, 저, 씨!"

비류연은 잘난 척하는 아저씨 장홍에게 퉁명스럽게 한 마디 쏘아

주었다.

"허허! 거참! 난 아저씨가 아니라고 몇 번이나 말해야 알아듣겠나? 제대로 듣기나 하게! "

장홍의 손가락이 한 곳을 가리켰다. 그곳에는 새하얀 학익(鶴翼)을 연상시키는 백의를 입은 곱상하게 생긴 청년이 한 명 앉아 있었다. 군계일학(群鷄一鶴)이라! 개떼처럼 몰려 있는 군중 속에서도 자연스럽게 시선을 한 몸에 집중시키는 기도가 흘렀다. 반면, 그 옆에 함께 앉아 있는 흑의 청년의 기도(氣道)는 마치 한 자루의 도(刀)를 연상케 하듯 날카로웠고, 보도처럼 예리하게 빛나는 눈으로 모용휘를 난자할 듯 바라보고 있었다. 그의 오른쪽 뺨에 사선으로 나있는 검흔(劍痕)이 그의 인상을 더욱 날카롭게 만들어 주고 있었다.

"저기 보이는 저 백의 청년이 바로 군웅팔가회의 머리, 단목세가의 장남 천기룡(天奇龍) 단목우일세! 그 옆에 있는 사람이 바로 천무제일쾌도(天武第一快刀)라 불리는 쾌도(快刀)의 달인 섬룡(閃龍) 천야진일세. 소문으로는 사문이 도성(刀聖) 일맥(一脈)이라던데……. 정확하지는 않아! 좀 비밀이 많은 친구지! 무시무시한 고수이자, 비천룡 청혼이 인정한 몇 안 되는 적수 중 한 명이지. 그의 도에서 뿜어져 나오는 절초 낙일섬(落日閃)은 하늘에 떠 있는 해마저도 베어버린다고 하더군. 두 명 다 천무구룡의 한 명일세!'

참으로 대조적인 기도를 뿜어내는 두 사람이었다. 다시 그의 손가락이 비무대를 가로질러 반대편을 향했다.

만만치 않은, 좀 전의 두 사람보다 결코 떨어지지 않는 기도를 지닌 두 사람이 몇몇 무인들에게 둘러싸인 채 앉아 있었다. 두 사람의 기도는 마치 물이 흐르는 듯 담담한 기운이었다.

"저쪽은 바로 구정회의 두뇌인 지룡(智龍) 형산일기(衡山一奇) 백무영이고 그 옆의 사람이 현재 구정회 최고의 무재 비천룡(飛天龍) 청흔이지. 또 다른 별호가 삼절검(三絶劍)이야. 무당파(武當派) 출신으로 이번 검성전의 가장 강력한 우승 후보 중 한 명일세. 저 둘을 합쳐 구정회의 문무쌍절(文武雙絶)이라 부르지. 특히 저 친구 청흔의 경우 그 무공이 회주에 필적한다 하더군."

박학다식함을 뽐내고 싶어 안달이라도 난 듯 장홍이 쉬지 않고 말을 계속 이었다. 듣고 있기는 했지만 과연 다 기억이나 할 수 있을지 의문이 날 정도로 그의 지식은 끝이 없었다.

"과연 칠절신검 모용휘로군, 어지간한 인물들은 몽땅 길바닥의 돌멩이쯤으로 여기는 거물들이 이렇게 몸소 관전하러 나왔으니 말일세. 저들도 그의 실력을 직접 눈으로 확인하지 못하면 잠을 못 잘까 봐 나왔겠지!"

비류연은 연방 감탄을 터뜨리며 이리저리 고개를 돌려보는 장홍이 오히려 신기했다. 어떻게 저 많은 사람들을 다 알고 있을까? 생각하면 생각할수록 신기하기 짝이 없었다.

비류연은 그냥 잠자코 듣고 있다가 고개나 끄덕이는 수밖에 없었다.

"이런 거물들이 모용휘의 실력을 보기 위해 한 자리에 모이다니……. 과연 그의 명성은 대단하군!"

옆에서 듣고 있던 효룡의 감탄사였다. 그 또한 지금 긴장하고 있지 않은가! 충분히 이해가 가는 행동들이었다.

"누가 뭐래도 그 유명한 칠절신검 모용휘의 첫 공식 시합이니까요!"

쑥스러워서 앞에 나서지 못하고 언제나 부록처럼 따라다니던 윤준호의 말이었다. 항상 남들에게 무시당하고 따돌림당하는 그에게 모용휘는 우상 같은 존재였다. 그러니 이번 비무를 어떻게든 놓칠 수가 없었다.

"그 녀석이 그렇게 대단한가? 난 반년을 같은 방을 쓰고 살아도 잘 모르겠던데?"

고개를 갸우뚱해 보이는 비류연이었다.

"자네 무슨 소릴 하는 건가? 그는 검성(劍聖) 모용정천 대협의 손자라고."

어처구니없다는 표정으로 효룡이 말했다.

"그게 어쨌는데? 설마 할아버지가 검성이라고 해서 손자도 자동으로 검성(劍聖)이 되는 건 아니잖아. 세상이 그렇게 편리하면 얼마나 좋겠어? 저 녀석이 만일 뛰어난 검기를 지녔다면 그건 저 녀석 할아버지가 잘나서 그런 것이 아니라 저 녀석이 잘났기 때문이라구!"

비류연의 말을 들은 효룡은 뒤통수가 띵했다. 그런 식으로는 한 번도 생각해 보지 않았던 것이다. 비류연의 말도 어찌 보면 맞는 소리다. 아니, 진실일지도 모른다. 본인에게 아무리 좋은 환경이 주어진다 해도, 그것을 소화할 자질과 의지가 없다면 무슨 소용이 있겠는가.

"자네 말도 일리가 있네. 하지만 명문을 명문으로 만드는 것은 바로 대대로 내려오는 힘이라네. 강호에서의 사승 관계란 절대 무시할 수 없고, 때로는 절대적인 척도가 되기도 한다네."

효룡의 말도 틀린 말은 아니었다.

"뭐! 그 녀석이 좀 한가닥 하기는 해도 이 정도로 소란을 떨 정도는 아니라고 봐! 물론 그 녀석의 결벽증과 청소, 청결, 정리, 정돈 정신은 무시무시하지만 말이야. 그거야말로 천하 으뜸이라 할 수 있지. 그건 나도 인정하는 바야! 난 태어나서 그 녀석보다 청소 정리 정돈에 열심인 녀석은 보질 못했다구! 게다가 항상 순백색을 유지하는, 먼지 하나 안 묻은 저녁의 백의는 가히 불가사의라 할 만하지!"

비류연이 모용휘와 지내며 가장 놀랐던 것은 그의 무공이 아니라 그의 청결 정신이었다. 특히 항상 땟국물 하나 없이 말끔한 백색을 유지하는 그의 백의는 불가해(不可解)의 영역에 있었다. 허나, 아무리 청소, 청결 유지 솜씨가 빼어나다 해도 어떻게 그 녀석 시합이 자신의 시합보다 더 많은 관심을 끌어모을 수 있는 것인가. 다시 생각해 봐도 역시 이해가 안 됐다.

"백문이 불여일견! 뭐, 이제 보면 알게 되겠지......."

비류연의 대전 운은 모용휘에 비하면 무척이나 좋은 편이었다. 모용휘는 하늘의 시샘을 받았는지, 아니면 진행 위원회의 시샘을 받았는지 첫 상대부터가 좋지 않았다. 그의 비무 상대를 본 장홍의 얼굴이 약간 굳어졌다.

"곤륜파의 곤륜비검 주수영이라……. 만만치 않은 상댄걸……."

곤륜파 특유의 구름이 수놓아진 무복을 입은 사내는 바로 곤륜 제일 기재라 불리는 곤륜비검 주수영이었다. 게다가 그는 구정회의 여덟 검, 구정팔검의 일인이기도 했다.

해남파의 단평과는 또 다른 고수였다. 그리고 전에 모용휘가 상대한 경험이 있는 곤륜쌍검과는 격이 다른 인물이었다.

"우리 아이들에게 가르침을 내렸다는 이야기는 들었다! 사제들이 빚을 졌으면 그 빚은 사형에게로 넘어오는 법!"

이유야 어떻든 자신의 사제들이 못난 꼴을 당했으니 그 빚갚음을 하겠다는 이야기였다. 이대로는 사문의 명성에 먹칠을 할 수도 있기 때문이다. 물론 얼룩을 지울지, 아니면 두 배로 덧칠할지는 두고 봐야 아는 일이지만 말이다.

"첫 판부터 나를 만나다니 운이 없다고 생각해라!"

여전히 오만한 표정으로 말하는 주수영이었다.

"오히려 기쁩니다."

모용휘는 전혀 꿀리지 않는 기세였다. 오히려 잘됐다는 그런 표정이었다.

"호오? 이유는?"

"강한 상대와 만날수록 저의 검은 더욱 강해질 것이기 때문입니다. 약한 상대를 만났더라면 오히려 실망했겠지요."

듣기에 따라선 상당히 광오한 말이었다. 너는 내 경험치(經驗値)나 올려 주는 도구에 불과할 뿐이라고도 해석 가능한 까닭이다.

"자신만만하군! 너에게 과연 그만한 자격이 있을까?"

"검이 모든 걸 대답해 줄 것입니다."

모용휘가 자신의 검을 뽑아 들었다. 이제 더 이상 두 사람 사이에 말은 필요 없었다.

이 최악의 대전운에 모용휘는 오히려 기뻐했다. 강한 상대와 만나면 만날수록 자신의 검 또한 더욱 강해질 수 있기 때문이다. 강한 상대를 만났다고 주눅이 들 만큼 그의 공부가 낮지는 않았다.

검과 검이 뽑혔다. 이제 결과만이 남았을 뿐이다.

큰 소리치는 주수영의 태도로 보아 치열한 격전이 예상되던 것과 다르게 비무는 어이없을 정도로 간단하게 끝났다.

과연 모용휘의 검(劍)에게는 큰 소리칠 만한 자격이 있었다.

"저…, 저럴 수가!"

천기룡 단목우는 두 눈을 부릅뜨며 자신이 지금 얼마나 경악했는지 시위하고 있었다. 비무는 어처구니없는 결과를 낳았다.

"저…, 저 주수영이 저토록 허무하게 당하다니! 허허……."

꽤나 박진감 넘치는 비무를 기대했건만 주수영은 큰 소리친값을 하지 못했다. 어이없게도 그는 한 방에 끝났다. 정말 신속하고 간결한 비무였다.

"저 사람을 하루 빨리 우리 쪽으로 끌어들여야 할 텐데……. 정말 보면 볼수록 탐이 나는 인재로군요!"

모용휘의 무위를 보자 새삼 그의 존재가 더욱 탐이 나는 단목우였다. 모용휘만 있으면 구정회에 밀리던 세도 회복할 수 있을 것 같았다.

"빠르고 정확하군!"

한 자루의 도를 연상시키는 사내 섬룡(閃龍) 천야진의 말이었다. 단목우가 고개를 돌려 놀랍다는 듯이 그를 쳐다보았다. 이 정도면 그로서는 최고의 찬사이자 자신이 최고로 놀랐음을 표현하는 것이었기 때문이다.

"어, 어느새……."

곤륜비검이라 불리는 주수영은 자신의 장기이자 사문의 비전무공인 운룡대구식(雲龍大九式)을 제대로 펼치기도 전에 자신의 목젖 인후혈(咽喉穴)에 도착한 모용휘의 검을 얼빠진 표정으로 바라봐야 했다.

한 번 호흡에 기수식을 취하고, 두 번 호흡에 검을 날렸다. 세 번째 호흡이 채 시작되기도 전에 검은 이미 주수영의 인후혈(咽喉穴)을 점하고 있었다. 그가 첫 번째 초식을 채 펼치기도 전에 벌어진 일이었다. 방심하다가 본래 무공을 펼치기도 전에 제압당하는 꼴사나운 추태를 범하고 만 것이다. 그에게 쏠려 있는 수많은 관심이 무색해질 정도로 시합은 허무하게 끝을 맺은 것이다.

큰 소리 탕탕 치며 모용휘의 자격을 운운했던 주수영은 자신이 얼마나 자격 미달이었는지를 인식하고 패배를 자인했다. 비무대를 쓸쓸히 내려오는 조수영의 어깨가 축 늘어져 있었다. 내심 부끄러웠을 것이다. 무성했던 소문이 사실임을 모용휘는 단 일검으로 입증해 낸 것이다. 이제 그에게 쏟아지는 관심은 더욱더 증가할 것이다.

"과연 훌륭하군. 너무 방심했어! 자네가 보기엔 어떤가?"

모용휘와 비슷한 눈부신 백의를 걸친 백무영이 섭선을 흔들며 옆에 앉아 있던 청흔에게 물었다. 그의 무공 또한 결코 낮지 않지만, 검(劍)에 대한 조예는 청흔보다 자신이 아래임을 알고 있었기에 물어본 것이다.

"별거 아니군! 걱정하지 말게!"

대수롭지 않다는 투로 청혼이 말했다. 그러자 백무영의 눈이 살짝 반짝였다.

"후후! 자네의 그런 모습 처음 보는군! 그만큼 모용휘의 실력이 뛰어났다는 이야기겠지!"

가볍게 웃음을 머금으며 백무영이 말했다.

"호오? 그렇게 생각한 이유를 물어 봐도 되겠나? 난 분명히 별거 아니라고 말했네!"

"몸은 정직한 법이네! 굳이 감추려들 필요가 없어."

"별로 강하지 않다고 하지 않았는가!"

청혼의 목소리가 약간 딱딱해져 있었다.

"그건 자네 손등에다 대고 말하시게나. 입보다는 본능이 정직한 모양이군."

청혼은 얼른 자신의 손등을 내려다 보았다. 그의 눈썹이 살짝 찌푸려졌다. 꽉 쥐어진 주먹의 손등에는 식은땀이 송글송글 맺혀 있었던 것이다.

'몸은 본능적으로 반응했단 말인가? 저 녀석의 강함에……'

때로는 몸이 마음보다 정직할 때가 있다. 마음은 의지를 이용해 속일 수 있지만 몸은 속일 수 없는 까닭이다.

"인정할 건 인정해야 하지 않겠나?"

"후후, 과연! 몸은 정직하다 그건가! 날 이렇게 긴장시킨 답례는 해주어야겠지?"

쓴웃음을 지으며 청혼이 말했다.

"자네를 긴장시킨 답례보다 구정팔검이 이처럼 허무하게 꺾인 것에 대한 답례를 잊지 말게나. 이렇게 간단하게 질 줄은 나도 미처 예상하지 못한 일일세! 이걸로 군웅팔가회 쪽 사기가 한없이 올라가겠군. 그렇게 생각하지 않나? 저 사람은 하늘 위에 뭐가 있는지 매우 궁금해하는 것 같더군."

자신을 향해 슬쩍 미소지으며 말하는 백무영이 바라는 게 무엇인지 청흔은 금세 이해했다. 이제 하늘 높은 줄 모르고 올라갈 군웅팔가회의 사기를 꺾어 달라는 부탁이었다. 또한 천외천의 존재를 모용휘에게 상기시켜 주는 것 또한 함께 맡은 일이었다.

청흔은 고개를 끄덕이며 자신이 확실히 이해했음을 말했다.

"맡겨 주게! 뛰는 자 위에 나는 자 있고 하늘 위에 또 다른 하늘이 있음을 알게 해 주겠네!"

가죽 자루 속의 모의

비천룡(飛天龍) 청흔의 시합 또한 모용휘의
시합 못지않게 많은 인파가 운집해 북새통을 이루었다.
모용휘가 도전자라면 청흔은 제왕이라 할 수 있었다.
"휴우! 내 상대는 운이 없게도 청흔 형이구려."

　종자허의 반응은 이미 졌다는 것을 시인하는 것이나 다름없었다.
"청흔 형과 검을 섞어 보다니 영광이오!"
　자신의 패배를 기정사실화하는 종자허였다. 같은 3학년이지만 종
자허는 자신과 청흔의 실력 차이를 잘 알고 있었다. 청흔은 감히 자
신이 넘보지 못하는 저편에 존재하는 사람이었다. 인정할 건 인정할
수밖에 없었다.
"과찬의 말씀이오."
　겸양의 미덕 또한 가지고 있는 청흔이었다.
"비록 실력이 모자란다고는 하나 본인도 무인의 몸! 쉽게 승리는 내
주지 않을 생각이오!"

종자허는 자신의 애검을 뽑아들며 결연히 외쳤다. 그 또한 대청성파(大靑城派)의 직전 제자인 몸이었다. 쉽게 당해서야 체면이 서지 않았다.

"당연한 말씀! 오시오!"

오라고 했다. 고수가 하수에게 쓰는 말이었다. 그리고 종자허는 가야만 했다.

질 때 지더라도, 꼴사납게 질 수는 없었다. 지는 데도 품격이 있는 것이다. 투견판에서 진 개 꼴이 되지 않으려면 전력을 투구해야 했다. 이번 일격에 최선을 다하지 않는다면 다음 기회는 절대 오지 않을 것임을 잘 알고 있었기 때문이다.

청혼의 비무 내용은 모용휘에 대한 시위 같았다. 청혼 또한 단 일검으로 종자허의 검초를 부수고 그의 인후혈에 가 닿았던 것이다. 모용휘가 노렸던 곳과 똑같은 혈(穴)이었다.

검을 쥔 종자허의 오른손에서 핏물이 배어 나왔다. 검을 놓치지 않은 것만 해도 천행이었다.

"졌소!"

종자허는 순순히 시인했다. 아직 자신의 실력으론 청혼의 벽을 넘기 힘들다는 사실을 애초부터 알고 있었던 것이다. 다만 단 일초에 패배를 인정한 것이 안타까울 뿐이었다.

"감사하오!"

청혼은 검을 회수한 후 정중히 읍(揖)하며 예의를 표했다.

"우와아아아아아아!"

사방에서부터 환호성이 터져 나왔다. 환호성을 지르는 사람들의 대부분은 구대 문파에 속하는 사람들이었다. 물론 청혼의 무위에 순수한 감동을 표현하는 사람들도 개중에는 있었지만, 구대 문파 사람들에 비하면 미미한 수에 불과했다.

강한 줄은 알고 있었지만, 솔직히 기뻐만 할 수 없는 게 군웅팔가회의 애매한 입장이었다.

"검도의 오의(奧義)를 느낀 사람이로군."

무표정했던 모용휘의 얼굴에 감탄과 경악의 빛이 일렁거렸다.

모용휘의 손에 식은땀이 촉촉이 배어 나왔다. 등줄기에 벼락이 떨어진 줄 알았다. 그만큼 강력한 충격의 전율이 그의 몸을 부르르 떨게 만들었던 것이다. 단 일검이었지만, 그 속에 담긴 무서움을 보기에는 충분한 일검이었다. 그 많은 기세(氣勢)를 단 일검에 담는다는 것이 얼마나 어려운 일인지 누구보다 잘 알고 있는 그였기 때문이다.

"헤헤, 자네가 동요하는 건 처음 보는데……. 오늘 좋은 구경하는군 그래! 천하의 얼음덩이, 냉면썰렁(비류연은 모용휘를 이렇게 불렀다) 모용휘가 동요하는 일이 다 있다니. 천하인이 알면 까무러칠 기사로구나."

남 심각한 줄 모르고 여전히 히죽거리는 비류연이었다. 천하태평이 따로 없었다.

모용휘의 시선이 흘깃 비류연을 쓸고 지나갔다. 저런 무시시한 일검을 보고도, 긴장되지 않는단 말인가? 최소한 무인다운 감탄이라도 보여 주어야 정상이었다. 그런데 아무리 훑어봐도 비류연의 몸 어느 구석에서도 그런 낌새는 발견할 수 없었다.

방 안을 청결히 하는 데 최대의 적이긴 하지만, 비록 교류가 적었다 해도 반 년 가까이 알고 지낸 사이였다. 하지만 아직도 비류연은 그에게 있어서 이해하기 힘든 인물이었다.

"저자가 바로 삼절검(三絶劍) 비천룡 청흔! 무당파의 신룡! 구정회의 무절(武絶)인가!"

당당하게 비무대를 내려가는 청흔을 바라보는 효룡의 눈에서 기광이 번뜩였다. 그 빛은 너무나 찰나지간에 나타났다가 사라져 버려 다른 사람은 눈치챌 겨를이 없었다.

'이런, 이런! 안 되지! 나도 모르게 긴장해서 투기를 끌어올린 모양이군!'

목 뒷덜미에 소름이 돋아나는 것 같았다. 등줄기가 싸늘해지는 느낌을 받은 것은 비단 효룡뿐만이 아닌 모양이었다. 평소에도 심각하긴 마찬가지지만 더욱더 심각해진 얼굴에, 굳은 표정으로 청흔을 뚫어질 듯 응시하는 모용휘의 동요 또한 피부로 생생히 느껴졌다. 그 옆에서는 천하태평인 듯한 비류연이 효룡의 눈에 들어왔다.

'하긴 이대로 이겨 나간다면 결승전 상대인가!'

과연 삼절검 청흔은 그 어느 누구보다 모용휘에게 두꺼운 벽과 높은 절벽과 험난한 장애가 될 것이 틀림없었다. 그리고……, 먼 훗날을 생각했을 때 그것은 자신에게도 예외가 아니었다.

여러 사람들에게 둘러싸여 축하 인사를 받고 있는 청흔에게로 다시 한번 시선이 가는 효룡이었다. 절대로 잊지 않겠다는 듯 효룡의 눈에는 기광이 일렁이고 있었다.

"분위기가 왜 이렇게 썰렁해? 모두들 뭐 잘못 먹었어?"

다시 한번 청혼을 자세히 관찰하는 효룡의 시선이 목소리의 주인 공 비류연에게로 향했다. 심각한 얼굴로 상념에 빠져 있는 모용휘 옆에서 비류연은 쉴새없이 입을 놀리고 있었다. 모용휘는 아마 다시는 비류연과 같이 관전하려 하지 않을 것이다.

　'저 녀석은 인간의 기본적인 감성이 결여되어 있나? 아니면 단순한 바보일지도……'

　자신에게나 다른 사람에게나 아직도 불가해(不可解)의 대상인 비류연은 여전히 무슨 생각을 하는지 알 수 없는 얼굴을 하고 있었다.

　"쾅!"

　탁자가 커다란 충격에 세차게 흔들렸다.

　꺼져 버릴 듯 펄럭이는 촛불이 탁자를 내리친 자의 감정이 얼마나 격앙되어 있는지를 잘 나타내 주고 있었다.

　"설마……. 배반하잔 말인가? 대사형을……."

　남궁상의 목소리가 살짝 떨려왔다.

　"배반이라니! 이 친구 말을 너무 험악하게 하는군. 그런 참담한 말 함부로 하지 말게나. 그저 대세(大勢)에 따를 수도 있다는 그 말이지……. 다른 뜻은 별로 없네. 게다가 아직 확정된 것도 아니질 않나. 사안이 사안인 만큼 신중을 기하잔 말일세."

　금영호가 투실투실한 목살의 흔들림에도 불구하고 진중한 어조로 말했다. 그는 여전히 얼굴과 영 어울리지 않는 보라색 비단 무복을 고집하고 있었다.

　"하지만 따지고 보면 대사형을 배신……."

"허어! 아니래도! 말을 가려 하게나!"

남궁상의 계속 이어지려는 말을 금영호는 중도에 단칼로 내리치듯 끊어버렸다. 들어서 좋을 게 없고, 입에 담아서 득될 게 없는 말이었다. 상인의 자손답게 언제나 방실거리던 평소의 그와는 괴리감이 느껴질 정도로 현저히 다른 단호한 모습이었다.

"아직 확정된 건 아니네. 우린 지금 소위 선택의 갈림길에 서 있다고 할 수 있어! 여론에 따를 것이냐, 아니면 좀더 우리가 보고 느낀 것을 불쾌하긴 하지만 판단의 잣대로 삼아 모험을 감행하느냐 하는 중대한 갈림길일세!"

이제 중지를 모아 결정을 내릴 순간이었다.

어두운 밤, 어느 한 밀실 안에서 촛불 하나가 미약한 바람과 사람의 호흡에 흔들리고 있었다. 흔들리는 촛불 아래 그림자를 드리우고 있는 16명의 사람들 모두 우측 가슴에 한 마리의 비상할 듯 나래를 편 주작 한 마리가 수놓아져 있었다. 그들은 바로 열여섯의 주작단원들이었다.

이들 16명이 이 야심한 밤중에 한자리에 모두 모인 것은 무슨 까닭일까? 남녀가 유별함에도 불구하고…….

그들 모두 얼굴이 굳은 채 말이 없었다. 평생의 대적을 기다리는 듯한 심각한 모습이었다. 무엇이 천무학관 최고의 기재들로 손꼽히는 이들을 이리도 긴장시킨단 말인가.

"휴우!"

약속이라도 한 듯 그들이 일제히 깊은 숨을 들이마셨다가는 내뱉었다. 호흡으로 긴장을 약간이나마 풀고, 근육을 이완시키려는 의도가 그곳에는 포함되어 있었다. 마음이 성급하면 좋은 결과를 얻기 힘들기 때문이다.

모두의 눈은 매의 그것처럼, 검 날에 맺힌 한광처럼 빛났다.

들이마시고 내쉬는 호흡에 일렁이는 촛불이 모두의 얼굴에 어두운 그림자를 만들어냈다.

야심한 밤에, 은밀하게 자리를 마련하고 쓸쓸히 놓여 있는 흔들리는 촛불 하나를 한가운데 두고 심각한 얼굴로 마주보고 있는 것으로 보아 결코 여유로운 한담은 아닌 모양이었다.

"과연 이길 수 있을까?"

조심스럽게 이야기를 꺼낸 이의 왼쪽 허리 근처에 일곱 송이 매화 문양이 수놓아져 있었다. 일곱 송이 매화수와 연적색 무복은 바로 화산파의 표식이었고, 말한 이는 바로 화산파(華山派)의 검귀라 불리는 조천우였다. 일곱 송이 매화 장식은 장로 바로 아래의 직위를 나타내는 것이기도 했다.

그런데 누가 누구를 이긴단 말인가?

"글쎄……, 그건 모르지! 감히 장담할 수 없네."

금영호 자신의 말대로 이 일은 함부로 장담할 수 없었다. 장담할 수 있었다면 이렇게 이 자리에 모여 고민하고 있지도 않았을 것이다.

"자넨 과연 이길 수 있다고 생각하나? 그 사람에 대해선 자네가 여기 있는 그 누구보다도 잘 알고 있지 않은가! 자네 의견을 듣고 싶네."

조천우의 말대로 현운은 그 사람에 대해서 여기 있는 그 누구보다도 상세하게 알고 있었다. 그리고 또 한편으로 진심으로 존경하고 있기도 했다.

"조금 무리가 아닐까 싶군! 그렇게 간단한 상대도 아니고, 게다가 나 자신조차도 사형의 진경이 어디까지 성취를 이루었는지 알지 못한다네. 적어도 나는 그렇게 생각하네."

"우리 중 당삼이와 노거지가 나가떨어진 걸 두 눈으로 보고도 그런 소리가 나오나? 난 그 사람이 그렇게 간단히 둘을 제압할 실력을 지녔다고는 결코 생각하지 않아."

백색과 흑색이 조화되어 마치 학의 깃털을 보는 듯한 무복을 걸친 곤륜파 제자 이자룡이 약간 신경질적인 말투로 자신의 의견을 피력했다. 그는 눈이 보통 사람보다 훨씬 작고 날카롭게 찢어져 있어 더욱 인상이 날카롭게 보였다.

당삼과 노학, 둘의 이름이 불명예스러운 일과 더불어 거론되자 분위기가 더욱 우울하게 변했다. 둘의 얼굴이 살짝 찌푸려졌다. 그런 건 좀 무시하고 은근슬쩍 넘어가면 안 되나? 꼭 이름까지 또박또박 들먹일 필요까지야 없잖은가.

"자룡의 말도 맞네. 둘을 한 호흡에 묵사발로 만든 사람이야. 대사형은……. 아무리 그라도 그렇게 쉽사리 장담하진 못하지. 내 검(劍)을 걸고 맹세해도 좋아!"

"……."

청성파 제자인 청문도 동의하고 나섰다. 검의 명예를 건다는 것은 목숨을 건다는 것과 동일한 의미였다. 그만큼 자신의 의견을 확신하고 있다는 뜻이기도 했다.

이제 이곳에서 침묵으로 일관하고 있는 이는 평소부터 과묵하기만 한 일공뿐이었다. 소림사에서 엄한 규율 아래 생활하던 그에게 이런 자리는 버겁기만 했다. 중이나 스님, 조금 더 고급스럽게 표현하면 불제자인 그에게 가장 어울리지 않는 자리 중 하나가 오늘 같은 자리였다. 친구들 때문에 할 수 없이 끼긴 했지만, 이 자리에서 그가 할 역할은 아무 것도 없었다. 그저 침묵으로 일관한 채 돌아가는 상황을 주시할 뿐이다.

여자들 또한 일공과 별다르지 않았다.

"신중해야 하네. 그렇다고 검(劍)의 명예(名譽)까지 걸 일은 아닌 것 같군. 결코 섣불리 결정할 일이 아니지.

그의 실력은 나도 인정하네. 그의 검기(劍氣)는 모두 보여 준 것이 아닌데도 불구하고 상상 이상으로 놀랍지. 솔직히 아직은 나도 승부를 장담할 수 없어. 같은 구룡(九龍)의 한 사람임에도 불구하고 말이야. 하지만 과연 우리가 대사형의 실력 전부를 봤다고 할 수 있을까?"

대답은 '아니다'였다. 남궁상의 지적은 옳았다. 다시 한번 심사숙고해 봐야 할 문제였다.

"음음……."

남궁상의 정연한 이야기에 금영호는 헛기침이 흘렀다. 오늘의 이 회합을 주재한 것도, 현재 장내를 주도하는 것도 금호상회의 후계자인 금영호였다. 모두들 그의 능력에 기대를 가지고 있었기 때문이다.

침묵이 방 안 전체에 고요의 장막을 쳤다. 아무도 말을 내뱉는 이가 없었다. 그들이 지금 침묵 속에서 주시하고 있는 것은 오직 하나였다.

그들이 빙 둘러싸고 앉아 있는 탁자 한가운데서 흔들리는 불빛 아래 덩그러니 놓여 있는 가죽 자루가 하나! 모두들 그것만을 뚫어지게 바라보고 있었다.

"나하고 남궁상이하고 함께 덤벼도 그를 이기고 삼성제에서 우승하는 건 아직 힘들지도 모르지. 자존심은 상하지만……."

조천우는 솔직히 시인했다. 진정한 고수는 함부로 호기를 부리지 않는다.

"우린 참가도 못 하잖아."

그것 또한 자룡을 비롯한 모든 이들의 불만이었다.

"젠장 왜 우리가 그 녀석들과의 일전 때문에 삼성무제에 참가할 수 없단 말이야?"

이자룡이 신경질적으로 내뱉었다. 노학에게는 뒤지지만 그의 성격도 꽤나 급하고 거친 편이였다. 황량한 무림의 끝자락에 위치한 곤륜파(崑崙派)에서 생활했기 때문인지도 몰랐다. 곤륜파는 무림의 중심과 너무 동떨어져 있어 사실 교류가 매우 힘들었다.

"그럼 이 공자는 삼성무제에 신경을 쓰면서 청룡단을 뛰어넘을 수 있다고 생각하시나요?"

조용한 목소리로 진령이 물었다. 대답은 하나뿐이었다.

"음…, 그건 불가능하겠지요."

청룡단의 이름이 나오자 그와 다른 이들의 불평이 위장 안쪽 깊숙한 곳으로 쏙 들어갔다. 그들에겐 삼성무제 말고 어찌 보면 더욱 중요한 일이 기다리고 있었다. 그것은 바로 청룡단과의 승부였다. 누가 사신단(四神團) 중 최고 인가를 가리는 승부, 그것을 위해 주작단은 삼성무제를 포기했다. 정확히 말하면 염도가 빙검 관철수와의 말다툼 끝에 의견도 묻지 않고 함부로 결정한 것이지만 결과는 같았다. 그것은 청룡단도 마찬가지였다. 두 노사의 합의에 의해 청룡단, 주작단 모두는 이번 삼성무제 출전권을 포기했다. 모두들 출전 자격이 충분히 되는데도 불구하고 말이다.

"절대로 질 수 없지!"

이자룡이 단호한 목소리로 말했다.

"졌다간 대사형은 물론이고 노사부님까지도 아미산에서 뛰쳐나올지도 모르지요."

진령의 말이었다.

"생각만 해도 소름이 돋는군. 진 소저! 그런 무섭고 끔찍한 말은 함부로 하는 게 아니오! 말이 씨가 되면 어찌 하려 그러시오?"

당삼이 몸을 부르르 떨며 말했다. 농담으로라도 그런 이야기는 듣고 싶지 않았다. 노학도 마찬가지였다. 그도 구질구질한 몸을 눈살이 찌푸려질 정도로 연신 긁어대고 있었고 때가 한 무더기 긁어져 나오는 게 아닌가! 지켜보기 두려울 정도였다. 남궁상은 얼른 외면해 버렸다.

"그런 재난 사태를 미연에 방지하기 위해서라도 우리는 반드시 이겨야 하네! 내일 있을 수련에도 최선을 다하자고. 요즘은 한 방에 나가떨어지는 일은 면했으니깐 말일세! 장족의 발전이지."

남궁상의 말대로 맹렬한 특훈으로 피를 보는 이는 기초 훈련을 따라가기도 벅찬, 현재 이 자리에는 없는 윤준호뿐이다. 그렇다 해도 변명 한 번 없이 죽을힘을 다해 뒤쫓아 가는 노력이 가상하긴 했다.

"사실 아직 1회전만 본 것이기에 딱히 뭐라고 확정적으로 말할 만한 근거는 없어. 그러니 다시 한 번 의견을 듣고 최후의 결정을 내리도록 하겠네. 무엇보다 선택의 향방을 가를 사람은 현운이라고 생각되는군. 그의 의견을 듣고 최후의 결론을 내리도록 하세."

어수선해진 장내를 조율하며 금영호가 말했다. 그것이 현재 그가 맡고 있는 역할인 것이다. 그의 말 한 마디에 따라 모두의 시선이 현운에게로 쏠렸다.

현운은 친구들이 자신에게 무엇을 바라는지 잘 알고 있었다.

과연 삼절검 청혼을 이길 수 있는가 하는 것이 바로 승부의 관건이자 핵심이었다.

모두의 시선이 현운을 향해 있었다. 조금은 부담스러울 정도였다. 비록 같은 학년에 있다지만, 사문인 무당파의 족보(族譜)로 따지면, 삼절검 청혼은 현운의 사형이었던 것이다. 청혼은 어려서부터 무당파에서 키워졌기 때문에 현운의 항렬에서는 꽤 높은 위치에 속해 있었다. 그만큼 빠른 나이에 입문식을 치렀기 때문이다. 그것도 바로 손위 사형으로 현운과는 어릴 적부터 항상 함께 수련하며 지내 왔던 사이였다. 때문에 여기 있는 그 누구보다도 비천룡 청혼에 대해서 자세히 알고 있는 사람도 바로 현운이었다. 그리고 현운은 그를 설명할 때 항상 이 말을 빼놓지 않았다.

"천재죠, 청혼 사형은!"

그것이 현운의 당연하다는 듯한 대답이었다. 그리고 언제나 같은 질문에 같은 대답이기도 했다. 그는 한 번도 이 대답을 망설인 적이 없었다.

"으음……"

장내는 더욱더 심각한 상태로 돌입했다. 현운이 뱉은 신음 같은 소리가 더욱 심각함을 증대시켰다. 묵직한 침묵이 그들 사이를 눌렀다. 금영호가 물었다.

"자네하고 비교해 보면 어떻겠나? 자네도 명색이 천무구룡 중 일인이 아닌가."

현운은 고개를 가로저었다. 회의적인 반응이었다.

"비록 같은 구룡이라 해도 사형의 실력은 내가 감히 따를 수 없을 정도지."

"그 정도란 말인가?"

현운의 뛰어난 실력은 여기 모인 열여섯 모두가 익히 알고 있는 것이었다.

"요즘 들어 나도 점점 강해지고 있지만 승패를 가늠한다면 오백 초 내로 나의 패배로 끝남을 장담하지."

자신의 패배임을 시인하면서도 그의 얼굴에는 한 가닥의 부끄러움도 찾아볼 수 없었다. 그만큼 상대의 실력을 인정한다는 뜻이기도 했다.

"으음! 자네에게 그 정도로까지 평가를 받다니. 그의 실력이 그 정도란 말인가?"

금영호는 신음성을 흘렸다.

같은 천무구룡 중 일인인 현운이 스스로 패배를 장담하는 상대. 삼절검 청혼은 바로 그런 존재였다. 때문에 감히 그에 대해 소홀히 하지 못하는 것이다.

"뭘! 그 정도 가지고! 예전에는 200초 안에 작살이 났는데…….검법 하나 만은 정말 독보적인 존재지. 무당파의 신룡(神龍)은 내가 아니라 사형을 이르는 말이란 걸 다들 알지 않나!"

마침내 현운이 필패(必敗)를 선언했다. 그의 판단이니 틀릴 리가 없다는 것을 모두들 알고 있었다. 그런데도, 그런 위험을 감수하고서도 그들은 하지 않으면 안 되었다. 그들의 모든 것을 걸고, 부딪칠 수밖에 없었다.

기억 저편에 묻어 두고 싶은, 끄집어내고 싶지 않은 그들의 대사형 비류연의 얼굴이 눈 앞에 아른거렸다.

"하지만 그렇다고 해서 한 곳에 집중시키다니 너무 위험한 것 아닌가요? 그렇게 걱정된다면 두 곳으로 나눌 수도 있지 않을까요?"

여태껏 조용히 보고만 있던 남궁산이 한 마디 했다. 그녀는 요즘 들어 여관도들은 물론 칠봉(七鳳) 사이에서도 서서히 두각을 나타내고 있는 중이었다. 하지만 성격만은 여전히 신중했다.

"하하! 그건 남궁 소저께서 잘 모르시고 하는 말씀이지요. 남들이 모르는 정보를 가지고 있으면 활용할 줄 알아야 합니다. 그런 것을 기회라고 하지요. 아직 대사형의 진면목을 아는 사람은 아무도 없습니다. 물론 그런 면에서는 우리들도 마찬가지지요. 하지만 우리는 남들이 모르는 걸 하나 더 알고 있죠."

금영호가 씨익 웃으며 그녀를 쳐다보았다. 금영호의 시선을 정면으로 받은 그녀의 눈이 반짝였다.

"대사형의 실력!"

"네, 맞습니다. 그리고 그 실력이란 대회의 승패를 가름할 정도의 큰 변수이죠. 이게 바로 기회란 녀석이죠. 잘만 이용하면 대박이고, 아니면 쪽박이죠. 때문에 우리는 최대의 변수라고 할 수 있는 삼절검 청혼에게 이렇게 신경 쓰는 것이죠. 그가 과연 대사형을 막을 수 있을지 여부를 말입니다."

과연 들어 보니 금영호의 말은 일리가 있었다. 하지만 한 가지 지나쳐 버린 사실이 있는 것 같았다.

"하지만, 한 가지 이상한 점이 있군요! 금 공자는 이번 대회 또 하나의 변수가 있다는 사실을 잊었나요?"

순간 금영호의 얼굴은 뒤통수에 벼락 맞은 사람 같았다.

"칠절신검 모용휘!"

그제야 금영호는 손바닥으로 이마를 탁 쳤다. 소리로 봐서 인정사정없이 후려친 것 같았다.

"이런, 이런! 내가 왜 그 생각을 못 했을까! 그처럼 중요한 제2의 변수를 잊고 있었다니."

노학이 궁금증을 참지 못하고 물었다.

"왜? 이번엔 모용휘가 이기기라도 하는 거야?"

금영호는 생각이 번개처럼 머릿속을 휘젓고 있는 중이라 분위기 파악도 못하고 촐랑거리는 노학을 한 번 째려봐 주는 것으로 끝냈다. 그 이유를 쫠쫠 강의해 주고 싶었지만 지금은 그쪽에 심력을 소모할 때가 아니었다.

"아닐세. 대사형에게 전부 걸도록 하지."

금영호가 선언하듯 말했다.

"왜? 아까까지만 해도 배신의 오명을 무릅쓰고 청혼에게 걸까 망설이던 자네가 아니던가? 그런데 갑자기 대사형에게 걸기로 했단 말인가? 모용휘가 봉이라도 된단 말인가?"

"하하하! 맞네! 봉이야! 봉이고말고!"

"답답한 친구로군, 누가 상갓집 자손 아니랄까봐 음흉하기는! 궁금해 죽을 지경이니 빨리 그 속내나 털어놔 보게. "

노학이 재촉했다. 아무리 구타당해도 그의 화급한 성질은 불치의 병인 듯 고쳐질 기미가 없었다.

"나도 궁금하군!"

꿋꿋이 처음부터 대사형에게 표를 던졌던, 그래서 잠시 동안 금영호랑 의견이 갈렸던 남궁상도 그를 재촉했다.

"그건 말일세……."

금영호는 그들에게 왜 대사형에게 전부를 걸어야 하는지 그 이유를 조목조목 설명해 주었다. 처음엔 의구심 가득한 얼굴로 그의 설명을 듣던 주작단원들의 얼굴이 점점 밝아지더니 끝내는 참지 못하고 웃음을 터뜨렸다.

"하하하! 과연 그렇군, 과연 그래. 그 간단한 이치를 왜 생각 못 했을까!"

"이의 없네."

"나도 이의 없네."

"저도요!"

"나도 그렇네!"

"……."

모두들 감탄 섞인 목소리로 한 마디씩 했다. 잠깐의 소란이 가시자, 금영호가 의자에서 앉은 자세를 바로잡은 후 진지한 얼굴로 말했다.

　"마침내 결정되었군! 긴 장정이었네. 보통 힘든 일이 아니었어. 이런 난해하기 짝이 없는 양자택일(兩者擇一)의 결정은 두 번 다시 내리기 싫군."

　모두의 시선이 금영호에게로 모아졌다. 이번 건은 모두 그의 판단에 따르기로 암묵적으로 합의하고 있던 터였다. 때문에 그만큼 그의 책임이 무거웠던 것이다.

　"그렇다면 내일 대사형이 이기는 쪽에다 전부 걸도록 하겠네!"

　"으음!"

　금영호의 말에 모두들 고개를 끄덕이는 것으로 동의를 표시했다. 아무도 이의를 제기하는 이가 없었다. 드디어 의견이 하나로 수렴된 것이다.

　여태껏 이것을 위해 그토록 머리를 맞대고 고민해 왔던 것이다. 결코 적은 돈이 아니지만 일단 모험을 해 보기로 했다.

　무엇보다 나중에 대사형에게 돈을 걸지 않은 게 알려지면 그들에게 닥칠 후환이 두렵기도 했다. 솔직히……

　"아아! 남들이 입을 모아 미친 놈이라 하겠지!"

　금영호가 툴툴거렸다. 안 봐도 주변 사람들의 얼굴이 눈에 밟혔다.

　"감수해야지, 뭐!"

　현운의 말이었다. 그도 역시 모든 결정이 끝나 홀가분한 심정이었다.

"애초에 각오한 일을 아닌가! 주위의 시선이 무서우면 이런 일 어떻게 하겠나."

남궁상이 단호하게 말했다. 항상 우유부단하기만 하던 그도 아미산 수련 이후 몰라보게 달라져 이제는 결단력마저 느껴졌다.

"저도 남궁 공자의 말에 동감이에요."

진령까지 남궁상을 거들고 나서자, 그의 얼굴이 금세 벌겋게 변했다. 주위에서 갑자기 휘파람 소리가 나며 요란해졌다. 그럴수록 남궁상은 더욱 무안한지 고개를 푹 떨어뜨리는 것이었다. 아직 그의 성격이 완전히 고쳐지려면 한참은 먼 듯하다.

"전부(全部)냐? 아니면 전무(全無)냐! 그것이 문제로다! 무량수불(無量壽佛)!"

여전히 전혀 도사임을 못 느끼게 해 주는 현운의 한 마디였다.

"영호, 그럼 내일 부탁하겠네!"

남궁상이 그의 어깨에 손을 얹으며 말했다.

"맡겨 주게."

금영호는 흔쾌히 고개를 끄덕이며 말했다. 큰 결정을 마친 후라 그런지 그의 얼굴은 그 동안 쌓였던 중압감을 털어버린 듯 밝았다.

그리고 다음 날!

금영호는 사람들이 벌떼처럼 바글바글 모여 있는 한 장소에 와 있었다. 그곳은 사람들의 열기(熱氣)와 소음(消音)으로 가득차 있었다. 하지만 소란스러움보다는 생명이 약동하는 활기가 그 안에서 느껴졌다. 그는 이런 분위기가 언제나 마음에 들었다.

그의 손에는 어젯밤 그들이 빙 둘러싸고 있던 탁자 위의 가죽 주머

니가 들려 있었다. 주작단 전원의 생활비가 고스란히 담긴 주머니였
기에 그것을 다루는 그의 손길도 조심스러울 수밖에 없었다.

안목품평회

왁자지껄한 북새통 가운데 천무학관의 문제아,
걸어다니는 사고뭉치, 불타는 화약고, 또는
여자의 적이라 불리는 천무쌍귀영 당철기와 천소해는
눈알이 반전(反轉)할 정도로 정신없이 움직이고 있었다.

그가 만든 단 아래에는 수많은 관도들이 그들을 향해 소리를 내지
르며 손을 내뻗고 있는 중이었다.

지옥(地獄)의 아귀(餓鬼)를 방불케 하는 처절한 몸부림으로 그 둘을
향해 손을 뻗는 사람들게 두 사람은 한 뭉치씩 들고 있는 종이쪽지를
나눠 주기에 바빴다.

지금 천무쌍귀영 두 사람이 나눠 주는 흰 종이쪽지는 바로 일종의
배당표였다.

배당표! 내기나 도박을 할 때 돈을 건 증표로 받는 그 배당표가 맞
다. 그렇다면 이곳이 일종의 내기 도박판이란 말인가? 라고 묻는다
면 모두들 이렇게 대답할 것이다.

'아니오! 이곳은 안목품평회장입니다.'

그렇다. 이들 주장에 따르면 이곳은 우승자를 가리는 자신의 안목 (眼目)과 운(運)을 시험해 볼 수 있는 특별한 자리였다.

이곳은 바로 이맘 때가 되면 어김없이 생겨나는, 아는 사람은 다 아는 장소, 안목품평회장(眼目品評會場)인 것이다.

안목품평회(眼目品評會)란 그럼 무엇인가?

이 고상하고 왠지 있어 보이는 이름은 사실 한 꺼풀 벗겨놓고 보면 내기 도박판의 다른 이름일 따름이다. 하지만 비록 승패에 따라 수많은 돈이 오가고, 울고 웃는 자의 편이 갈린다 해도 누구도 이곳을 내기 도박판이라고 부르지 않는다.

내기 도박이란 말은 너무 천박하게 여겨지고, 이름부터가 불법적인 냄새가 물씬 풍기는 까닭이다.

그래서 천무학관에 있는 모든 이들은 약속이라도 한 듯 입을 모아 이것을 안목품평회(眼目品評會)라 부른다. 상대의 실력 고하를 가늠하는 자신의 안목(眼目)을 시험해 본다는 그런 의미였다. 그리고 나서 그들은 말한다. 우리는 결코 내기 도박을 한 적이 없다고! 그저 자신의 안목을 한 번 시험해 봤을 뿐이다, 라고. 단 약간의 수업료(授業料)를 곁들여서……, 라고 말이다.

체면이 있고 명예가 있지, 차마 도박판이라고 부를 수는 없다는 백도명문의 굳건한 의지(?)인 것이다. 물론 뚜껑을 열어 보면, 하는 짓은 내기 도박판이랑 너무나 똑같아 차이점을 찾기가 거의 불가능에 가까울 것이다. 이런 걸 보고 눈 가리고 아웅한다고 하는 모양이다.

물론 이런 일이 이름 높은 천무학관 안에서 공식적으로 버젓이 벌어진다는 것은 굉장히 놀라운 일이다. 하지만 이들은 아직 20대의 혈기왕성한 젊은이들이라는 것을 간과해서는 안 될 것이다. 무슨 일이든 저질러 볼 호기심과 능력이 내재되어 있는 이들이었다.

게다가 지금은 피가 끓는 삼성무제 기간이다. 원래 비무 시합은 내기가 걸리면 열 배는 더 재미있는 법. 자기 자신이 응원하는 사람이 치르는 시합을 볼 때와, 그렇지 않은 시합을 볼 때 기분의 차이는 천지 차이이다.

실력이 부족해 애석하게도 직접 참가할 수 없는 사람들은 도박으로라도 끓어오르는 열기를 식히려 하는 것이다. 일종의 대리 만족이라고 할까!

학관 측에서도 아마 묵인해 주는 눈치인 것 같다. 음성적인 것보다 오히려 양성적인 게 부작용이 덜 할 거라고 생각했기 때문이다. 득도(得道)한 선인(仙人)들만 집단서식(集團棲息)하고 있지 않은 이상, 이런 유형의 일에는 개인이든 집단이든 간에 내기란 것이 성립될 수밖에 없다. 그걸 계속 단속하다가는 점점 더 음성적으로 되어 가고, 점점 더 깊숙이 스며들어 종국에 가서는 안에서부터 곪아 썩어 문드러질지도 모르기 때문이다.

학관 측의 판단은 옳았다. 학생들은 정도와 선을 알고 절제할 줄 알았다. 아무래도 양성적으로 되다 보면 주위의 시선을 의식할 수밖에 없으니 자체 검열과 자정 능력을 발휘하게 되는 것이다. 학생들 서로가 서로의 규칙을 가지고 화합, 조절해 나갔다. 그것이 이제는 굳어져 전통이 되어 버린 것이다.

그리고 보면 첫 대회 때부터 기괴하고 독특한 일을 즐기는 반항아는 있었던 모양이다. 사실 이곳에 모인 모든 이들이 모범 기재이길 바라는 것은 실현 불가능한 꿈일 뿐이다. 한 명의 혁신적(?) 반항아(또는 외도아!)의 시도 이래로 대를 물리며 계속 이어져 내려온 결과, 이제 안목품평회는 천무학관의 전통 비슷하게 굳어져 버린 모양이다. 언제나 시키지도 않는데 나서는 이들이 있다. 그들이 이 안목품평회를 100년 가까이 이어 온 것이다. 위에서 내버려 두어도 알아서 잘해 온 것이다.

이 좋은 기회를 천무쌍귀영이 놓칠 리가 없었다. 이런저런 이유로 이번 안목품평회의 진행과 운영은 천무쌍귀영이 맡게 되었다.

공공연한 비밀이 된 이 장소에 약간 뚱뚱해 보이는 보라색 비단 무복의 청년이 들어섰다. 그는 바로 강호 제일 상가라는 금호상회의 후계자이자 주작단의 일원인 금영호였다.

금영호에게 주작단 전원의 돈이 맡겨진 이유는 간단했다. 그가 이쪽 방면에는 탁월한 조예가 있기 때문이다. 가문이 가문인지라 어려서부터 훌륭한 금전 감각을 교육받으며 자랐다. 때문에 그의 능력과 판단력을 믿은 친구들이 그에게 모든 것을 위임한 것이다. 물론 투자를 한 곳에 집중하는 것은 위험천만한 일이고 모험이다. 하지만 보다 큰 것을 얻기 위해서는 모험이란 필수불가결한 요소였다.

그들은 자신들의 운을 한 번 시험해 보기로 했다. 자신들의 대사형이란 작자가 좀 미덥지 못하기는 하지만 각오를 하고 모험을 하기로 결정했던 것이다. 손에 들린 묵직한 가죽 주머니로부터 전해 오는 책임을 빨리 처리하고 한시름 놓고 싶은 금영호이지만, 워낙 사람이 많

다 보니 차례가 돌아오려면 한참이나 기다려야 했다. 일다경(一茶傾:
약 15분) 정도 기다린 끝에야 겨우 금영호에게 차례가 돌아갔다.

"어라? 이게 누군가? 영호 아닌가!"

바쁜 와중에도 먼저 그를 아는 체한 사람은 천무쌍귀영(天武雙鬼
影) 중 한 명인 천소해였다. 원래 그의 신념은 일단 부잣집 아들은 사
귀어 놓고 보자는 것이었기에 이처럼 발이 손이 되고, 눈 돌아갈 지
경임에도 불구하고 그를 아는 체했다. 그의 모습은 천관 최고의 사고
뭉치라는 평과 다르게 항상 깔끔한 모습을 하고 있었는데, 지금은 워
낙 바빠 복식이 약간 흐트러져 있었다. 허나 여전히 말쑥한 그의 얼
굴을 본다면 도저히 사고뭉치라 여겨지지 않는 명문 제자의 전형적
인 모습이었다.

"수고하네. 여전히 성황이군. 이문이 적지 않게 남겠어!"

상인의 자손답게 이문에 집중하는 금영호였다. 운집해 있는 수많
은 사람들이 한정된 공간 안에서 부대끼자니 그 복잡함이 시장통을
방불케 했다. 그의 눈에는 이 모든 이들의 움직임이 돈의 흐름으로
보였다.

"하하하! 이거 갓난아이 손이라도 빌리고 싶은 심정이라니까! 그래,
자넨 누구에게 걸 텐가? 역시 삼절검 청혼인가?"

"역시 최고의 기대주는 삼절검 청혼 그 사람인가 보군."

이미 예상했던 바였다.

"물론일세. 누가 있어 그의 날카로운 검기를 막을 수 있단 말인가?"

"하지만 승률이 최고인 만큼 배당은 낮질 않나!"

당연히 승률이 높고 사람의 표가 몰린 곳일수록 이겼을 때 배당은

낮게 돌아오게 마련이다. 물론 반대로 승률이 낮아지면, 그만큼 배당은 올라가게 된다. 대신 위험 부담은 그만큼 더 크다.

"오호! 자네 다른 곳에 걸려고 하고 있군. 어디서 돈 냄새를 맡았는지 궁금하군! 그렇다면 누구에게 걸 텐가? 자네의 예리한 감각이 원하는 곳을 말해 보게. 최고의 기재라 불리는 최대의 변수, 칠절신검 모용휘인가? 그에게 기대를 거는 사람도 지금까지 상당수 있었다네. 새로운 바람을 기대하는 것이겠지."

그의 말대로 지금 판은 청혼과 모용휘 양측으로 갈려 있었다. 검성(劍聖)의 이름은 사람들이 청혼으로부터 고개를 돌리게 하는 큰 힘을 발휘했던 것이다. 그래도 역시, 아직까지 부동의 1위는 삼절검 청혼이었다. 천소해로서도 금영호의 판단에 흥미가 있었다.

다른 사람한테는 비밀이지만 천무쌍귀영과 금영호는 몰래 학관을 빠져 나가, 성내의 도박장에서 주사위를 흔들며 남다른 우정을 키워왔던 것이다. 때로는 적(敵)으로, 때로는 동지(同志)로……. 밤하늘 아래서 펼쳐지는 도박판에서 금영호는 과연 강호 제일의 상회인 금호상회의 후계자답게 금전 감각뿐만 아니라 도박에도 남다른 재능을 보여 주었다. 그의 탁월한 감각은 천소해랑 당철기도 내심 인정해 주는 터였다. 또한 그 능력이 주작단으로 하여금 모든 판단을 그에게 일임케 한 이유이기도 했다.

"빨리 결정하게. 보시다시피 난 지금 바쁜 몸이라서……."

금영호랑 대화하는 와중에도 천소해는 연신 몸을 움직이고 있었다. 신경을 분산시키고도 그는 행동에 아무런 장애를 받지 않는 듯 척척 일을 해 나가는 것이 신기하기만 했다.

"아닐세! 난 비류연에게 걸도록 하겠네. 여기 든 전액을 그쪽에다 걸어 주게."

단호하게 말하며 조심스럽게 들고 있던 주머니를 불쑥 내밀었다. 주머니를 받아드는 천소해의 눈이 휘둥그레졌다. 비류연의 이름 석 자를 들은 당철기도 이쪽으로 시선을 돌리고 있었다. 그리고 이구동 성으로 외쳤다.

"비류연! 우리 후배님한테 말인가?"

금영호는 고개를 끄덕였다. 비류연이 애소저회에 든 것은, 게다가 모용휘까지 끌어들인 것은 학관 내에 파다하게 퍼진 일이었다.

"후회하지 않겠나? 이제까지 우리 후배님한테 돈을 건 사람은 세 명뿐일세. 그것도 미미한 액수에 불과한 수준이지. 게다가 내가 그 사람들을 아는데, 아마 친교 관계 때문에 걸었을 가능성이 십 중 구 할이야. 다들 우리 후배님 친구 녀석들이거든."

"세 명! 건 사람이 있기는 있단 말이군. 난 한 명도 없을 줄 알았네. 있는 게 더 놀랍군!"

예상대로라면 비류연에게 건 사람은 자신들뿐이어야 된다. 당연 하다. 누가 검증되지도 않은 실력을 지닌 1학년 애송이에게 피 같은 돈을 건단 말인가. 주작단과 금영호는 이겼을 때 내기 판을 싹쓸이 하자는 심정으로, 모험을 감행하고 있는 것이었다.

당연히 아무도 없는 허허벌판을 예상했었다. 그런데, 있었다. 그것 도 한 명도 아니고 세 명씩이나……. 게다가 종합 우승자로서 말이 다. 그들이 누군지는 몰라도 저들이 돈 걸었을 때 다들 주위에서 미 친 놈 취급했을 게 분명했다. 미친 짓 그만하라며 만류하는 사람들도 많았을 것이다.

지금 자신도 그 미친 놈 취급당하는 걸 무릅쓰고 비류연, 아니 대사형에게 돈을 걸고 있는 것이다. 주작단이 청룡단과의 결전을 준비하다 미쳤다는 소문이 나돌 날도 며칠 안 남은 것 같았다. 금방 소문이 들불처럼 번질 게 눈에 밟혔다. 이미 각오한 바였다.

그래도 그들은 남들이 모르는 극비 정보를 알고 있는 입장이었다. 그것도 내기의 행방에 중대한 변수로 작용할지 모를 정보를 말이다. 남들하고는 사정이 틀리다. 그런데, 이들은 뭘 믿고 이곳에다, 비류연에게 돈을 걸었단 말인가? 만약 이들이 대사형의 실력을 꿰뚫어보고(어딜 뜯어봐도 전혀 고수 같지는 않지만) 걸었다면 이들은 아마 천재일 것이다. 사람 보는 눈이 타의 추종을 불허하는 그들의 안목은 천하제일(天下第一)일 것이다. 아니면 그저 단순한 바보이거나…….

금영호는 그들이 바보이기를 바랐다. 그렇지 않으면 무서운 적수가 될지도 모르기 때문이다.

"후회하지 않겠나?"

주작단 한 달 생활비 및 운영비가 고스란히 담긴 주머니를 건네 받으며 마지막으로 천소해가 물었다. 지금이라도 늦지 않았으니 얼른 바꾸라는 의미가 듬뿍 담긴 말이었다.

"후회하지 않네. 내 선택은 변함없어."

금영회의 눈빛은 단호했다. 찌를 듯이 강렬한 눈빛이 지금 그 자신이 장난이 아니라는 사실을 대변해 주고 있었다. 천소해도 더 이상 토를 달거나 저지할 생각을 하지 않았다.

"알겠네. 전부냐 아니면 전무냐 하는 위험한 도박이로군. 자네의 판단에 행운이 따르길 기원하겠네. 이긴다면야 200배로 튀기는 것도 꿈은 아닐 걸세. 이긴다면 말일세……."

의미심장한 한 마디를 한 천소해는 자루 속의 돈을 확인하고 배당표를 나누어 주었다. 배당표를 받은 금영호는 배당표에 적힌 금액과 사람을 꼼꼼히 확인한 다음 조심스럽게 안주머니에 넣었다. 그가 맡은 일은 여기까지였다. 이제 나머지는 하늘에 맡기는 수밖에 없었다. 일을 마친 금영호는 북적대는 인파를 피해 밖으로 몸을 빼냈다.

그때였다.

"여어? 이게 누구신가? 돈밖에 없는 금호상회의 외동아들이신 금영호, 금 공자가 아니신가?"

불유쾌한 목소리! 금영호의 고개가 천천히 뒤로 돌아갔다.

'점박이! 젠장 재수없게시리…….'

비꼬는 음색이 다분한 어조로 그를 불러 세운 사람은 별로 만나기 싫은, 이야기 나누기도 껄끄러운 청룡단의 기환검쾌(奇幻劍快) 도광서였다. 환(幻)과 쾌(快), 그의 별호를 듣는 순간 사람들은 비쩍 마른 몸에 긴 팔, 그리고, 날렵한 몸을 연상한다. 하지만 그를 직접 본 사람은 자신이 얼마나 큰 착각을 했는지를 깨닫게 된다. 그는 쾌검을 쓰는 사람이라고는 도저히 상상할 수 없는 무거운 몸매의 소유자였기 때문이다.

태산만큼 튀어나온 아랫배와 살려 달라고 아우성치는 살들 속에서 어떻게 그런 환(幻)과 쾌(快)가 나올 수 있는지 불가사의가 아닐 수 없다. 학년은 같지만 형산파 지룡 백무영의 사제이며, 그에게 절대 복종하고 있다.

어느 정도 약간의 열등감도 가지고 있지만, 깊이 감추고 있는 편이다. 구대 문파가 최고라고 생각하는 전형적인 인간 중 하나로 백무영의 위세를 믿고 자주 까불어서, 타인들에게 미움을 받고 있고 호가호위하는 놈이라는 비난도 많이 받고 있다.

그의 인상 특징 중 하나로 오른쪽 볼 한가운데 볼썽사납게 찍혀 있는 커다란 점 때문에 사람은 그를 '점박이'라고 불렀다. 이런 곳에서 만날 줄 솔직히 금영호로서도 의외였다. 그렇지 않아도 상종하기 싫은 청룡단 녀석들인데, 지금 눈 앞에 있는 녀석은 그들 중에서도 가장 마음에 안 드는 녀석이었던 것이다. 기분이 어찌 좋을 리 있겠는가.

"자네 바본가?"

내뱉는 첫 마디부터가 싸가지의 행방을 찾을 수 없는 저급한 언어였다. 당장에 금영호의 얼굴에 쌍심지가 돋우어졌다.

도광서도 곁에서 금영호가 비류연에게 전액을 거는 것을 지켜봤던 것이다.

"무슨 근거로 그따위 소리를 지껄이는 건가?"

요즘 들어 청룡단과 주작단 사이는 마치 담당 사부 사이처럼 악화 일로를 치닫고 있었다. 그래서인지 사사건건 시비가 붙기 일쑤였다. 아무래도 가르치는 사부들에게 감정이 전염된 모양이었다.

"드디어 주작단도 제정신이 아닌 모양이군 집단으로 미쳐버리기라도 했나? 아니면 눈이 삐었나? "

"무례한 언동! 저급한 혀 끝! 듣기가 심히 거북하군!"

"도대체 뭘 보고 저런 애송이에게 돈을 거는건가?"

"다른 건 몰라도 자네 따위보다는 10배는 더 강해 보여서 뽑았다네. 왜? 불만 있나?'

금호산장의 적자도 지지 않고 안색이 울그락불그락해지며 반박했다.

게다가 그들이 비웃는 상대는 자신들의(족보야 어찌되었든) 대사형이다. 자신들이 욕할 수는 있어도 남이 욕하게 둘 수는 없었다. 이건 기분 문제였다. 왠지 다른 사람에게 비류연이, 대사형이란 사람이 욕먹으면 그들 전체가 줄줄이 연쇄적으로 욕을 먹는 듯한 더러운 기분이 들기 때문이다.

"아무리 눈이 썩었다고 해도 될 거에다 걸어야 하지 않겠나? 주변에서 남들이 자네들의 식견을 어리석다 깔볼까 봐 걱정스럽군!"

도광서는 자네라는 표현 대신 자네들이라는 표현을 사용했다. 금영호의 개인적 판단뿐만 아니라 주작단 전체의 식견을 걸고넘어질 생각인 것이다.

'과연 청룡단의 독사 새끼! 빈 틈을 주지 않으시겠다는 물귀신 작전이로군!'

금영호에게는 눈 앞의 점박이의 말은 혹시라도 지금의 상황이 천무학관 내에 소문이 나지 않는다면, 피곤하고 번거롭지만 자기가 직접 나서서 소문의 진원지가 되어 주겠다는 그런 뜻으로 받아들여졌다. 그리고 나중에 안 사실이지만 실제로도 그러했다.

"자네의 걱정 따위를 필요로 할 만큼 우린 궁하지 않다네. 어느 쪽 식견이 더 훌륭한지는 대회가 끝나 봐야 알 일이지. 그렇게 호언장담했다가 일이 틀어지면 얼굴을 어찌 들고 다니려고 그러시나?"

금영호의 말에 가시가 숭숭 돋혀 있었다.

"하하하하! 고명한 식견! 잘 보아 두네! 나중에 가서 땅을 치고 후회하지나 말게나!"

분노(忿怒)가 머리 꼭대기에 정상등극(頂上登極)했지만 금영호는 가까스로 마음을 진정시켰다.

"자네들의 식견이야말로 볼품없다는 것을 아직도 모르다니 한심해서 한숨밖에 안 나오는군."

비웃는 듯한 말투로 금영호가 쏘아붙였다. 저쪽이 그렇게 나온다면 이쪽도 질 수 없었다.

"이유를 들어 볼까?"

팔짱을 낀 채 오만한 표정으로 도광서가 말했다.

"어차피 자네들의 식견이라고 해 봐야 거창하게 설명할 것 없이 남들 다 하는 것, 따라 한 것밖에 없지 않나. 삼절검 청혼! 주위를 둘러보게, 사람들이 가장 많이 돈을 걸고 있는 곳이지. 아마 여기 있는 대부분이 그에게 돈을 걸겠지. 그들하고 잘난 체하며 뻐기는 자네하고 도대체 뭐가 다르단 말인가! 이거야말로 우스운 일이군. 자네들은 자네들의 판단대로 내기 하나 하지 못한단 말인가?"

이미 논리정연 따위는 필요 없었다. 말이 안 되도 상대방을 쏘아붙여 줄 수 있기만 하면 충분했다.

"흥! 삼절검 청혼 공자 말고 누가 천무삼성무제에서 우승할 수 있단 말인가? 자네의 눈과 귀는 허투루 달린 모양이군, 아무 짝에도 쓸모없는 걸 여태까지 잘도 달고 있었구만. 자네의 그런 인내심에 박수를 보내고 싶네."

둘의 설전은 점점 감정 싸움으로 치닫고 있었다.

"칠절신검 모용휘도 있지 않은가! 그도 만만히 봐서는 안 되지!"

이번 대회의 파란이라고 하면 역시 칠절신검 모용휘의 약진이라고 할 수 있었다. 특히 소문만 무성하던 화려한 무위를 공개한 첫 번째 비무 이후 그에게 판돈을 거는 이들이 부쩍 늘었다. 어차피 청흔 쪽은 사람이 너무 많이 몰려 있었다. 모험 심리와 검성(劍聖)이란 이름의 그림자가 모용휘 쪽에 표를 몰아 주고 있었다.

"그러는 자네는 왜 모용휘에게 걸지 않고 이름도 없는 무명소졸 애송이게 걸었나?"

'저게 또!'

금영호의 인상이 와장창 구겨졌다. 내 언젠가 기필코 이놈을 절단 내고 말리라. 금영호는 단단히 결심했다.

"그야 우리들이야 남들보다, 특히 자네들보다 세 단계는 뛰어난 안목(眼目)과 탁월한 식견(識見)을 가지고 있는 덕분이라 할 수 있지. 뭐 자네들의 안목 부족과 식견 부족이 큰 도움이 되기는 했지만 말일세."

금명호가 온힘을 다해 비아냥거리며 말했다. 도광서도 지지 않았다.

"그 어처구니없는 자신감 잘 보았네. 그 웃음이 언제까지 갈지 너무 궁금해. 앞으로의 수면이 걱정이군. 그렇게 자신 있다면 나와 내기를 할 자신이 있는가? 꼬리를 만 개처럼 달아나도 잡지는 않겠네."

이런 말을 듣고 도망갈 이는 아무도 없었다. 금영호로서도 바라는 바였다.

"자네야말로 도망치지 말게! 스스로 무덤을 팠으니 그 기특함을 인정해 이 몸이 손수 흙을 덮어 주겠네."

금영호와 도광서 사이에 불꽃이 튀었다. 둘은 이글거리는 눈으로 상대를 응시하며 결코 기세를 양보하지 않았다.

"조건은?"

금영호가 물었다.

"진 사람이 이긴 사람에게 자신의 안목이 낮음을 인정하며 삼고구배한 후, 남창제일루(南昌第一樓)에서 가장 성대한 저녁을 사는 것으로 하지!"

삼고구배란 이마를 땅에 세 번 찍으며 아홉 번 절하는 것으로 스승에 대한 최고의 예의였다. 하지만 그것이 동연배로 내려왔을 때는 최고의 수치이기도 했다. 명예가 내기의 조건으로 걸린 것이다. 목숨보다 소중한 명예가 조건으로 걸린 이상 절대 양보할 수 없는 승부인 것이다.

내기가 정해지고 나서야 둘은 서로에 대한 매도를 겨우 끝냈다. 허나 아직 금영호에게 닥친 고난이 모두 지나간 것은 아니었다.

"뚱땡이 둘이 모여 왜 이렇게 시끄럽게 구느냐? 여기가 동물 농장인 줄 아느냐?"

등 뒤에서 들려온 거칠고 우렁찬 목소리를 듣는 순간 금영호는 하마터면 심장마비로 즉사할 뻔했다.

눈 앞이 캄캄해졌다. 점박이 녀석에게 절도 받지 못한 채 죽고 싶지는 않았다.

'서, 설마……'

식은땀을 뻘뻘 흘리며 금영호의 고개가 뒤로 돌아갔다.

'여, 역시!'

눈 앞이 캄캄해졌다. 설마 했는데, 재수 억세게 없게도 염도 노사가 떡하니 버티고 서 있었다. 불타는 듯한 광채를 눈에서 내뿜으며……. 아무리 담이 크다 해도 쫄 수밖에 없었다.

"무슨 일이냐고 묻지 않느냐, 금렛돈호?"

소리를 내지른 존재가 염도인 것을 안 도광서 녀석도 상당히 당황한 듯 보였다. 그러나 그가 아무리 당황해 봤자 금영호만큼이야 할까?

목소리의 주인은 근 반 년 동안 주작단을 악몽(惡夢) 속에 몰아넣은 공포의 존재, 염도 사부의 목소리였다.

계산상 절대 이곳에 있을 사람이 아닌데 지금 이 자리에 버젓이 나타나 있는 것이다.

'죽었다!'

'…난 죽었다. 친구들이여, 나의 묘비에 주작단원 금영호가 비명에 횡사했다고 새겨다오! 너희들을 두 번 다시 못 본다는 사실이 안타깝구나! 아아…….'

방금 전까지 생기(生氣)가 충만하던 금영호의 안색이 단번에 시체처럼 창백하게 변했다. 그의 머릿속은 현재 온갖 별의별 생각이 한꺼번에 휘몰아쳐 폭주 상태였다.

헉! 이런 자리에서 염도 노사를 만날 줄이야. 지옥에 들러 염라대왕을 만난 기분이었다. 벌써부터 일그러져 있을 염도 노사의 인상이 힐끗 훔쳐보기도 무서울 정도였다. 아직 입을 열지도 않았는데 염도의 입에서 터져 나올 호통이 귀에 쟁쟁하게 들리는 듯했다.

"이런 바보 천치 같은 놈! 해야 할 수련이 얼만데, 이런 데서 내기 도박이나 즐기며 땡땡이가 웬 말이냐! 아직도 정신을 덜 차렸구나. 내가 정신이 번쩍 들도록 지도 교육해 줄까? 너 죽고 싶냐?'라고 노호성을 터뜨리며 무지막지한 주먹질을 해댈 듯한 무시무시한 분위기였다. 온몸을 찌르는 살기마저 느껴졌다. 미리 써두지 않은 유언장이 못내 아쉬웠다.

금영호는 잘 알고 있었다. 염도(焰刀)는 논리와 이치가 전혀 통하지 않는 그런 부류의 인물임을 익히 잘 알고 있던 터였다. 이런 부류의 인물은 절대 정상적인 대화(對話)가 통하지 않는다. (염도로부터 사사받은 반 년의 시간이 그것을 확실히 가르쳐 주었다) 그리고 절대 자신의 주장을 굽히려 하지 않는다. 그 주장이 틀릴지라도 말이다. (그러니 설득과 변설, 또는 이치로 납득시킬 수가 없다) 상인으로서, 또 인간으로서 상대하기 제일 골치 아픈 부류의 존재인 것이다.

논리가 먹히고, 이치가 들어먹혀야 무슨 이야기를 진행하든가 접든가 할 것 아닌가. 제 성질대로 행동하고 절대 자신의 주장을 굽힐 줄 모르니 어디로 튈지 예측이 불가능했다. 즉, 금영호의 생명은 지금 염도의 기분 하나에 달려 있는 거나 마찬가지였다. 만일 살아남는다면 자식놈은 절대 저렇게 키우지 않으리라 다짐하는 금영호였다. 만일 살아남는다면……. 하지만 생존 확률은 너무나 미약했다.

억겁(億劫) 같은 한순간이 지났다. 눈을 질끈 감은 채 금영호는 다가올 운명을 기다리고 있었다.

어라? 그런데 뭔가 이상했다. 그가 이상을 눈치챈 것은 영원 같던

찰나가 막 지난 후였다. 눈을 질끈 감고, 이를 악 다물고 있는데 날아와야 될 게 날아오지 않고 있었다. 억겁(億劫) 같은 침묵이 흐른 후, 더 이상 참지 못한 금호가 실눈을 빼꼼이 뜨고 살짝 염도를 훔쳐보았다. 아직 칼은 들려 있지 않았다. 그렇다면 주먹으로 과격하게 해결할 생각인지도 모른다.

으으으……, 깨끗하게 한 방에 끝낼 것이지. 여러 방은 사양하고 싶었다.

"노사님! 나오셨습니까!'

금영호는 얼른 포권지례를 취하고, 허리를 잔뜩 숙인 채 인사했다. 제자의 인사를 받은 염도의 인상은 더욱 더러워졌다. 그리고 고함이 터져 나왔다.

"누가 지금 너 보고 인사하래? 본인이 지금 너에게 무슨 일이냐고 묻지 않느냐? 그새 귀가 먹었냐? 내가 뚫어 주랴?"

개차반에 붙은 불길이 아직 진화되지 않았음을 나타내는 고함 소리였다.

"에…… 저, 그러니깐 말입니다……."

아무리 뱃심이 좋다고 해도, 금영호는 신중에 신중을 기할 수밖에 없었다. 이유 불문곡직하고 저 세상으로 날아가지 않았다는 사실 하나만으로 희망은 있었다. 그것이 비록 쥐꼬리만하다 해도…….

"저기 이번 시합에서 누가 우승할 건지에 대해 이쪽 친구와 의견이 엇갈려서 말입니다. 그래서 잠깐 의견 충돌이 있었습니다."

식은땀을 비 오듯 줄줄 흘리며 금영호가 변명했다. 숨이 턱턱 막히는 것 같았다. 하라는 수련은 안 하고 지금 뭐하는 짓거리냐고 당장 불호령이 떨어질 것만 같았다. 있는 힘을 다해 청룡단과 부딪쳐 이겨야 된다고, 삼성무제에도 참가 못 하게 한 염도 노사가 아닌가. 이런 꼴을 그냥 넘어가 줄 리가 없었다.

"그래서, 네놈은 누구한테 걸었느냐?"

"예에?"

금영호의 안색이 시커멓게 변했다. 염도도 다 알고 있었던 것이다. 이제 불호령 떨어지는 것만 남았다. 십 중 십이할은 주먹을 동반한 불호령일 것이다. 염도의 불호령과 난무하는 주먹은 항상 붙어 다니는 떼려야 뗄 수 없는 그런 관계였다. 이제 금영호는 고민해야만 했다. 자기 혼자 다 뒤집어 쓸 것인가 아니면 공동 책임을 분배해서 질 것인가? 끄응! 선택이 쉽지 않았다.

"저어…, 비류연 사…, 에게……."

청룡단 녀석 앞이라 차마 사형이란 말을 다 내뱉지 못하고(사형인지 사제인지 대충 생각하도록) 적당히 얼버무렸다.

"저기 청룡단 놈은?"

염도도 도광서가 청룡단 녀석임을 알아본 모양이다. 아마 도광서의 소매에 수놓아진 청룡수를 보고 알아차렸을 것이다. 자신을 쏘아보는 염도의 곱지 않은, 무시무시하기 까지 한 시선을 정면으로 받은 도광서는 찔끔하며 몸을 움츠릴 수밖에 없었다.

"저 청룡단 놈은 삼절검 청흔에게 걸었습니다."

타오르는 지옥의 겁화 같은 눈빛이 금영호를 향했다. 열심히 빌어 보는 수밖에 없었다. 실패하면……. 상상만 해도 끔찍했다.

'크으으으!'

염도의 시선은 너무나 강렬하고 뜨거워 자신의 몸을 다 태워 버릴 정도였다. 전신이 그의 시선 아래에 해부 연소되는 것만 같은 끔찍한 기분이었다. 사느냐, 죽음이냐? 생사 판결의 결정권은 모두 염도의 손에 쥐어져 있고 금영호는 그저 판결을 기다리는 입장이었다.

"툭!"

금영호가 자신은 죽으면 어디로 갈까 고민하고 있을 때, 염라전 앞에서 할 변명거리를 생각하고 있는 금영호 앞으로 주머니 하나가 떨어졌다. 소리로 보아 은자가 분명했다. 돈 소리를 구분하지 못할 자신의 귀가 아니었다.

"내 것도 모두 비류연에게 걸어라! 그리고, 내기든 비무든 싸움박질이든 무조건 그 얼음땡이 제자들보다는 잘 해야 되고 반드시 이겨야 돼! 알겠느냐?"

"예…, 예! 사부님!"

그리고는 휙 몸을 돌려 사라져 버렸다. 금영호는 눈을 멀뚱멀뚱 뜬 채, 염도의 모습이 시야에서 사라질 때까지 멍하니 서 있었다.

"휴우! 10년, 아니 족히 30년은 감수한 것 같구나……."

염도의 모습이 시야에서 완전히 사라지자 그제야 금영호는 겨우 참았던 한숨을 내쉴 수 있었다. 온몸의 맥이 탁 풀렸다. 오늘은 정말 저 세상 구경 가는 줄 알았다. 하마터면 수명을 마감할 뻔했던 것이다. 여벌의 목숨을 하나 더 얻은 듯한 뿌듯한 느낌이었다. 벅찬 희열이 가슴 속 깊은 곳으로부터 끓어올랐다.

고개를 돌려 보니 도광서 녀석도 멍하니 사라져간 염도의 뒷모습을 쳐다보고 있었다. 놀랐을 것이다. 자신도 이만큼이나 놀랐는데 지가 안 놀라고 배기겠는가. 특히 도광서를 잡아먹을 듯 쏘아보던 염도의 마지막 시선은 충분히 위협적이었을 것이다. 게다가, 그 유명한 염도 노사가 비류연에게 돈을 걸 줄 상상이나 했겠는가. 그 녀석의 얼빠진 모습을 보고 있자니 내심 통쾌했다.

　염도도 비류연에게 한 표 던져 줬다. 더욱더 안심이 되는 금호였다. 그리고 후회하지 않을 자신이 있었다. 이때까지는 말이다.

팔비신검 전옥기

모든 학문이든 무공이든, 어떤 선(線)이 존재하는데,
그 선(線)은 노력만으로는 결코 넘기 힘든 어떤 경지의
경계를 나타내는 것이다.
그 선은 꼭 하나라고 말할 수는 없다.

그것은 하나일 수도 있고 여럿일 수도 있다. 때때로 그 선이 하나라고 단순하게 생각했다가 더 높은 곳으로 갈 수 있는 자신의 발목을 잡은 사람들도 부지기수였다.

이른바 등용문(登龍門)이라고도 말할 수 있는 배움의 경계가 어떤 학문이든 나름대로 존재하는 것인데 특히 그 경계선이 중요시되는 곳이 바로 무학 분야였다.

그 선(線)을 넘기 위해서는 노력이나 의지만으로는 불가능하다. 천부적 자질과 재능, 운이 모두 따라 주어야만 겨우 가능하기 때문이다.

때문에 이 경계를 지나면 사람이 급속도로 줄어든다. 왜냐 하면 이

선을 넘은 사람들은 격이 다르기 때문이다.

범인(凡人)에서 초인(超人)으로 넘어가는 그 초입(初入)의 관문! 천무학관에선 오검룡이 그 첫 시작이다. 이때부터는 말 그대로 아무나 되는 게 아니다.

보통 어느 한 집단의 능력 분포를 살펴보면 어떤 곳이나 비슷한 양상을 띤다. 그것이 학문이든, 무공이든, 잡술이든 모두 마찬가지다. 이들 집단의 대부분은 가운데가 볼록 솟은 언덕 모양을 이룰 것이다. 즉 중간이 제일 많고 최하위나 최고위의 실력자는 점점 밑으로 갈수록 그 수가 줄어드는 것이다.

천무학관의 실력 등급도 마찬가지다. 그래서 2,000명 가까이 되는 관도들을 보유하고 있으면서도, 오검룡 이상으로 제한되는 삼성무제의 참가자는 300명을 넘지 않는다. 그만큼 오검룡을 넘는 실력자의 수가 적다는 말도 되었다. 참가하지 않은 관도들까지 합쳐도 그 수는 아마 500명 이하일 것이다.

총 10단계의 검룡위(劍龍位) 중에서 등급상으로는 정가운데에 위치하지만 실제적인 실력 분포를 따져 보면 앞쪽 4분의 3 지점으로 쏠려 있었다. 즉, 오검룡 이상의 실력자는 2000명 가까이 되는 관도들 중에 4분의 1 밖에는 되지 않는다는 이야기였다.

총 4개 부문으로 나뉘는 삼성무제의 참가 분포도를 살펴보면, 우선 검성전(劍聖戰)에 사람이 제일 많이 몰린다. 전체 참가자의 5할에는 못 미치지만 4할 가까이 되는 128명의 인원이 검성전으로 대거 몰리기 때문이다. 정파에는 그만큼 검법을 수련하는 사람들이 많기 때문이다.

검후전 참가자가 제일 적다. 여관도의 수는 비율부터가 월등히 낮으니 당연한 일이었다. 그녀들이 오검룡 이상이 되는 것은 그만큼 요원한 일이기도 했다.

정리해 보면, 이번 삼성무제의 총 참가자는 총 284명으로 그 중 삼성대전 참가자는 64명이었다. 반면 검성전은 총 128명으로 다른 곳보다 월등히 그 수가 많았다. 제일 적은 검후전이 32명, 그 다음 적은 도성전에 각각 50명씩 참가하고 있었다.

계산해 보면 비류연이 삼성대전에서 우승하려면 총 일곱 번을 싸워 이겨야 한다는 결론이 나온다. 그 중 한 번은 이겼으니 앞으로 여섯 번을 더 이겨야 삼성대전에서 우승할 수 있는 것이다. 거기에 한 번을 더 이기면, 그때서야 삼성무제 종합 우승을 차지할 수 있을 것이다. 그리고 모용휘는 비류연보다 한 번 더 많은 총 여덟 번을 싸워 이겨야 검성전에서 우승할 수 있었다. 참가자가 많은 만큼 길이 더욱 험하기 때문이다.

이제 두 명 모두 겨우 첫발을 내딛었을 뿐이다. 아직 갈 길은 멀고도 험했다.

이렇게 갈 길은 멀고도 험난한 첩첩산중(疊疊山中)인데……. 문제는 본인이 그것을 전혀 인식하지 못하고 있다는 데 있다. 그것이 주위 사람들을 안타깝게 하고 있었다.

"케에에엑!"

비류연의 두 번째 상대인 무영각(無影脚) 조연일도 비류연의 묵금에 뒤통수를 얻어맞고 널브러졌다. 첫 번째 상대였던 단평이 맞은 부분과 똑같은 곳이었다. 그만큼 주의력이 부족하고, 상대에 대한 정보 수집을 게을리했다는 증거였다.

그러나 묵금의 희생자는 두 명으로 그치지 않았다. 저번의 추태(홍란의 관점에서)는 고의였다는 것을 증명이라도 해 주듯이, 또 결코 그 승리가 운만은 아니라는 것을 보여 주듯이 묵금의 희생자는 늘어만 갔다.

세 번째 상대였던 용아조(龍牙爪) 진패는 첫 번째와 두 번째 비무를 모두 본 탓인지 상당히 뒤통수에 신경 쓰는 모습이었다. 앞서의 상대처럼 꼴사납게 널브러지고 싶지 않다는 의지의 표명일 것이다. 허나 그건 단지 꿈으로 끝내야만 했다.

"커억!"

진패는 내장이 꼬이는 듯한 충격에 허리를 꺾어야 했다. 비류연의 묵금이 그의 뱃속에 정확하게 틀어박혔던 것이다. 언제 날아들었는지 보이지도 않았는데, 어느새 깨닫고 보니 그것은 이미 자신의 배속에 틀어박혀 있었다.

그의 용아조(龍牙爪)는 먹이를 한 번 물어보지도 못한 채 발치(拔齒: 이빨을 뽑다)당해야만 했다.

"흐헉!"

세 번째 상대인 소림사 일연의 상태는 더욱 안 좋았다.

그는 턱이 바스러지는 고통과 함께 눈을 까뒤집어야 했다.

악기(樂器)인지, 흉기(凶器)인지 이제는 심히 의심스러운 비류연의 묵금은 신기루처럼 그의 턱 아래에서 솟아올랐다. 휘두를 줄 알고 대비하고 있었는데, 그의 대비를 비웃기라도 하듯이 아래쪽에서 튀어

오른 것이다. 마치 지렛대처럼……. 소림 72절예가 빛을 발할 겨를도 없었다. 그도 역시 비류연의 상식을 뒤엎는 변칙적인 공격에 속수무책으로 당하는 수밖에 없었다.

그리고 네 번째!

"빽!"

"크아악!"

괴상한 비명이 비무대 위에서 터져 나왔다.

"또야?"

"또구만!"

"쯧쯧! 어찌 되려고 저러는지……. 설마 했던 진주언가의 파풍창 언가영마저 저리 맥없이 당하다니!"

구경하는 사람마다 모두들 혀를 차며 한 마디씩 했다. 지켜보던 화산비천응 문일기의 얼굴도 살짝 찌그러진 채 퍼질 줄을 몰랐다. 이자리에 홍란이 없는 게 천만다행이라 생각되었다. 천음선자 홍란은 자신이 한 번만 더 그런 꼴을 봤다가는 주화입마에 빠질지도 모른다며 보러 오지도 않았던 것이다. 그녀의 선택은 탁월했다.

"아차! 또 해 버렸군! 또 저지르고 말았다. 쩝!"

비류연이 씁쓸하게 말했다. 아아! 고의가 아니라고 외쳐 봤자 누가 믿어 줄 것인가.

사람들의 기대를 한 몸에 모으던, 진주언가의 파풍창(破風創) 언가영은 대자로 꼴사납게 나자빠진 채 눈을 까뒤집고 있었다. 그가 쓰러진 곳에서 옆으로 반장(半丈)도 안 되는 곳에는 그 유명한 언가묵창이 쓸모없는 막대기처럼 나뒹굴고 있었다. 주인의 손을 떠난 이상 그것은 현재 막대기 정도의 가치밖에 없었다.

비류연은 입맛이 쓸 수밖에 없었다. 원래 계획은 이런 게 아니었던 것이다.

그래도 명색이 음공을 주무기로 들고 나왔는데, 번듯하게 음공을 펼쳐서 우승을 거머쥐면 어디 덧나기라도 한단 말인가. 그 동안 비류연과의 비무에서 쓰러진 사람 중 정진 정명한 음공으로 쓰러진 사람은 아무도 없었다. 다들 강력한 타격을 뒤통수나 배 또는 턱으로 고스란히 받아들인 후 바닥에 얼굴을 처박고 기절했던 것이다.

그러니 진짜 음공을 사용한 적은 한 번도 없다는 이야기가 성립되는 것이다. 해서 상당한 화제가 되었다. 그의 무공이 혹시 음공이 아니라 격금술(擊琴術)일지도 모른다는 이야기까지 흘러나오고 있는데다, 그 동안의 격전으로 운수대통(運輸大通) 격타금(擊打琴)이라는 별로 우아하지 못한 별칭까지 얻었을 정도였다. 모용휘의 무위에 가려져 빛을 못 보고 있는, 별로 유명하지도 않은 이야기였지만 만일 천음선자 홍란이 들었으면 길길이 날뛰었을 이야기였다.

과연 저 무식하고 찝찝한 연승 행진을 누가 막아 줄 것인가?

좀더 품위 있는 비무 대회를 진행시켜 줄 인물로 세인들은 비류연의 다음 상대를 주목했다. 그러면 비류연의 이 어처구니없는 사기성 연승을 저지해 줄 수 있는 충분한 능력이 있다고 믿었다.

팔비신검(八臂神劍) 전옥기!

바로 비류연의 다음 상대자의 이름이었다.

팔비신검(八臂神劍) 전옥기는 점창파(點蒼派) 15대 제자 출신으로 여태껏 남부러울 것 없는 삶을 살아 왔다. 그리고 앞으로도 그럴 것이라 그 자신은 믿어 의심치 않았다.

명문 중의 명문, 구대 문파의 직전 제자로 들어가 무도의 비밀을 배워 왔으며, 비전의 일부를 계승하여 현재 남부러울 것 없는 무공을 지니고 있었다. 그가 지닌 팔비신검(八臂神劍)이란 별호는 그의 빠르고 화려한 검법을 잘 나타내 주고 있었다. 팔이 여덟 개로 보이려면 얼마나 화려하고 변화무쌍한 검술을 펼쳐야 하겠는가!

게다가 강호인이라면 누구나 선망하는 천무학관에 들어와 지금은 그 어렵다는 승급 시험을 통과하여 육검룡이 되었다. 해서 그는 별로 남부러울 게 없는 사람이었다. 게다가 그만큼 자존심도 높았다.

그에겐 불치의 병이 하나 있었는데, 그것은 천상천하 유아독존병, 혹은 명문 우월증이라고도 불리는 지독한 병이었다. 이 병의 병증은 환자가 매우 오만하며, 출신이 비천한 (출신이 확인되지 못하거나, 대문파에 속하지 않으면 무조건 비천하다 보는 경향이 명문 제자들 중엔 가끔 있다) 사람들하고는 절대 어울리지 않으며, 그들을 눈 아래로 내리까는 경향이 있었다.

그러니 그는 당연히 비류연을 눈 아래 두고 있었다.

어차피 명문의 순혈을 이은 그에게 비류연 따위는 단지 운 좋은 1학년 애송이에 불과했던 것이다. 당연히 그는 자신의 승리를 12할 이상 확신하고 있었다.

그는 스스로에게 말하는 것이다.

'그 녀석은 단순한 1학년 애송이에 불과할 뿐이다. 나 같은 명문 제자에겐 절대로 이길 수 없는 애송이…….'

비류연이 어떻게 앞의 네 싸움을 끌어 왔는지는 그의 관심의 대상에도 들지 못했다. 비류연의 비무 내용이란 것은 어차피 웃자고 하는 이야기판이나 술자리의 흥을 돋우기 위해 요즘 자주 등장하는 이야기 중 하나일 뿐이었다.

역시 요즘 제대로 된, 양식 있는 천관도의 관심은 모두가 다 청혼과 모용휘에게로 관심이 집중되어 있었다. 만나면 하는 얘기가 모두가 다 그들 이야기뿐이었다.

게다가 여러 사람들이 주위에서 너나 할 것 없이 삼성제를 모독하는 비류연을 작살내라고 부추기며 헛바람을 집어넣는 바람에 전옥기는 상당히 기고만장해 있던 상태였다. 게다가 비류연은 이미 첫 시합 때 나예린을 아는 척 한 이후 거의 모든 남자들의 적이 되어 있었다.

그래서 전옥기는 그런 오기를 부릴 용기가 생겨날 수 있었을 것이다. 물론 본인은 전혀 인식하지 못했지만 말이다.

그 일이 일어난 것은 비류연의 다섯 번째 시합이 있기 바로 하루 전날의 이야기였다.

"그럼 자네만 믿겠네! 하하하하!"

"그럼, 그럼! 나한테 맡겨만 주라고, 그런 출신도 모르는 애송이 따위야 한 주먹감 아닌가! 어찌 감히 대점창파의 제자인 이 몸을 이길 수 있단 말인가! 이제 운만으로 이길 수 있는 단계는 훨씬 지났어! 그런 녀석이 4회전까지 올라오다니……. 이번 삼성무제의 수준이 많이 낮아졌다는 소문이 사실이었군!"

한 손에 술잔을 들고, 자신을 둘러싼 여러 사람과 신나게 잔을 부덮치는 사람이 바로 점창파의 후기지수, 다음 대의 장문인 재목으로 정평이 나 있는 팔비신검(八臂神劍) 전옥기였다. 이곳은 송풍루(送風樓)라 불리는 음식점으로 남창 요식 업계에서는 꽤나 알아 주는 곳이었다.

"하하하! 이 친구! 역시 호방하구만. 내일은 자네만 믿겠네. 지금까지 그 녀석 때문에 날린 돈만 해도 얼만 줄 아는가? 나뿐만 아니라 그 자식 때문에 판을 망친 친구가 한둘이 아니라네. 설마 파풍창(破風創) 언가영이 그토록 허무하게 창을 꺾을 줄 누가 예상했겠나!"

"우연일세, 우연! 그 자식이 운이 좋았던 거지. 내가 들은 이야기로는 아마 파풍창 언가영이 그 전의 시합 때 내상을 크게 입었던 모양이야! 자네들도 알지 않나? 언가영의 바로 전 상대가 추영신보(追影神步) 이학림이었다네."

전옥기가 말하자 모두의 얼굴에 '그러면 그렇지' 하는 얼굴들로 변했다. 드디어 그들이 이해할 수 있고 납득할 수 있는 설명을 들었기에 그들은 만족할 수 있었던 것이다.

"역시! 과연 그랬었군. 저번 시합에서 애송이한테 너무 쉽게 당한다 했더니……. 그런 사정이 있었군! 몸놀림이 귀신같이 빠르다는 추영신보(追影神步)가 상대였으니 무리도 아니었지. 두 사람의 실력이야 박빙이 아닌가!"

술을 물처럼 들이키던 황소 같은 거구의 사내가 한 마디 하자 다들 그러면 그렇지 하는 표정을 지으며 고개를 끄덕였다. 사실 언가영과 이학림의 비무는 비류연과의 시합이 있기 벌써 3주 전의 이야기였다. 그 정도 기간이면 조섭에만 잘 힘쓴다면 웬만한 부상은 모두 다

회복될 기간이었다. 그렇기 위해서 반 년이란 긴 시간 동안 삼성무제를 진행하는 것이 아닌가. 헌데도 이들 중 어느 누구도 제대로 비류연이 실력으로 이겼다고 생각하는 사람은 아무도 없었다.

다들 이학림에게 당한 상처 때문에 할 수 없이 승리를 내줬다고 비류연의 실력을 깎아내리기에 여념이 없었다.

"듣고 있으니 너무한 거 아닙니까? 보는 눈이 없군요!"

순간 술자리를 가득 메우던 웃음 소리가 씻은 듯이 사라졌다. 한껏 험담 중에 있던 이들이 어느새 눈빛을 날카롭게 빛나며 건방진 목소리가 튀어나온 방향을 주시했다.

"누구냐?"

이마에 두 개의 띠를 교차로 맨 미청년이 당당하게 자신을 밝혔다. 그는 등 뒤에 쌍둥이처럼 똑같은 쌍검을 교차해 메고 있었다.

"소생은 효룡이라고 합니다."

노려보는 전옥기의 눈빛에도 아랑곳하지 않고 효룡은 담담하게 그의 눈빛을 받았다. 전옥기는 자신의 앞에서도 태연하게 서 있는 효룡을 탐색하듯 한번 훑어보고는 말했다.

일단 그가 밝혀낸 것은 우선 이 녀석은 구대 문파의 제자가 아니라는 사실이었다. 원래 그가 처음 보는 사람을 파악하는 방법은 바로 상대방의 출신 성분이었다. 그것은 그의 가장 절대적인 판단 기준 중 하나였다. 둘째는, 그가 팔대 세가에도 속하지 않았다는 사실이다. 거대 명문 정파나 팔대 세가 같은 거대 세력은 자신의 몸에 소속을 나타내는 독특한 표식이 있게 마련이다. 그것이 문자든, 옷의 색깔이든 예외는 없었다. 전옥기 그도 점창파의 제자로서 자주색 무복을 입고 있었다.

효룡의 몸에는 아무런 표식도 없는 것으로 보아 별 대수롭지 않은 허접한 문파의 제자임이 틀림없다는 결론이 나름대로 나왔다.

그 다음 그가 생각한 것은 이래서 명문이 아닌 잡것들은 안 된단 말이야, 라는 오만 방자한 생각이었다.

"보아하니 1학년생이로구나. 선배들이 하시는 말씀 도중에 끼여들다니 너무 건방지다고 생각하지 않느냐?"

사람을 깔보는 듯한 전옥기의 태도에 효룡의 쌍심지가 칼날처럼 세워졌다. 그의 입가에는 옅지만 비웃는 태도가 역력한 미소가 띠어졌다.

"그럼 선배라는 대단한 분이 본인을 앞에 두고 그렇게 모함을 일삼아도 된단 말입니까? 그것이야말로 참으로 후배 보기에 낯부끄럽다고 생각하지 않습니까?"

효룡의 말은 추호도 꿀림이 없이 당당했다.

"누가 본인이란 말이냐?"

지지 않겠다는 듯, 어디서 건방을 떠느냐는 듯 전옥기의 목소리가 높아졌다.

"그럼 저기 앉아 있는 저 사람은 누구란 말입니까?"

효룡의 손가락이 자신들 일행이 앉아 있던 자리를 가리켰다. 그곳엔 사태를 조용히 주시하고 있는 장홍과 그 옆에서 안절부절 못하는 윤준호, 그리고, 상황이 지금 어떻게 돌아가는지를 아는지 모르는지, 열심히 통닭을 뜯고 있는 비류연이 앉아 있었다. 일이 터졌는데도 열심히 음식물 절삭 분해 작업에 여념이 없는 비류연이었다.

전옥기의 표정이 떨떠름하게 변했다. 설마 본인이 직접 곁에 있을 줄은 몰랐던 것이다. 술에 취하다 보니 중간에 올라온 비류연 일행을 미처 보지 못했던 것이다.

듣지 않는다면 모를까, 당사자가 듣고 있는데 그런 험담을 늘어놓는 것은 전혀 명문 제자답지 않은 행동이었던 것이다.

"류연! 자네도 뭐라고 한 마디 해 보게!"

효룡은 비류연을 돌아보며 말하다가 어이없는 표정을 지을 수밖에 없었다.

"음냠. 무가……, 마리……야? 우걱우걱!"

지금 비류연의 입 안에는 음식물이 가득 들어 있는데다, 그의 혀는 음식 맛을 보느라 정신이 없는 관계로 언어 구사에 사용할 여분의 능력이 없었다.

"그럼 당사자도 할 말이 없는 것 같으니 우린 이만 가 보지. 할 말이 있으면 비무대 위에서나 하게나! 그럴 용기가 있다면 말이야! 하하하 하하!"

그리고는 너 따위한테 허락은 들을 필요도 가치도 없다는 태도로 무리를 지어 성큼성큼 주루를 빠져나갔다. 비류연의 이 어처구니없는 행동에 맥이 빠져 버린 효룡은 더 이상 사태를 끌어갈 힘이 없었다. 이렇게 해서 대치 상태는 어영부영 뒤로 넘어가고, 전옥기 일행도 약간 찔리는 게 있는 터라 무리를 지어 주루를 빠져 나갔다.

"저래서 천박한 것들은 안 된다니까! 사내놈이 자존심도 없어 가지고……."

주루를 내려가면서도 한 마디하는 걸 잊지 않는 놈들이었다. 그것을 놓칠 비류연 일행이 아니었다. 아마 일부러 들으라고 한 말이 분명했다.

"자넨 분하지도 않나? 어떻게 그렇게 태연히 음식물을 집어넣고 소화시킬 수 있나? 자넨 저런 놈들에게 당한 모욕보다 먹는 게 더 중요하다고 생각하고 있는 건 아니겠지?"

화난 목소리로 비류연을 홱 돌아본 효룡이 따지듯이 말했다. 속에서 열불이 끓어올랐던 것이다. 감히 벌레만도 못한 것들이 가소로운 배경 하나 믿고 날뛰는 꼴이라니! 복장이 뒤집혀 비류연에게 따지고 들었던 것이다.

홧김에 소리쳐 본 것뿐인데, 비류연의 대답은 걸작이었다. 그 대답을 들은 효룡은 하도 어이가 없어 헛웃음을 터뜨리며 허탈감을 감추지 못했다.

"당연하지! 모처럼 효룡과 장홍, 이 두 친구가 격려 차원에서 공짜로 호화찬란한 저녁을 사 줬는데 얼른 안 먹으면 아깝잖아. 저런 녀석들하고 실랑이 벌이다가 내가 먹을 양이 줄어들면 그거야말로 큰일이지. 간만에 제대로 된 식사, 충분히 즐겨야 하지 않겠어! 이런 사치는 드물다고……."

여전히 절삭 작업에 전심 전력을 기울이며 태평스럽게 말하는 비류연이었다.

설마 했는데 진짜로 시비를 가리는 것보다, 자존심을 세우는 것보다, 지금 뜯고 있는 닭발 한 짝이 더 중요하다는 이야기 아닌가! 무인이라면 절대 있을 수 없는 사고 방식이었다.

사실 오늘 이 자리는 그 동안 연전 연승한 비류연을 축하 겸 격려

하는 의미에서 장홍과 효룡이 준비한 저녁 식사 자리였다.

그런데 열심히 식사에 집중하고 있는 도중 귀를 간지럽히는 이야기가 들려와서 쳐다보니 선배라는 작자들이 후배이자 대전 상대인 비류연을 깎아내리는 데 여념이 없었던 것이다. 그래서 효룡이 발끈하고 나섰던 것이다. 격려차 데려온 곳인데 본의 아니게 험담이나 들어야 했으니 비류연에게 미안했던 것이다.

그런데 제3자가 오히려 열내고 있는 판국에 정작 당사자라는 놈은 음식물 섭취에 여념이 없는 게 아닌가!

"왜 가만히 있었나? 자넨 그럴 사람이 아니잖은가? 뭔가 다른 생각이라도 가지고 있는 건가?"

조금 전까지 비류연을 안줏거리 삼아 열심히 씹으며 판을 벌이던 전옥기 일행의 빈 자리를 바라보며 효룡이 물었다. 그런 소리를 다 듣고도 가만히 있는다면 배알도 없는 놈으로 찍히기 십상이었다. 물론 효룡이 알기론 비류연은 절대 그런 쪽의 부류하고는 연관이 없는 사람이었다. 오히려 가만히 있었다는 게 더 신기했다.

"음냠냠! 뭐 내일 뼈가 좀 저리겠지 뭐……. 어차피 그런 녀석이야 식후 간식거리도 안 된다고! 껍질만 번드르르했지, 알맹이는 하나도 없는 게…, 영…, 부실해서… 씹을 맛도 제대로 안 나는구만. 뼈는 튼튼한가 모르겠네……."

열심히 히죽히죽 웃으며, 열심히 닭발 뜯는 데 일심(一心)인 비류연을 보며 효룡이 의아한 듯 물었다. 뭔가 귀에 걸리는 이야기가 있었던 것이다.

"그거 자네가 들고 뜯고 있는 닭발 이야긴가, 아니면 방금 전 나간

그 녀석 이야긴가?'

"글쎄? 흐흐……."

효룡의 질문에 그저 씨익 웃으며 얼버무리는 비류연이 왠지 밉게 보이지 않는 효룡이었다.

비무 당일! 보무도 당당히 비무장에 나타난 전옥기는 뭔가 자신의 신경을 잡아 끄는 의아함을 느껴야 했다.

전옥기가 느끼기에 뭔가 분위기가 이상했다.

우선 그의 시선을 확 잡아 끈 것은 비류연 주위에 포진하고 있는 17명의 한 무리 무인들이었다.

그 중 단 한 명을 빼고는 그도 확실히 알고 있는 얼굴들이었다. 아니, 그들은 현재 천무학관에서 너무나도 유명한 사람들이었기에 모르려 해도 모를 수가 없었다.

'그들이 왜 여기에 와 있단 말인가? 왜 와 있지?'

그들은 요즘 자신과는 비교도 안 될 정도로 유명한 사람들이었다. 물론 실력 면에서 크게 떨어지는 건 아니라고 생각하고 있지만, 지명도 면에서는 현저한 차이를 보이고 있었다. 애석하게도 그것은 자신도 인정하는 바였다. 누가 뭐래도 그들은 지금 천무학관에서 가장 주목받고 있는 신룡봉황들이었기 때문이다.

자신 정도의 실력자와 한낱 비천한 출신의 애송이와의 싸움에 관전 나올 그런 사람들이 아니었다. 물론 그가 알기로도 그랬다.

'왜 저들이 저 애송이의 주위를 저렇게 둘러싸듯 모여 있다는 말인가? 그렇다면 설마 저들의 목적이 저 애송이란 말인가……?'

갑자기 그의 눈이 확 커졌다. 뒤통수를 후려치듯 번뜩이는 생각이 하나 있었기 때문이다.

'설마, 사제?!'

그렇다면 절대 방심할 수 없었다. 주작단과 저 정도로 친분 관계가 있다는 사실 하나만으로도 저 애송이를 주의할 필요가 있었다. 여기까지가 팔비신검 전옥기의 상상력의 한계였다. 매우 상식적인 사고 전개였지만……. 그가 어찌 상상이나 할 수 있었겠는가. 그리고 그걸 상상할 수 있으면 그놈이 바로 미친 놈이라 보면 틀림이 없다. 정신 상태 검증 따윈 거칠 필요도 없이 말이다.

그런데 전옥기는 안 봐도 좋을 것을 봐 버리고 말았다. 안 보기라도 했으면, 그리고 못 본 척이라도 할 수 있으면 마음이라도 편하련만. 이미 돌이킬 수 없는 일이었다.

"헉! 저…, 저게 뭔가?! 내가 지금 헛것을 봤단 말인가?"

하도 의심스러워 두어 번 눈을 비벼 봤지만 아무런 이상도 없는 것 같았다. 그럼 방금 그건 대체 뭐란 말인가?

전옥기는 안타깝게도 비류연이 무심결에 주작단의 우두머리라 할 수 있는 구룡의 일인 뇌전검룡 남궁상의 머리통을 시원스럽게 후려갈기는 것을 보고야 만 것이다. 그 장면을 본 후 이제 저 애송이 녀석은 죽은 게 확실하구나, 라고 생각했는데 뒤통수를 얻어맞은 남궁상은 명성과 실력에 걸맞지 않게 그저 실실거리며 웃고 있는 게 아닌가!

전옥기는 혹시나 해서 눈을 두세 번 비벼 보고 뺨도 꼬집어 봤지만, 시력에도 별다른 이상은 발견되지 않고, 비틀어 잡아당긴 뺨이 얼얼할 정도로 아픈 것을 보니 꿈은 더욱 아니었다.

'그렇다면 내가 방금 이 두 눈으로 목도(目睹)한 게 도대체 뭐란 말이냐?'

수많은 의문 부호들이 그의 뇌수 속을 사정없이 휘저어댔지만 마땅한 결론이 나올 리가 없었다. 그래서 그는 방금 그것을 못 본 것으로 하기로 했다. 분명 시합 전의 작은 긴장 때문에 헛것을 본 것이리라.

"착각이겠지……. 하하하!"

그러나 아무리 자기 최면을 걸어 봐도 이미 그의 웃음에는 맥이 완전히 빠져 있었다.

오늘 여기 이 자리에 주작단 전원이 불려 나온 이유는 매우 단순 명쾌한 것이었다. 그것은 바로 비류연의 비무 응원이라는 참으로 거창한(?) 명목 때문이었다.

참가도 못하는 거 이왕지사 그렇게 된 거 응원이라도 하라는 게 비류연의 주장이었고, 폭력과 탄압에 의해 안 나올 수 없게 된 주작단은 울며 겨자 먹기 식으로 응원 구호를 외칠 수밖에 없었다.

따지고 보면, 주작단이 이번 삼성무제에 참가하지 못하게 된 것도 그 원류를 거슬러 가 보면 그곳에 앉아 있는 사람은 다름 아닌 비류연이 때문 아닌가. 그가 청룡단과 주작단과의 싸움을 부추겼기에 이번 삼성무제에 참가하지 못하게 된 것이다. 그러나 그들은 차마 거절하지 못했다.

사형의 시합일 날 감히 사제들이 응원 오지 않는 게 천하 어느 나라의 법도냐고 주먹을 거침없이 뒤흔들어대는 비류연 앞에, 배겨날 재간이 불쌍한 주작단에게 있을 리 만무했던 것이다.

그리하여 그들은 매번 비류연의 시합 들러리를 서는 신세가 되었다. 해서 비무대 위에 모아져야 할 시선을 오히려 주작단원들이 가져가는 경우도 있었다. 모두들 왜 저들이 저기에 있는지 아무도 이해하지 못했다.

하지만 어떡하겠는가! 힘 없는 자의 설움인 것을…….

과연 주작단원들이 비류연의 노리개 신세를 면하는 날이 과연 오기나 할 것인가? 어쩌면 일생 오지 않을지도 모른다.

세상엔 참 멍청이가 많다. 오늘 전옥기를 보며 비류연이 내린 결론이었다. 어찌도 이리 어리석을 수 있을까? 참 신기했다.

설마 명문 정파의 제자라는 간판만 있으면, 근육이 두 배로 늘어나는 것일까? 아니면 뼈가 두 배로 단단해지는 것일까? 아무런 혜택도 없다. 단지 비전(秘傳)에 의해 축적된 기술이 있고, 그것이 다른 곳이 가진 것에 비해 효과가 빠르고, 유용할 뿐이다.

죽었다 깨어나도 간판이나 배경이 자신을 공짜로 환골탈태시켜 주지는 않는다. 그런데 종종 이것을 착각하는 머저리들이 있다. 전옥기도 그런 부류에 속하는 녀석이었다. 지금도 비무 시작을 알리는 신호가 울렸음에도 불구하고, 패씸하게 자신에게 삿대질을 하는 게 아닌가. 역시 정신 교육이 꼭 필요한 녀석이었다.

"그 머리는 도대체 뭐냐? 지금 날 무시하는 것이냐?"

전옥기의 검지손가락이 치렁치렁하게 내려와 눈 전체를 가리고 있는 비류연의 앞머리를 가리켰다. 그의 기다란 앞머리는 자신을 무시하는 처사라 여겨졌던 것이다.

"글쎄 필요하면 자른다니까요. 아니면 능력이 되면 잘라도 좋아요. 하지만 이번 비무에서 굳이 자를 필요가 있을지 의문이네요."

치렁치렁한 앞머리 아래로 보이는 붉은 입술에 미소를 담아 싱긋 웃으며 비류연이 말했다. 아직까지 비류연은 그 누구 앞에서도 한 번도 앞머리를 자를 필요성을 느껴 본 적이 없었다. 게다가 미우나 고우나 사부인 영감탱이의 당부도 있었다.

"감히 무학의 요체이자 생명인 안법(眼法)에 스스로 족쇄를 채우다니, 네놈이 제정신이냐? 도대체 이유가 뭐냐? 구대 문파(九大門派) 중 하나인 대점창파(大點蒼派)의 직전 제자인 본인을 무시하는 것이냐?"

전옥기가 대뜸 호통을 쳤다. 구대 문파의 제자인 자신이 출신도 모르는 애송이한테 철저히 무시당했다고 여겨졌던 것이다. 그건 그의 상상력 영역 내에서는 절대 있을 수 없는 일이었다.

"참 대(大)자 좋아하는 분이네요. 구대 문파가 밥 먹여 주나요? 왜 어제부터 자꾸 구대 문파와 명문 대파를 자꾸 들먹여요? 짜증나게!"

비류연의 비뚤빼뚤하고 심드렁한 대꾸를 들은 전옥기의 얼굴이 분노에 시뻘겋게 변했다.

"닥쳐라, 시끄럽다! 입만 살았구나. 빨리 이유나 말해라. 안 그러면 베겠다."

베긴 뭘 벤단 말인가? 자신 있으면 한 번 해 보라지. 그냥 무시해 버리는 비류연이었다.

'이유라? 그러고 보니 앞머리를 기르기 시작한 게 아마 그날부터였

지…….'

　그의 긴 앞머리는 별것 아닌 장소에서부터 시작되었다.

비류연의 회상

아무래도 내가 기억하기론
그때가 아마 열다섯 살 때쯤이었던 것 같다.
제법 몸이 커진 나는 그날 오래간만에
사부랑 함께 고급 주루인 홍아루(紅阿樓)에 놀러 갔다.

갑자기 돈이 굴러온 것이다. 사부가 산책 나갔다가 대뜸 왕호(王虎) 한 마리를 잡아 왔던 것이다. 이상했다. 물론 왕호(王虎)는 팔면 큰 돈이 된다. 때문에 그런 사치도 부릴 수 있었던 것이다. 간만에 사부는 자신이 좋아하는 사천제일주 옥루(玉漏)를 마시러 이곳에 오른 것이다.

사부로서는 간만에 해 보는 사치였던 것이다. 우리 사문(師門)은 꽤나 가난한 편인데다, 내가 혹독한 산업 노동 전선에서 돈을 벌어 와도 벌어 오는 족족 사부의 술값으로 날려 버리기 일쑤였다. 다른 데는 짠데 술값만은 아끼지 않는 게 사부의 크나큰 낭비벽이자 단점이었다. 그리고 그것은 사문의 경제 상태에 있어서는 치명타에 가까웠다.

　그래서 일맥단전(一脈單傳)은 할 게 못 된다. 사제가 들어오질 않으니 모든 일을 내가 떠맡아야 했다. 왜 하필이면 일맥이었을까? 이맥쌍전(二脈雙傳)이면 어디 덧나기라도 하나?

　언제가 한 번 사부에게 이맥쌍전(二脈雙傳) 하면 안 돼요, 라고 물었다가 눈을 부릅뜨고 광분 상태에서 주먹을 휘두르며 절대로 안 된다는 말에 포기하고 말았다. 나도 설마 사부가 그렇게 광분할 줄 미처 예상치 못했었다. 나중에는 좀 생각해 봐야겠다.

　일맥단전은 여러 모로 불편한 게 많다. 단지 제자가 적어서가 아니라 하나밖에 없으니 들어오는 돈도 없고, 게다가 무슨 일 터지면 나 혼자 뒤집어써야 했다. 사부의 책망도, 사부의 기분도, 사부의 낭비도 나 혼자 다 뒷감당해야 하는 것이다.

　아아! 불행했던 나의 청춘이여……!

　여하튼 각설하고 내가 이상하게 여겼던 점은 아직도 뒷산에 호랑이가 남아 있었나 하는 것이다. 그리고 사부에게 덤볐다는 것 자체가 의아했다. 지금까지 한 번도 없었던 일이었다. 아마 그 왕호(王虎)는 다른 산에서 온 멍청이인 모양이다. 그러니 바보같이 사부에게 덤볐지…….

　왕호가 어흥거리며 나타났을 때 사부의 희열에 찬 얼굴은 안 봐도 눈에 선했다. 아마 다음과 같이 외쳤겠지.

"이게 웬 떡이냐!"

　그리고 단번에 때려잡았을 것이다. 주제도 모르고 덤벼든 왕호의 잘못이 컸다.

더욱더 다른 산에서 온 멍청이라는 심증이 굳어진다. 우리 뒷산 아미산으로부터 시작해서 이 주위에 있는 맹수(猛獸)들은 절대 사부에게 덤벼드는 법이 없다. 200장 밖에서 냄새만 맡아도 부리나케 도망친다. 만일 사부가 먼저 냄새를 맡거나 낌새를 알아채면 그놈들은 그 시간부터 사부의 밥이 될 수밖에 없다. 그 순간 그들의 생명은 돈으로 환원된다. 100장 밖에서 도망가도 사부를 뿌리칠 수 없다. 200장 밖에서 얼른 도망가야 생을 도모할 수 있는 것이다.

원래 이 산 중의 왕(王)은 덩치가 산만한 백호(白虎)였다. 근데 그놈이 얼마 전에 겁도 없이 내 앞에 모습을 드러낸 것이다. 눈 앞의 횡재수를 그냥 보낼 만큼 난 어리석지 않았고, 실력이 부족하지도 않았다.

난 그날 백호의 뼈 하나, 간 부스러기 한 조각 남기지 않고 알뜰살뜰하게 처분해서 모두 돈으로 바꾸었다. 그때의 뿌듯함이란······!

그렇게 백호가 저세상으로 간 후 아무래도 산 중의 왕 자리가 공석(空席)으로 빈 모양이다. 그때부터 아마 왕 자리를 차지하기 위한 치열한 야수들 간의 다툼이 시작되었을 것이다. 게다가 그 소문이 다른 산까지 퍼졌는지 무주공산(無主空山)이 된 이 산의 왕 자리를 차지하기 위해 맹수들이 모여들었다.

그 왕호(王虎)도 덩치나 격으로 보아(가죽을 벗겨 온 걸로 충분히 짐작이 가능했다) 다른 산자락에서 왕 노릇 하던 놈임이 분명했다. 쯧쯧! 과욕이 화를 부른 것이다. 그러니 백호도 300장 밖에서 기척만 느껴도 피해 가던 사부의 산책로를 가로막았지!

어쨌든 옛 속담대로 죽은 호랑이는 교환 가능한 가죽과 기타 등등

값나가는 물건들을 남겼고, 예상치 못한 고수입을 올린 사부는 기분 한 번 내 본다고 이 비싼 홍아루(紅阿樓)에 오른 것이다.

늙은 영감탱이가 주책이라고 그 비싼 홍아루에 올라 사천제일주라는 옥루주(玉漏酒)면 충분하지, 풍류를 한답시고 기녀까지 불렀다. 노력하지 않아도 사문의 경제 상태가 빈곤한 판에 거기에 박차를 가해 가속도를 붙이니, 기가 막힐 수밖에…….

허무하게 날아가는 돈뭉치가 무지무지 아깝긴 했지만, 가끔 그럴 수도 있나 보다 하고 굳게 마음먹고 무시했다. 그런데 여기서 예기치 못한 문제가 발생한 것이다. 웬일인지는 모르겠지만 불러오는 기녀들마다 날 한 번 힐끗 보고는 고개를 팍 숙이는 것이다. 그리고는 두 번 다시 이쪽을 쳐다보지 않았다. 난 맹세코 아무 짓도 안 했다. 그냥 어딜 쳐다보냐고 한 번 슬쩍 쳐다봤을 뿐이었다.

불려 온 기녀가 고개를 팍 숙인 채 부비부비, 몸을 비비꼬고 있으니 일이 제대로 될 리 없었다. 그러니 흥이 날 리가 있나! 그래서 사부는 할 수 없이 동작 불능 상태에 빠진 기녀 대신에 다른 기녀를 불러왔다. 그런데 이번에도 나를 한번 힐끗 보더니 고개를 푹 숙이는 것 아닌가. 그렇게 무안했던 적도 참 드물었다. 그 여자 얼굴이 왠지 발갛게 변한 것 같기는 했는데 열이라도 있었나?

'뭐야, 저 여자? 기분 나쁘게?'

이유도 없이 한 번 보고는 외면하다니 예의 범절이 상당히 불량했다. 할 수 없이 사부는 그 기녀 소저 대신에 다른 기녀 소저를 불러들여야 했다. 그런데 이번에도 또 똑같은 일이 발생한 것이다.

일곱 번인가 여덟 번인가 이런 일이 반복되다 보니 사부도 더 이상

기녀를 포기하고 말았다. 별실까지 빌려 기분 좀 내 보려 그랬는데 모두 망치고 만 것이다. 그러더니 멀뚱히 앉아서 홀짝홀짝 술만 마시며, 간만에 차려진 호화찬란한 술상 앞에서 '이런 사치 또 언제 하나' 하는 생각에 안주발을 세우고 있던 나에게 불호령을 터뜨리는 게 아닌가. 그때만큼 억울했던 적도 별로 없었다.

"이놈! 류연아!"

"예, 냠… 사부 냠…."

나는 먹고 있던 우양육(牛羊肉)을 우물우물 씹으며 물었다. 방금 전까지 기분이 하늘을 찌를 듯하던 사부가 갑자기 분위기 돌변하여 노기(怒氣) 등등한 눈으로 째려보는 게 아닌가. 이유를 알 수 있어야지…….

"이놈아! 너 때문에 아가씨들이 다 도망가지 않느냐! 어떻게 책임질래?"

"따악!"

'음! 매우 감정적인 일격이었어!'

여러 번 맞아 본 경험이 있는 나는 금방 그 차이를 파악해 냈다. 이건 매우 감정적으로 후려친 것이다. 기분이 상했다. 그래서 입을 열어 바른 소리를 했다.

"미성년이 그런 것도 책임져야 합니까?"

바른 소리 하는데 꿀릴 게 없는 나는 당당하게 의견을 개진했다. 그러자 사부가 금세 눈을 부라리며 주먹을 불끈 쥐었다. 으음……. 어린 내가 참았다.

"앞으론 앞머리를 길러 그 두 눈을 감추도록 하여라! 알겠느냐?"

"왜요?"

아무런 이유도 없이 이 잘생긴 얼굴을 가릴 수야 없지 않은가. 그러자 처음엔 사부도 뭔가 할 말을 생각해 내는 듯했다.

"사부가 하라면 잔말 말고 할 것이지, 웬 불만이 그리 많으냐. 네 녀석 눈은 여자들에게 악영향을 끼칠 수 있으니, 앞으로는 가리고 다녀라. 너도 보질 않았느냐. 기녀 아가씨들이 네 녀석 보고 슬금슬금 외면하며 도망가는 것을."

난 그게 늙은 사부 때문인 줄 알았는데, 그게 젊고 싱싱한 나 때문이었나? 듣고 보니 그런 것 같기도 했다. 그렇다면 큰 일이 아닐 수 없지 않은가. 나도 좀 진지해졌다.

"그래서요?"

나는 사부의 말을 오래간만에 경청하겠다는 태도를 취했다. 사부 또한 나의 기특한 태도를 보고 진지한 얼굴로 나에게 말했다.

"그게 다 너의 그 눈 때문이니라. 설마 뇌령신공(雷靈神功)과 영사심결(靈絲心結)의 효과가 눈에 그런 식으로 나타날 줄은 나도 생각지 못했다. 앞으로 네 녀석 눈만 보면 여자들이 모두 달아날 것인즉, 앞머리를 길러 가리고 다니도록 하여라."

"예! 사부!"

왠지 좀 속는 듯한 기분이 든 것이 착각이었는지 잘 모르겠지만, 어쨌든 그 후로 머리를 길러 눈을 가리고 다녔다. 이미 안력에 의존하는 경지는 지난 터라 좁혀진 시야는 아무런 장애가 되지 않았다. 게다가 머리카락 한 올 정도의 두께는 별다른 장애가 될 수 없었다. 오히려 시력을 제외한 다른 감각들이 월등히 발달하게 되었다.

그 후로 가끔 가뭄에 콩 나듯 사부를 따라 주루(酒樓)에 오르거나, 여자들이 나를 만나도 얼굴을 피하는 일은 없었다. 참 다행스러운 일이었다. 그리고 그날 이후 여태껏 앞머리를 기르게 된 것이다.

더 이상 회상 해봐야 끔찍한 과거밖에 생각날 게 없으므로, 비류연은 퍼뜩 회상의 호수에서 정신을 끄집어냈다. 그리고 눈을 들어 앞을 바라보니, 아직도 엉거주춤한 상태로 서 있는 전옥기의 모습이 눈에 들어왔다. 그 모습이 안쓰럽게 보였는지 비류연이 한 마디 했다.

"빨리 안 덤벼들고 뭐해요?"

한심하다는 듯이 비류연이 말했다.

"상대가 한눈 팔고 있으면, 그 기회를 놓치지 말고, 이때다 하고 달려들었어야죠? 내가 이렇게나 정신을 다른 데 놓고 허점을 만들어 줬는데, 그 많던 허점이 보이지 않던가요?"

비류연의 가차 없는 면박이었다. 물론 전옥기의 눈에도 비류연의 허점이 확연하게 들어왔다. 시선은(머리카락에 가려 잘 보이지는 않지만) 다른 곳을 보고 있는지 왠지 상태가 이상했다. 하지만 그는 달려들지 않았다. 별것 아닌 놈에게 먼저 출수할 수 없다는 소위 명문의 자존심이란 것이었다.

"명문의 제자는 남의 약점을 찌르거나 하지 않는다. 언제나 정정당당히 정면으로 승부한다."

"입 발린 소리하기는……. 이제 정신 차렸으니 빨리 덤벼들어요. 아직까지 안 덤벼들고 뭐했어요! 시간 아깝게, 쯧쯧! 움직일 수 있는 마지막 기회였는데……."

오히려 허점을 드러낸 자신에게 덤벼들지 않은 것이 불만이라는 말투였다.

'적반하장도 유분수지! 감히 이름도 없는 문파 제자 주제에……'

내심 어처구니가 없는 전옥기였다.

허나 비류연의 말대로 그의 발걸음은 선 자리에서 한 걸음도 떼어지지 못했다.

"번쩍!"

날카로운 예기(銳氣)와 함께 그의 콧등에서 핏줄기가 흘러 나왔다. 그도 무슨 영문인지 몰랐다. '팅' 하는 소리와 함께 그의 콧등에 섬뜩한 느낌이 전해졌고, 이윽고 시뻘건 핏줄기가 콸콸 흘러 나와 얼굴과 온몸을 적셨다.

홍란은 심사위원 자리에서 벌떡 일어났다. 무슨 영문인지 그녀도 알아볼 수 없었던 것이다. 그녀의 눈은 경악으로 가득 물들어 있었다.

"말도 안 돼! 설마 벌써 탄음상인(彈音傷人)의 경지에 올랐단 말인가?"

허나 그녀는 이내 고개를 절레절레 흔들었다. '팅' 하는 첫 음파에는 별다른 힘이 실려 있지 않았다.

탄음상인(彈音傷人)!

말 그대로 음파를 튕겨 사람을 상하게 하는 음공(音功)의 최고급 기술을 자신이 못 알아볼 리 없었다. 그렇다면 무슨 일이 벌어진 것인가? 그 의문은 비류연의 한 마디에 곧바로 풀어졌다. 그러나 새로운 의문이 생기게 하는 말이기도 했다.

"이런, 이런! 현(絃)이 끊어져 버렸네요!"

뒤통수를 긁적이며 미안한 듯 웃으며 한 말이었지만 전옥기는 그의 말이 믿어지지 않았다. 끊어진 현(絃)이 그처럼 깔끔한 반원을, 섬뜩한 예기까지 품으며 날아온단 말인가. 게다가 그 현은 이미 비류연의 손에 언제 그랬냐는 듯 회수되어 있었다. 처음부터 아무 일도 없었다는 듯이…… 명백한 고의가 분명했다.

'만일 저 현의 끝자락이 내 목을 노렸다면 과연 피해낼 수 있었을까?'

전옥기의 등줄기를 타고 소름이 돋았다. 베어진 콧등으로부터 핏물이 샘솟듯 흘러 나왔다. 이윽고 그의 얼굴에서 색소가 급속도로 빠져나가면서 시체처럼 창백해졌다.

"쿵!"

자신의 심장 떨어지는 소리가 그의 귓가에 천둥소리만큼 크게 울려 퍼졌다.

"헉! 그럼 내가 어제 무슨 짓을 저지른 거지!"

전옥기의 안색이 단번에 시체를 능가할 정도로 핼쑥하게 변했다. 어제 주루에서 벌어진 일이 주마등처럼 그의 머릿속을 스쳐 지나갔던 것이다.

이것이 만약 악몽(惡夢)이라면 어서 빨리 깨어나고 싶은 심정이었다. 하지만 아직 악몽은 끝나지 않았다. 아니, 이제부터 시작이라는 게 더 정확한 표현이었다. 넋이 나간 듯 멍하니 서 있는 전옥기를 향해 비류연이 물었다.

"혹시 충격 요법이라고 알아요?"

"그…, 그게 뭐냐?"

"그러니깐 간단히 설명하자면, 약간의 충격을 인체에 가함으로써 특정 증상의 호전(好轉)을 꾀하는 치료 요법의 일종이죠!"

비류연의 입가에 맺힌 웃음의 농도가 점점 더 짙어져 갔다. 조금 있으면 매우 위험한 일이 일어난다는 증거였다.

"무슨 증상을 말이냐?"

아직 전옥기는 비류연이 무슨 말을 하는지 감을 잡지 못했다. 역시 바보한텐 약이 없다고, 둔하긴 여전했다. 지혈은 생각도 못하고 있던 터라 그의 콧등에서는 여전히 핏물이 흘러 나오고 있었다.

"거의 만병 통치약이죠! 여러 가지 증상에 다양하게 효능이 있어요. 특히 댁 같은 명문 우월증에 걸린 자의식 과잉 환자한테는 말이죠."

"닥쳐라! 건방지다! 이놈!"

전옥기가 버럭 외쳤지만, 그런다고 중도에 그만 둘 비류연이 아니었다. 사실 지금 전옥기의 전의는 반 이상이 상실된 상태였다.

"훗훗! 이런 불치병에 아주 잘 듣죠! 그런 계통의 증상에는 거의 현존하는 유일한 치료법이라고나 할까요?"

전옥기의 안면은 화로 속에 달구어진 쇠처럼 붉게 변해 있었다. 거기에다 핏물까지 흘러 나오고 있으니, 괴기하게까지 보일 지경이었다.

"효과는……."

말을 끝마치기도 전에 비류연이 몸이 번개처럼 움직였다. 그의 동작은 눈부실 정도로 빨라 미처 방비할 틈도 없었다.

"직접 확인해 보시길!"

말이 끝나는 동시에 비류연의 묵금이 날아들었다. 이제 비류연도 탄금을 포기한 듯 연주할 기색조차 없었다. 아예 작정하고 묵금을 휘두를 모양이었다.

항복(降伏)을 선언할 기회도 주지 않은 채 비류연의 묵금(墨琴)이 주둥이를 사정없이 뭉개버렸다. 틀어박혔다는 게 더 정확한 표현일 것이다. 그 거대한 충격에 전옥기의 이빨이 핏물과 함께 몽땅 부러져 나갔다. 순식간에 그는 당분간은 죽 이외에 아무 것도 먹지 못하는 신세로 전락하고 만 것이다. 그러기에 만악(萬惡)의 근원인 세 치 혀를 조심해야 한다고 옛 성현들이 누누이 강조하는 것이다. 보통 때 같으면 이 정도로 끝냈겠지만, 이번엔 아니었다.

"퍽! 퍽!"

좌측 뺨을 강타하는 극렬한 통증과 함께 전옥기의 몸이 우측으로 튕겼다가는 다시 좌측으로 튕겼다. 이번엔 극렬한 통증이 우측 뺨을 강타했기 때문이었다.

"타악!"

다시 비류연의 묵금이 바람처럼 그의 다리를 휩쓸고 지나가자 종아리가 부러지는 듯한 통증과 함께 그의 몸이 지면과 수평으로 허공 중에 붕 떠버렸다. 기다리기라도 한 듯 비류연의 묵금이 위에서 아래로 수직으로 반듯이 세워졌다.

"퍼억!"

전옥기는 허리가 끊어지는 듯한 통증과 함께 허공 중에 1장 이상 붕 떠올랐다가 떨어졌다. 떴다가 떨어져 내리는 전옥기의 몸을 비류연은 묵금으로 시원스럽게 후려갈겼다.

"빠악!"

요란한 소리가 비무대 위에 울려 퍼졌다.

혹시 호수면에 튕기는 돌을 본 적이 있는가? 현재 전옥기의 모습이 꼭 그러했다. 세 번이나 비무대 바닥을 호수면 삼아 튕겨 오른 전옥기의 몸은 아직도 힘의 여력이 남았는지 장외로 날아가 우당탕 하는 소리와 함께 틀어박혀 버렸다. 그리고는 게거품을 물며 나자빠져 버렸다. 힘 조절은 적당히(?) 했기 때문에 죽지는 않았다. 사지를 문어처럼 늘어뜨린 채 빨간색 게거품을 물고 있는 전옥기를 향해 응급 요원들이 달려갔다. 만일의 사태에 대비해 대기하고 있던 의약전(醫藥展) 사람들이었다.

누가 봐도 명백한 비류연의 승리였다. 결국 전옥기는 선 자리에서 한 발자국도 움직이지 못한 채 끔찍한 패배를 맛보아야 했던 것이다.

심판관조차도 이 사태에 한동안 넋이 빠진 듯 멍하니 있다가, 한참 후에야 정신이 들었는지 깃발을 들어 비류연의 승리를 선언했다.

"비류연! 승(勝)!"

관람석에서 지켜보던 모두들 이 돌연한 사태에 입을 쩍 벌릴 수밖에 없었다. 결국 믿었던 팔비신검(八臂神劍) 전옥기도 비류연의 격타금(擊打琴) 아래 제물이 되어 버렸다.

"으하하하하하! 통쾌하다, 통쾌해! 잘 했어! 아주 잘 했어! 10년 묵은 체중이 오늘 한꺼번에 내려가는 기분이야!"

대소를 터뜨리며 칭찬을 연발하는 장본인은 바로 어젯밤 전옥기 때문에 속이 뒤집어졌던 효룡이었다. 그들의 앞에는 술상이 가득 차려져 있었다. 10년 묵은 체증을 내려가게 해 준 대가로 효룡이 사는 술자리였다.

이 술자리는 오늘 비류연이 실력은 쥐뿔만큼도 없는 주제에 자만심은 고지(高地)가 보이지 않는 산이고, 허영심은 바닥이 보이지 않는 골짜기인, 뺀질이 한 명을 묵사발로 만든 기념으로 열리는 자리였다.

"당연한 결과다! 그런 시시한 놈을 상대로 이 몸이 진다는 것은 있을 수 없는 일이지."

비류연이 목을 빳빳이 세우며 말했다. 현재 그의 왼손엔 닭발이, 오른손에 돼지 족발이 들려 있었다. 안주삼아 뜯고 있던 것들이었다.

"오오! 과연 천상천하(天上天下) 유아독존(唯我獨尊)!"

장홍이 어린아이처럼 박수치며 좋아했다. 아무래도 술이 양껏 들어간 모양이었다. 평소 그답지 않게 비류연의 저런 말에도 맞장구를 쳐 주는 걸 보니…….

"휘이익! 우주제일(宇宙第一) 쾌남아(快男兒)!"

옆에서 휘파람을 길게 뽑으며 외치는 이는 효룡이었다. 말리지는 못할 망정 오히려 부추기는 효룡이었다. 그도 지금 한계 이상으로 술을 들이켜 이제는 술이 사람을 먹는 단계에 와 있었다. 이런 녀석들을 진정한 친구라고 할 수 있을까?

오늘 주머니가 바닥나는 한이 있더라도 마시자며 효룡이 다시 술두 병을 더 주문했다. 모두들 박수를 치며 환영했다. 공짜로 먹는 술판을 마다할 비류연이 아니었다.

"와하하하하하하!"

다시 한번 세 사람 사이에서 웃음이 터져 나왔다. 이렇게 세 사람의 흥청거림 속에 밤은 더욱 깊어만 갔다.

차고 아름다운 검

"드디어, 믿었던 전옥기마저도 졌다고 들었네!"
두 개의 찻잔을 사이에 두고 청혼이 말했다.
"그렇다네! 졌지!"
백무영도 이미 보고를 들어서 아는 일이었다.

모용휘의 시합이 아닌 이상 그들이 직접 움직일 만한 시합은 없다
해도 과언이 아니었다.
"꽤나 끔찍한 꼴을 당했다지……."
"훗!"
청혼의 물음에 백무영의 입에서 피식 쓴웃음이 새어 나오는 걸 참
을 수 없었다.
"3개월은 거동하기 힘들 거라고 하더군. 아마 비류연한테도 경고장
이 날아갔을 걸세. 명문의 명예를 하늘처럼 받들고, 숭배하는 녀석인
데……, 그런 꼴을 당했으니 평범한 실력이 아닌 것 같아! 소문이 사
실일지도……."

청혼의 말을 유심히 듣던 백무영의 몸이 흠칫 굳어졌다.

"그자의 실력이 거짓이 아니란 소린가?"

백무영이 청혼을 빤히 쳐다보며 물었다.

"아직 명확하게 판단을 내릴 수는 없지만, 약하지 않은 것만은 사실인 모양이야. 이제 운과 기교만으로 이길 수 있는 선은 지났다고 보여지네! 이것으로 벌써 다섯 명째!"

청혼의 음성은 약간 침중해져 있었다.

"슬슬 제재를 가하지 않으면 안 되겠군!"

"무슨 복안이라도 있나?"

이렇게 묻는 것이 어리석은 질문인 줄은 알지만, 그래도 대답을 듣기 위해선 질문하지 않을 수 없었다.

"이때쯤 누군가가 그자의 앞길을 막아 주지 않으면 안 되겠지. 최악의 경우도 생각해 둬야 하지 않겠나. 벌써 5연승이로군!"

그윽한 다향이 뿜어 나오는 찻잔을 든 채 청혼이 말했다. 하지만 아무리 이상 기류를 형성시키고 있다고는 하나 아직은 그의 관심을 끌 만한 정도는 못 되는 듯 얼굴에 여유가 있었다.

"그 일이라면 걱정하지 말게. 드디어 폐관을 깨고 나온 그 친구가 있지 않은가!"

여유로운 백무영의 말에 청혼의 눈이 반짝였다.

"그래? 그 녀석이 있었지. 요즘 도통 눈에 안 띄기에 잊고 있었네. 그렇다면 다행이군."

"그도 순조롭게 벌써 5연승째일세. 물론 그라면 당연한 일이지. 이대로 가면 결승에서 그 비류연이란 녀석과 붙게 될 걸세. 벼르고 있더군. 게다가 반드시 비류연이 결승까지 올라올 거라고 믿는 모양일세."

백무영의 말은 청혼으로서는 매우 의외였다. 자존심 높은 위지천이 그렇게까지 확신하는 비류연이란 놈의 정체가 도대체 뭐란 말인가?

"그가 그렇다면 그런 거겠지. 믿어 보지."

청혼도 믿을 수밖에 없었다. 그는 자신과 관내에서 유일하게 검을 겨룰 수 있는 몇 안 되는 사람 중 한 명이었다.

"그래도 다행이네! 하지만 매우 의외로군. 그가 그렇게 선뜻 구정회를 대표해서 삼성에 참가하다니 말일세."

"솔직히 나도 놀랐네! 그 녀석이 그렇게 선뜻 우리의 제의를 받아들이다니 말이야!"

청혼도 백무영의 말에 동의하며 고개를 끄덕였다.

"소문이 어느 정도 사실일지도 모르지!"

"난 믿어지지 않네. 겨우 1학년 애송이에게 그런 능력이 있을까?"

백무영의 판단은 어디까지나 냉정했다. 하지만 직접 검을 맞대어 본 경험이 있는 청혼은 그의 검공(劍功)이 얼마나 깊은지를 누구보다 잘 알고 있었다.

"지금부터라도 계속 지켜보면 알 수 있겠지! 어쨌든 그가 먼저 청한 일이니, 우리로서는 아쉬울 게 없을 뿐만 아니라 쌍수 들고 환영할 일일세. 이로써 삼성대전 쪽은 안심할 수 있겠군."

"그의 참가로 급히 사람을 바꾸고 전법도 모조리 바꾸어야 했지만 그에겐 충분히 그럴 가치가 있지."

"무영! 그 녀석을 요전에 보았을 때 말이야……."

청혼은 뭔가 하고 싶은 말이 있는 모양이다. 그답지 않게 조심스럽게 입을 열었다.

"나도 느꼈네!"

청혼의 말이 끝나기도 전에 백무영이 말을 받았다.

"역시 자네도 느꼈었군!"

"물론이네. 한 가지는 확실히 알겠더군. 여자 때문에 솜씨가 무뎌지지 않았다는 사실 말일세."

"더욱 예리해지고 날카로워진 느낌이었어."

청혼도 순순히 동감의 뜻을 표했다.

"폐관 수련이 헛되지 않았다는 증거이니 우리에겐 좋은 일이지! 그건 그렇겠지! 지금의 그 녀석이라면 그 누구와 싸워도 지지 않을 거야."

그렇기 때문에 일단 삼성대전 쪽은 안심할 수 있었다. 지금은 다른 쪽에 더 신경을 써야 할 때였다.

"검후전은 어떻게 보였나? 나예린 소저(少姐)도 벌써 준결승전까지 올라갔더군! 어떻던가?"

"강하고 아름답더군!"

청혼은 솔직한 자신의 심정을 털어 놓았다. 백무영은 여러 가지 바쁜 일 때문에 삼성무제 진행 현황은 직접 확인하지 못하고, 서면으로 접하는 경우가 많았다. 때문에 실질적으로 가서 보고 판단하는 일은 청혼의 몫이었다. 게다가 백무영에게 있어 청혼의 안목은 그 누구의 안목보다 믿을 만한 것이었다.

"자네에게 그 정도면 최고의 찬사로군! 독안봉 독고령이 참가하지 않는다고 해서 안심했었는데 그 같은 변수가 있을 줄이야……."

백무영의 안색이 약간 어두워졌다. 그녀의 강함은 상상 이상이었던 것이다.

"상당히 심오한 경지까지 검을 익혔음을 한눈에 알아볼 수 있었네. 눈부실 정도로 아름다운 검기였지. 아마 사내들은 그 찬란한 아름다움 앞에 목을 내 주고도 깨닫지 못할 걸세."

그의 감탄을 들은 백무영이 크게 웃으며 말했다.

"하하하! 그녀가 들으면 매우 질투하겠군 그래!"

청혼의 볼이 살짝 붉어졌다. 무공으론 구정회 내에서 거의 따를 자가 없는 청혼이었지만, 아직 이쪽으로는 약했다. 숙맥이나 다름없었다.

"이르면 가만히 두지 않겠네."

"하하하! 그렇게 정색을 하니 너무 무섭군. 그녀도 벌써 준결승이야. 이대로 가면 결승전에서 두 명의 봉황이 옥좌(玉座)를 다투겠군. 정 소저가 떨어진 건 아쉽지만 자네를 생각하면 그러지도 못하겠군! 그녀도 여전히 차갑고 아름답던가?"

오직 청혼에게만 가끔 보여 주는 밝은 미소를 지으며 백무영이 자꾸 청혼을 놀려댔다. 이번에 그가 말한 그녀는 나예린이 아니라 다른 여성이었다. 그리고 청혼이 볼을 붉히는 원인이기도 했다. 날아오는 백검(百劍)은 아무렇지도 않게 피하는 청혼도 아직 이런 쪽 방어에는 속수무책이었다.

"물론일세! 그녀의 검은 여전히 차갑지만, 마음은 여전히 따뜻하다

네. 이번 검후전의 승패는 아무도 예측하지 못할 걸세!'

청혼의 말에 백무영은 조용히 고개를 끄덕일 뿐이었다.

잠시 침묵하던 두 사람 중 다시 먼저 입을 연 사람은 청혼이었다.

"그런데 회주로부터의 소식은?'

"아직!'

백무영은 가볍게 대꾸했다. 더 이상 자신도 모른다는 뜻이기도 했다.

"그런가? 그럼 난 이만 물러가겠네. 차 잘 마셨네. 자네의 다도 솜씨는 언제 봐도 대단하군!'

청혼은 회주에 관해서는 더 이상 묻지 않고 자리를 떴다.

"과찬의 말씀! 살펴 가시게!'

이제 차도 마셨으니 자신이 맡은 책임을 다할 때였다.

운수대통 격타금

비류연이 위지천과 원치 않는 재회를
한 것은 나예린의 준결승전 시합 때였다.
물론 만나고 싶어서 만난 건 아니었다.
나예린 옆에 꼽사리처럼 끼여 있어 어쩔 수 없이
얼굴을 마주 했을 뿐, 비류연에게는 더 이상의 큰 의미가 없었다.

　나예린의 비무를 보기 위해 눈요기차 몰려든 다른 이들은 위지천
의 시선이 두려워 함부로 그녀의 주위에 접근하지 못하고 있었다.
　만일 간 크게 그런 짓을 벌였다간 위지천이 무슨 처벌을 내릴지 익
히 잘 알고 있었던 것이다. 꽃을 넘보기엔 위지천의 수비가 너무 철
벽 같았다. 하지만 그 사선(死線)을 대수롭지 않게 넘어가는 이가 있
었다. 그것을 본 위지천의 얼굴이 당장에 구겨졌다. 독고령의 얼굴도
살짝 일그러졌다. 나예린만이 여전히 무표정한 신색을 유지하고 있
었다.
　"안녕하세요, 나 소저. 좋은 날씨죠."

넉살 좋게 웃으며 인사를 건네는 이는 바로 비류연이었다.

"무슨 일이신가요?"

나예린이 조용한 목소리로 되물었다. 언제 들어도 듣기 좋은 목소리였다. 비류연은 더욱 즐거워지는 것을 느낄 수 있었다.

"무슨 일은요! 나 소저 응원하러 왔지요. 열심히 하세요."

언뜻 보면 별거 아니지만, 비류연처럼 그녀의 시합 전에 바로 코앞까지 와서 응원의 말을 건넨 이는 단 한 명도 없었다. 그러기엔 주위의 시선이 너무 많았고, 수비 또한 막강했기 때문이다. 그런데 비류연은 이 모든 것을 비웃기라도 하듯이 태연스럽게 그녀에게 접근해 말을 건네는 것이다. 그녀도 외면하지는 않았다.

"고마워요."

아무런 표정의 변화도 없이 말을 받았지만 이 정도만 해도 대단한 성과였다. 이 정도도 좀처럼 없는 특혜였기 때문이다. 이를 지켜보는 위지천의 얼굴이 더욱 시뻘겋게 변할 수밖에 없었다.

"어라? 이게 누굽니까? 에…, 그러니깐…, 이름이 뭐였죠?"

이제야 겨우 눈에 들어왔다는 듯 위지천을 바라보며 비류연이 의아한 듯한 표정을 지으며 물었다. 비류연의 질문을 받은 위지천의 얼굴이 또 시뻘겋게 변했다.

"네놈! 벌써 잊었단 말이냐?"

자기 볼일 다 마친 다음에야 아는 체한 것만 해도 분할 지경인데 이름마저 기억 못 하다니! 위지천의 복장을 한 마디로 뒤집어 놓는 비류연이었다.

"청성파의 제자이자 빙봉수호영화대 대주인 선풍검룡 위지천이

다!'

펴나 장황한 소개였다. 그제야 언뜻 스쳐 지나가는 말들 속에 위지천의 이름이 들어 있었음을 깨달은 비류연은 손뼉을 탁 쳤다.

"아아! 맞아, 맞아! 바로 위지천 선배였군요. 어쩐지 어디서 많이 본 사람이라 했어요."

사실 위지천을 만난 건 초봄에 만난 이후 이번이 겨우 두 번째였다. 그러니 근 8개월 만의 재회였다. 봄의 꽃은 이미 지고, 지금은 열매가 맺는 수확의 계절 가을이었다. 위지천의 존재는 애초부터 비류연의 머릿속에 별 볼일 없는 인물로 인식되어 있었던 까닭에 기억이 희미할 만도 했다.

패배의 충격에서 한동안 벗어나지 못하던 위지천은 그날의 치욕을 씻기 위해 폐관 수련을 결심하고, 그 어렵다는 백일연무(百日練武)에 들어갔다. 오직 비류연을 쓰러뜨리겠다는 일념으로 시작한 수행이었다.

각고의 고련 끝에 성과를 얻은 위지천은 천무삼성무제에 참가하기 위해서 얼마 전에야 폐관 수련을 끝내고 출관한 참이었다. 그리고 그는 비류연에 대한 소식을 듣고 쾌재를 불렀다.

천인공노(天人共怒)할 짓을 저지른 천고의 죄인 비류연이 삼성무제에 참가한다는 소문이었다. 그는 즉시 그 소문의 진위 여부를 확인했고, 곧 그 소문이 사실이라는 소식을 접할 수 있었다.

그는 회심의 미소를 지었다.

잠깐의 방심으로 당한 치욕을 갚아 줄 기회가 찾아왔기 때문이다.

마침내 뼈를 깎는 수행의 성과를 보여 줄 수 있게 된 것이다. 그래서 그는 검을 주로 쓰는데도 불구하고 삼성무제에 참가 신청을 냈다.

오직 비류연과 싸우기 위해서……. 그리고 가장 처참하게 쓰러뜨리기 위해서……. 그런 다음, 땅에 떨어진 명예를 다시 세우리라. 그는 그렇게 결심하고 있었다.

"아, 안녕하세요! 오래간만이네요! 어디서 본 것 같다 했더니 아는 얼굴이었군요. 그건 그렇고 잘 살고 계시니 반갑네요."

위지천이 누군지를 기억해냈으면서도 태연하기만 한 비류연이었다.

"무슨 뜻이냐?"

애써 터져 나오는 분노를 억누르며 굳은 얼굴로 위지천이 반문했다. 비류연의 낯짝만 봐도 가슴 속에서 열불이 끓어오르는 위지천이었다.

"전 또 그날의 일을 참지 못하고 자결이라도 하셨나, 걱정 많이 했죠. 좀처럼 모습을 볼 수 있어야죠."

분노를 억누르며 참고 있는 위지천에게 서슴없이 염장을 질러버리는 비류연이었다.

"네, 네놈이……."

울화통이 터져 말도 제대로 나오지 않았다. 나예린 앞만 아니었으면 당장에 칼부림이 났을 것이다.

"사람이 성의를 가지고 대하는데 그런 태도를 취하시면 안 되죠, 그건 결례가 아닐까요?"

위지천의 인상이 묘하게 일그러졌다. 혼자서 염장 다 질러놓고 마치 아무 일도 없다는 듯이 희희낙락하고 있으니 눈이 안 뒤집힐 수가 없는 것이다.

"그날의 치욕을 갚아 줄 것이다. 결승전에서 보자."

위지천은 한 마디 쏘아 보내듯 툭 던져 주고는 더 이상 상대하기 싫다는 태도를 취했다.

"왜 결승전에서 선배님과 만나게 되는지요? 의아하네요?"

천진난만을 가장한 비류연의 반문에 다시 한번 위지천의 인상이 사납게 일그러졌다. 비류연의 말은 자신의 존재에 전혀 신경을 쓰지 않고 있다는 반증이었기 때문이다. 아니면 자신을 갖고 놀고 있거나…….

삼성대전 최대의 난관(難關)이자, 우승 후보로 꼽히는 자신의 존재를 이토록 완벽하게 무시하는데, 어찌 분노하지 않을 수 있겠는가.

"당연히 내가 삼성무제에 출전했기 때문이다. 아쉽게도 네놈하고는 조(組)가 갈려서 중도에는 만나지 못하지만, 만일 네놈이 떨어지지 않는다면 결승에서 만날 수 있겠지. 내 손 아래 꺾일 때까지 지지 마라."

비류연은 그 누구의 손도 아닌 자신의 손으로 꺾어야 한다. 그것도 가장 비참한 모습으로…….

"호오, 선배가 결승전까지 올라갈 실력이 되는가 보군요. 이야~, 이거 대단한 발견인데요. 전혀 몰랐습니다. 그 동안 뭐 좋은 거라도 먹었나 보죠?"

이건 완전히 작정하고 조롱하는 것이 아닌가? 위지천의 눈에 불똥이 튀었다. 참을 수 없는 모욕이었다. 하지만 그녀가 옆에 서 있는 이상 함부로 경거망동할 수는 없다는 사실이 여전히 그의 발목과 이성을 붙잡고 있었다.

"저야 당연히 올라갈 테니 그쪽이나 신경 많이 쓰세요. 그럼……."

더 이상 위지천하고 얘기하고 싶지 않다는 듯 그는 싱글거리며 이내 시선을 나예린 쪽으로 돌렸다. 위지천이 중간에 끼는 바람에 이야기도 제대로 못 한 것이다. 그러나 나예린은 준결승 시합에 진출하기 위해 비무대로 향하고 있는 중이었다. 비류연은 아쉬움이 남았는지 비무대 위로 올라가는 그녀의 등을 향해 외쳤다.

"나 소저, 잘 해요!"

이미 나예린이 비무대 위로 올라간 이상 이곳에 있을 이유가 없어진 비류연은 위지천에게 손 한 번 흔들어 주고 제자들을 시켜 자신이 맡아 놓은 자리로 돌아갔다.

이미 위지천의 복장은 뒤집힐 대로 다 뒤집혀 있었다.

"휴우!"

비류연이 그의 시야에서 완전히 사라진 것을 확인한 후에야 위지천은 깊은 한숨을 내쉴 수 있었다. 짐짓 태연을 가장했지만 절로 몸이 움츠러들고 긴장되는 것을 막지는 못했다. 보지 않아도 지금 주먹 안은 식은땀으로 가득하리라. 자신이 지금까지 쌓아올린 명성에 비할 때 터무니없이 부끄러운 일이었다. 그래서 비류연이 더욱더 증오스러웠다.

"위 공자!"

어느새 다가온 빙봉영화수호대 똘마니 녀석들이 물었다.

"어째서 저따위 무례한 녀석을 그냥 보내 주십니까?"

"결승 비무라니! 그게 가당키나 한 소립니까? 1학년 애송이가 제 주제를 알아야지요."

"맞습니다. 우승이야 당연히 위공자의 몫이 아니겠습니까!"

"그럼, 그럼!"

세 사람은 너도나도 질세라 입을 나불거렸다.

"큭! 너희들은 저 녀석의 무서움을 모르는군!"

굳어진 얼굴로 위지천이 내뱉듯이 말했다.

"예에?"

"두고 봐라! 곧 녀석의 가면을 벗겨 줄 테니 말이다. 저 비무대 위에서……."

직접 겪어 본 자신으로서는 비류연의 실력을 과소 평가하는 녀석들의 말에 쉽사리 동조할 수가 없었다. 그렇다면 그런 녀석에게 진 자신은 어떻게 되겠는가! 부정하고 싶지만 이미 벌어진 과거를 부정할 방도는 없다. 그의 인생에 있어 최대 최악의 오점을 남겨 준 비류연. 결코 용서할 수 없었다.

'그날의 치욕, 수치, 분노! 아직도 뼈에 사무치게 기억하고 있다. 각오해라, 비류연!'

무섭게 전의를 불태우는 위지천이었다!

검후전의 준결승전은 모두의 예상대로 나예린의 가벼운 낙승으로 끝을 맺었다.

"자네 도대체 무슨 생각을 하고 있는가?"

준결승전을 이틀 앞두고 장홍은 그 동안 별러 왔던 말을 하고야 말왔다.

그 동안 궁금함을 참은 채 미루어 왔지만, 더 이상은 한계였다.

"생각?"

"그래, 생각! 설마 아무 생각 없이 그런 무모한 짓을 한 것은 아니겠지?"

장홍은 추궁하듯 말을 이었다. 그래도 그의 눈에 걱정의 빛이 어려 있었다.

"무모하다니? 뭐가? 보란 듯이 이겼잖아! 그럴 땐 무모하다는 표현을 쓰는 게 아니야! 잘 했다고 그래야지."

"지금까지 그건 그저 단순한 운(運)이었을 뿐이네!"

비류연과 반년 이상을 함께 지낸 장홍조차도 그런 생각을 버리지 못했다. 비류연을 1학년 애송이라 얕보고 있는 상대의 허점을 묵금(墨琴)의 변칙적인 공격으로 적중시켰다고 나름대로 생각하고 있던 것이다.

"지금 다른 관도들이 자네를 뭐라 부르는지 아나?"

"아니!"

비류연은 고개를 도리질쳤다.

"운수대통(運數大通) 격타금(擊打琴)이라고 부른다네. 휴우……."

장홍이 침통한 표정으로 말했다. 한숨이 절로 나왔다. 하지만 멀뚱한 표정으로 장홍의 말을 듣고 있던 비류연의 입에서는 웃음이 터져 나왔다.

"크하하하하하! 왜 멋진 이름이잖아! 운이 좋다는데 뭐가 불만이야?"

장홍의 얼굴은 더욱 딱딱하게 굳어졌다.

"지금 그게 웃을 일인가? 다들 자네를 운만 억세게 좋은 애송이라고 부르고 있다네. 왜 자네의 장기를 쓰지 않는 건가?"

"장기? 그게 뭔데? 잊어버렸어!"

천연덕스런 표정으로 비류연이 반문했다.

"뭐야? 자네 지금 그걸 말이라고 하나?"

장홍은 비류연의 반문에 어이가 없었다. 깊게 생각해 볼 것 없이 비류연이 자신을 놀리고 있는 게 확실했다.

"자넨 혹시 기억하고 있어? 내 장기가 뭔지?"

비류연은 장홍 옆에서 지원 사격이라도 할 듯 서 있는 효룡을 향해 물었다.

"그야 당연히……."

뭐라고 한 마디 쏘아붙여 주려던 효룡은 순간 조개처럼 입을 다물었다. 그러고 보니 여태껏 비류연이 사용한 무공이 뭔지 하나도 기억나지 않았다.

어느 정도 제대로 보여 준 무공이라고 해 봤자 입관일 날 기숙사에서 보여 주었던 일권(一拳)뿐이었다. 문로(門路)를 탐색하기엔 턱없이 모자란 정보였다. 게다가 그것이 진짜배기가 아니라는데 전 재산을 걸어도 좋았다.

"그것 봐! 자네도 모르잖아. 나도 잊어버려서 기억 안 나!"

비류연은 고개를 좌우로 흔들며, '아무것도 몰라요' 하는 표정을 지어 보였다. 이야기해 줄 마음이 없다는 의미였다. 그들이 보기에는 더 없이 쪼잔해 보였다. 하긴 부모 형제간에도 숨겨야 하는 문파도 있다고 하니 말해 줄 마음이 없는 사람에게 사문을 묻는 것은 심한 결례였다.

"그럼 도대체 왜 이런 무모해 보이는 짓을 하는 건가? 이유나 좀 암세! 답답해서 그러네!"

장홍이 포기하지 않고 다시 물었다.

"뭘 그런 걸 가지고 답답해해? 고민할 것도 없어. 그냥 실험이야, 실험(實驗)!"

"실험?"

효룡과 장홍이 어리둥절한 표정으로 반문했다.

"그래! 일종의 자기 실험이지! 과연 내가 음공으로 어디까지 갈 수 있나 하는 실험!"

장홍과 효룡은 그냥 듣고 있자니 점점 더 어이가 없어졌다. 지금 그 말을 자신들 보고 믿으라는 것인가? 게다가 지금까지 그가 펼쳐 온 무공을 과연 음공(音功)이라 부를 수 있는가에 대한 회의도 들었다. 차라리 그것은 격금술(擊琴術)이라고 명명해야 할 신종(新種) 무기술이었다.

"휴우, 역시 무모한 게 맞았어!"

효룡은 땅이 꺼질 듯 한숨을 내쉬었다. 내뿜었다는 표현이 더 어울릴 정도였다.

"겨우 그런 이유 때문에 금(琴)을 들고 비무대 위에 섰단 말인가? 아무런 대책도 없이?"

장홍이 따지듯 물었다. 항상 큰형 역할을 하려고 하는 장홍이었다.

"겨우라니! 그건 실례라구! 난 이 몸 나름대로 심각하다구! 날 실험

대상으로 삼기가 쉬운지 아는가! 이 얼마나 거룩한 희생 정신인가!"

"쳇! 자네랑 설왕비무(舌往比武: 혀로 하는 비무, 말싸움)를 벌인 내 잘못이 크네."

장홍이 마침내 항복 선언을 했다. 설왕비무의 승리는 비류연에게로 돌아갔다.

"하지만 하나만 경고해 두겠네."

장홍이 진지한 표정으로 말했다.

"경청하지!"

"저번처럼 악기(樂器)만 휘두르다가는 백 날 가도 음공(音功)의 음자도 얻지 못할 걸세."

"충고, 뼈에 사무치는구먼. 잊지 않겠네! 그런데 이론과 실전의 차이가 생각보단 큰 걸 어쩌겠어? 다음엔 좀 나아지지 않을까? 희망을 가지자구."

여기에 더 이상 무슨 희망을 가진단 말인가. 자신들은 걱정과 고심의 구렁텅이에 밀어넣고 혼자 태연작작하기만 한 비류연이 얄밉기만 했다.

"그런데 자네 다음 상대가 누구지?"

"이런, 이런! 친구의 다음 상대 정도는 기억하고 있으라고. 우정에 금가지 않으려면 말일세. 아아, 우정에 균열이 가는 소리가 요란하게 들리는군!"

다시 한번 과장된 몸짓을 하는 비류연이었다.

"그래서 누구냐니깐?"

비류연이 장홍을 똑바로 쳐다보며 당당히 선언했다.

"나도 몰라!"

"뭐어어!"

두 사람은 더 이상 입이 있어도 말이 나오지 않았다.

오늘 비류연과의 대접전은 둘의 참담한 패배로 끝나고 말았다. 아무래도 비류연 이 녀석은 자기가 외우기 귀찮으니깐 남들 보고 외우라고 하는 모양이었다. 그리고 사실 그가 이름 들어 봤자 아는 사람이 있을 리 만무하니 들으나마나한 일이었다.

"저어 제가 알고 있습니다."

세 사람의 고개가 목소리의 출처 쪽으로 향했다. 거기엔 여전히 존재감이 희미한 윤준호가 서 있었다. 언제부터 저기 있었지……. 모두들 의아해하는 가운데 윤준호가 입을 열었다. 얼굴도 살짝 붉어진 걸 보니 말하기가 여간 쑥스럽지 않은 모양이었다.

"이야! 너도 때론 도움이 되는구나! 누군데?"

"그러니깐 당문천이라고……."

그가 우물쭈물하며 이름 하나를 입에 담았다.

"뭐야!"

효룡과 장홍은 이구동성으로 경악성을 토해냈다.

"으음. 정말 류연이의 다음 상대가 그 자식이란 말이야?"

장홍의 말이 갑자기 높고 거칠어졌다.

"아시는 분입니까?"

윤준호가 의아한 표정으로 반문했다.

"내가 그따위 몹쓸 자식을 어떻게 알아!"

버럭 소리를 지르는 장홍의 돌연한 반응에 윤준호는 깜짝 놀라고 말았다.

"안다는 얘기군!"

잠자코 있던 비류연이 한 마디 했다. 어차피 누구라고 해 봤자 그는 모르는 사람이었다. 그래도, 옆에 아는 사람이 있으니 예의상으로라도 물어 봐야 했다. 안 물어 보면 자신이 알고 있는 지식을 뽐내고 싶어하는 사람이, 혹은 알고 있는 바를 가르쳐 주고 싶어 안달이 난 사람이 얼마나 섭섭해하겠는가. 그런 이유로 인해 비류연이 선심 쓰듯 물어 보았다.

"누군데?"

장홍이 떨떠름한 표정으로 비류연의 물음에 대답해 주었다.

"아주 몹쓸 놈이지! 그놈 때문에 사천당문(四川唐門)의 이름이 운다고까지 하는 사람이 있을 만큼 아주 패악한 놈일세. 당문의 금기를 어기고 비무 대회에서도 독을 함부로 쓰는 녀석이지. 그래서 별호도 독랄수(毒辣手)야! 별호만큼이나 독랄한 놈이지. 당문은 뭐 하는지 몰라 그런 녀석 안 잡아가고……."

"꽤 재미있는 녀석인가 보네!"

효룡과 장홍의 격렬한 반응에 비해 비류연의 반응은 그걸로 끝이었다.

전혀 신경조차 쓰이지 않는다는 태도였다.

"뭐! 독랄수 당문천!"

금영호의 부르르 살 떨리는 외침과 함께 주작단 모두의 시선이 당삼에게로 쏠렸다. 같은 당씨 집안 사람으로서 한 마디 해 보라는 의

미였다.

　당철영은 꿀 먹은 벙어리마냥 말이 없었다. 왜 이렇게 동기들이 놀라는지 그도 싫을 정도로 잘 알고 있었다.

　당문천이 장소를 가리지 않고 독을 즐겨 쓰는 이유는 독(毒)을 반드시 써야 할 만큼 일신 무공이 약해서가 아니었다. 바로 독(毒)을 쓰는 게 재미있고 자극적이기 때문이다. 당문(唐門)의 금기를 아주 교묘하게 어기는 놈이라 당철영에게도 매우 못마땅한 녀석이었다. 아무리 사촌 형제간이라 해도 마찬가지였다. 그리고 왜 그런 녀석에게 가문의 제재가 없는지 원망스러웠다.

　사실 그도 사천당문의 적손인 관계로 그 이유를 아주 잘 알고 있었다. 그건 바로 그 자질이 매우 뛰어나기 때문이다. 그의 포악한 성격을 덮을 만큼……. 허나, 대사형에게까지 당문천의 독랄한 수법이 통할지는 미지수였다. 아무래도 안심이 안 되는 당삼이었다.

"별거 아닌 녀석이군"

　한참이나 당문천에 대한 설명을 듣고 난 후 비류연의 소감이었다.

"자넨 참 태평하구만."

　장홍이 혀를 내두르며 말했다.

"천성이야. 내버려두게나! 대신 걱정해 주는 친구들이 이렇게나 많이 있는데 나까지 힘들게 고민할 필요가 뭐가 있겠나. 이 몸까지 덩달아 고민하기 시작한다면 대신 고민해 주는 친구에 대한 예의가 아니지."

"말은 되는 것 같구만. 이상하긴 여전하지만!"

효룡이 피식 웃으며 한 마디 했다.

"허나 대신 걱정해 줄 순 있어도, 시합에서 대신 이겨 줄 순 없다네!"

장홍이 다시 한번 주의를 주듯 말했다. 비류연의 거침없음을 볼 때마다 아무래도 물가에 아이를 내놓는 것처럼 불안했던 것이다.

"그런 걸 보고 걱정도 팔자라고 하거나, 또는 걱정 매매라고도 한다네. 사서 고생이라고도 하고 말이야. 장홍은 가끔씩 전혀 걱정하지 않아도 되는 당연한 일을 걱정하는 나쁜 버릇이 있어. 아저씨처럼 말이야. 그런 걸 보고 기우라고 한다는 옛 말도 못 들어 봤나?"

남이 걱정해 주는 마음도 모르는지 점잖게 핀잔까지 주는 비류연이었다. 저 끝도 한도 안 보이는 자신감은 어디서 솟아나오는 건지 궁금하기만 한 세 사람이었다. 속이라도 확 잡아째고 열어 보면 좀 그 호기심이 충족될 텐데 말이야……

일단 큰 소리친 이상 상식을 깨는 비류연의 능력을 믿어 보는 수밖에 없었다.

당문천과 비류연의 대결

"설마 이번 비무(比武)에서 독(毒)을 쓸 작정입니까?"
설마 하는 심정으로 당삼이 물었다.
"어떨 것 같으냐?"
당삼은 물어 보는 자신이 어리석게 느껴졌다.
묻지 않아도 답은 이미 정해져 있었다.

원래 당문에선 비무시에 독을 사용하지 않았다. 해독(解毒)도 힘들
뿐더러 그런 짓 해 봐야 비겁자 정도로 낙인찍힐 뿐이기 때문이다.
때문에 당문인들은 비무 대회에서는 독(毒)을 자제하고 암기(暗器)나
유엽비도(柳葉飛刀)를 사용하거나, 혹은 묵편(墨鞭)만을 이용했다.

당문의 편법(鞭法)이나 비도술(飛刀術) 또한 암기(暗器)와 독(毒) 못
지않게 강호에서 알아주는 일절로 유명했다. 헌데 비무 대회든 결투
든 가리지 않고 독과 암기를 은밀히 부려대는 망종이 바로 눈 앞에
있는 당문천이었다. 당문천은 그런 묵계가 통하지 않는 인물이었다.

그의 하독(下毒) 솜씨는 하도 은밀해 누구도 그가 독을 사용했다는
것을 알아채지 못했다. 게다가 대회의 규정에는 독을 쓰면 안 된다는

조항이 없었다. 물론 암기를 쓰면 안 된다는 조항도 없었다. 그저 상대를 죽이면 안 된다는 조항이 있을 뿐이었다. 나머지는 각자의 재량권에 달려 있었다. 특히 독을 재미삼아 쓰는 사천당문의 사람들은 더욱 그러했다.

그렇긴 하지만 이번에 당삼이 걱정되는 쪽은 오히려 당문천 쪽이었다. 같은 가문의 사람만 아니었어도 어떻게 되든 상관하지 않았을 것이다. 하지만 자신이 입고 있는 진녹의(眞綠衣)가 그를 이곳으로 이끌었다. 자신의 눈 앞에 앉아 있는 당문천도 자신과 똑같은 색깔을 지닌 의복을 입고 있었다.

사천당문의 정예에게만 허락된 옷이었다. 당문천이 호되게 당하는 건 대환영이었지만, 진녹색 무복을 입은 당가 사람이 공개 망신당하는 것만은 막고 싶었다. 사형의 성격으로 미루어 보아 독을 썼다는 걸 알면, 10배로 되돌려주려 할 게 분명했다. 물론 독에 당하지 않는다는 전제하에서였다.

"후회할 겁니다."

당삼이 진심으로 충고했지만 당문천은 오만한 표정을 지으며 그의 말을 전혀 듣지 않았다. 관심이 전혀 없다는 태도였다. 마이동풍이 따로 없었다.

"흐흐흐! 어릴 적부터 나에게 한 번도 이긴 적이 없는 녀석의 입에서 충고라니! 가소롭구나."

당문천의 경멸스런 조소에 당삼의 얼굴이 돌처럼 굳어졌다. 그의 말대로 당삼은 소싯적부터 당문천에게 항상 패하는 역할만 해 왔다. 그것도 아주 충실하게……. 그러니 지금 당문천이 그를 깔보는 것은 어쩌면 당연하다 할 수 있다. 하지만 이제 기회가 된다면 자신이 얼마나 변했는지 몸으로 느끼게 해 줄 요량이었다. 옛날엔 꽤나 두렵게 보였지만, 오늘 보니 별거 아닌 것처럼 느껴져 본인으로서도 의외였다. 솔직히 현재의 당문천은 자신에게 아무런 부담도 주지 못하고 있었다.

"후회할 거라고 난 분명히 경고했소. 빠른 시간 내에 다른 방법을 강구하는 게 좋을 거요. 만약 그렇지 않으면……, 형은 분명히 그 사람에게 질 거요."

당삼의 칼날 같은 말에 당문천의 얼굴이 붉으락푸르락 변했다.

"감히 네 녀석이……."

그의 손에서 세 개의 동전이 앞으로 뿌려졌다. 직계 자손끼리 피를 부르는 암기를 쓸 수 없어 대신 징계의 의미로 동전을 사용한 것이다. 평범한 동전이라 해도 당문천의 손에 들린 이상, 어떤 암기보다 무서울 수 있었다. 당문천은 자신이 뿌린 세 개의 동전은 당연히 건방진 당삼에게 징계의 손길을 내려 주리라 여겼다. 아직까지 당삼은 자신을 한 번도 이겨 본 적이 없지 않은가!

세 개의 동전이 앞서거니 뒤서거니 요란하게 허공을 선회하며 좌우에서 시간차를 두며 당삼을 노리고 날아 들어갔다. 회선표(回旋鏢)의 요결을 가미한 삼환비선(三環飛旋)의 묘기였다. 허나 동기들에게 당삼이라 불리는 당철영은 이미 옛날의 당삼이 아니었다.

당문천, 그가 아는 당삼은 아미산에 갔다 오기 전의 당삼이었고, 지금 이 자리에 서 있는 당삼은 아미산에서 지옥을 보고 온, 게다가 요즘도 수시로 지옥을 보고 있는 당삼이었다. 그 실력은 하늘과 땅만

큰 차이가 나는 것이었다.

아미산(峨嵋山)에서 뼈를 깎는 고련(苦鍊)을 하고, 지금도 하루도 빠짐없이 꾸준히 구슬을 꿰고 있는 당삼에게 이 정도 변화는 아무 것도 아니었다. 어린애 장난처럼 보일 뿐이었다. 게다가 삼환비선은 자신도 이미 알고 있고, 이제는 두 배는 더 복잡하게 펼칠 수 있는 수법이었다. 자리를 수시로 바꾸며 날아오는 세 개의 동전이 마치 허공에 정지한 것처럼 똑똑히 보였다. 자신의 성취에 오히려 당삼이 놀랄 지경이었다.

당삼은 세 번 몸을 돌리며, 세 번 손가락을 튕겨내는 것으로 당문천이 펼친 삼환비선의 묘기를 파해(破解)시켜 버렸다.

당삼의 돌연한 무위에 당문천의 두 눈이 휘둥그렇게 떠졌다.

"네, 네가 감히 나의 삼환비선(三環飛旋)을 막아내다니……. 실력이 많이 늘었구나, 철영!"

"별것 아닌 일에 놀랄 거 없소."

당삼이 퉁명스럽게 말했다. 당문천의 이마에 핏대가 섰다. 분한 마음이 들었던 것이다.

"가 봐라! 꼴 보기 싫다."

축객령이 내려졌다. 당삼도 더 이상 이곳에 있고 싶은 생각이 없었다. 이미 용무는 다 마친 터였다.

"핏줄의 정과 가문의 명예를 위해 찾아 온 길이었소. 이걸로 핏줄에 대한 나의 책임은 모두 끝난 거요. 다시 한번 마지막으로 경고하지만 내일 독(毒)은 쓰지 않는 게 신상에 좋을 거요. 그리고 처음부터 최선을 다하시오. 그게 그나마 명예를 지키는 길이 될 것이오."

할 말을 다 마친 당삼은 내 할 일은 다 끝났으니 더 이상 용무가 없다는 듯 몸을 휙 돌려 바람처럼 사라졌다.

등뒤로 '으드득!' 당문천의 이빨 가는 소리만 아스라이 들려올 뿐이었다.

"성질 하고는……."

한 마디 해 주는 걸 잊지 않는 당삼이었다.

사부를 보면 제자를 알 수 있다고 한다. 그런 측면에서 볼 때 당문천은 매우 위험했다. 당문천이 자랑하는 독이 무용지물이 될 가능성이 매우 높기 때문이다. 아미산에서 분한 마음에 독을 써 볼 결심을 안 해 본 것이 아니었다. 게다가 약한 독(毒)으로 예행 연습까지 해 봤다. 허나 소용없었다. 어찌 된 영문인지 전혀 독(毒)이 효과가 없었다. 이유는 알 수 없었다. 대신 그 대가로 죽을 뻔한 경험이 있기는 있었다.

어떻게 알았는지 사부는 단번에 자신을 범인으로 지목했던 것이다. 생각하는 것만으로도 가슴이 서늘해지는 끔찍한 기억이다. 비무 대회에서 독을 쓰는 건 금지된 일이 아니지만, 모양새가 좋지 않았다. 더 이상 자신의 사촌형인 당문천이 가문에 먹칠을 하지 말았으면 하는 것이 당삼의 바람이었다. 그의 걱정은 별도로 하고 어쨌든 준결승전 날은 돌아오고야 말았다.

"이길 수 있을까? 상대는 바로 4학년생 중에서도 악명 높은 독랄수 당문천이야. 1학년 애송이에게 질 상대가 아니지."

이제 곧 준결승전이 시작되려는 비무대 위를 바라보는 외눈의 주인공. 왼쪽 눈에 안대를 찬 당찬 기도의 여인, 독고령이 옆자리에 고요하게 앉아 있는 사매 나예린에게 물었다. 다른 사람이 했다면 흉하게 보일 왼쪽 눈의 안대가 그녀를 더욱 돋보이게 만들어 주고 있었다.

"승부는 아직 모릅니다. 이번 시합에서 꼭 당문천 선배가 이기리라는 보장은 없죠."

나예린은 독고령의 의견에 찬성할 수 없는 모양이었다. 게다가 그녀의 말에는 의외로 단호한 면이 있었다.

"호오……, 뜻밖이구나. 보는 데 있어 누구보다 정확한 눈을 가졌다고 평가받는 너의 입에서 그런 말이 나오다니! 그렇다면 과연 저 1학년 놈이 당문천과 무를 겨룰 충분한 실력의 소유자라는 말이 되겠구나? 사실 독랄수 당문천은 무공 말고 다른 수법에 능하지. 그게 상대하는 자에게는 더 까다로운 문제지. 게다가 비무 대회라고 해서 아끼거나 자제하거나 하지는 않아. 그런데도 겨룰 만하단 말이냐?"

나예린은 침묵한 채 살짝 고개를 끄덕였다. 무언의 긍정이었다.

"호오!"

나직한 감탄성과 함께 독고령의 눈에 이채가 떠올랐다. 자신의 사매가 절대로 허언(虛言)을 하지 않는 사람이라는 것을 누구보다 잘 아는 그녀였다.

"하지만, 저 1학년생! 마음에 들지는 않는구나!"

"무슨 일이라도 있으셨나요?"

그녀가 알기론 독고령이 저 비류연이라는 사내와 만날 이유가 없었다. 그리고 저런 이상한(불쌍하게도 현재 비류연에 대한 나예린의 평가는 이 정도가 고작이었다) 남자와 교류를 가질 위인도 아니었다.

"쌍귀 녀석들과 함께 있는 것을 보았지. 들리는 소문에는 한 패라고 하더군!'

"그러셨군요."

그녀는 납득이 간다는 듯 고개를 끄덕였다. 한 패라는 것은 저 비류연이란 사내가 애소저회(愛少姐會)의 일원이라는 이야기였다. 물론 그것은 애소저회에 들어가 검을 휘둘러 본 경험이 있는 그녀였기에 익히 알고 있는 사실이었지만 독고령이 그곳을 얼마나 싫어하는지에 대해 생각이 미쳤기 때문이다. 평소 애소저회 회원들을 벌레 이하로 취급하던 그녀였던 것이다.

애소저회(愛少姐會)! 그녀도 그곳에 대한 상당히 높은 악명(남성들은 물론 특히 여성들 사이에서)에 대해 귀가 따갑게 들은 적이 있었다. 비단 들었을 뿐만 아니라 그녀는 그들의 집요한 표적이 되기까지 했다. 어디에서도 찾아 보기 드문 경국지색의 미녀를 애소저회에서 그냥 내버려둘 리가 없었기 때문이다. 허나 그들의 손길은 그녀의 친위대에 가로막혀 소기의 목적을 달성하는 데 실패했다.

당연히 그녀로서도 그곳을 좋아할래야 좋아할 수 없는 처지였다. 게다가 애소저회 하면 여성 관도들의 제일의 공적 취급까지 당하고 있는 곳이 아닌가!

게다가 며칠 전 자신의 방에 들어온 침입자가 가져간 물건이 문득 떠올랐다. 겉으로 나타나진 않았지만 슬그머니 얼굴이 붉어지고 화끈거렸다. 그녀도 여성인 이상 그 일에 무관심할 수가 없었던 것이다.

비류연은 그때 방 안에 남았던 자취를 볼 때 가장 유력한 용의자였다. 안타까운 것은 심증은 있는데 물증이 없다는 점이었다. 게다가 별로 기억하고 싶지 않은 운향정에서의 사건도 있었다. 기억하지 않으려고 하면 할수록 가장 기억에 남는 일이기도 했다.

지금 저기 비무대 위에 서 있는 비류연이란 사내는 그때 그녀와의 약속을 지키겠다는 명목으로 저기 올라가 있는 것이다. 그 약속이 본인에게 상당히 불리한 것임에도 불구하고 말이다. 솔직히 이야기를 꺼낸 그녀 자신도 비류연이 여기까지 해 내리라고는 기대하지 않았다.

자신의 용안에 포착되지 않을 때부터 범상치 않은 자라는 것은 거의 본능으로 느꼈지만, 설마 여기까지 해 낼 줄이야……. 역시 그때 선풍검룡 위지천을 쓰러뜨린 것은 운이 아니었던 모양이다.

"만일 그 실력이 진짜라면……."

그는 정말로 자신과 약속을 지킬지도 모른다.

"……."

그렇게 되면 어떻게 될까? 과연 자신은 어떻게 하면 좋은가? 아직 그녀는 선뜻 명확한 답을 낼 수가 없었다.

하지만 독고령뿐만 아니라 지금 비무를 기다리고 있는 중인들은 모두 그에 대해 부정적이었다. 독랄수 당문천이 누군데 고작 올해 갓 입관한 1학년 애송이한테 지겠는가. 드디어 저 건방진 애송이의 꼴 사나운 모습을 볼 수 있겠구나, 하며 다들 즐거워하고 있는 중이었다. 사실 아직까지 저 애송이가 남아 있는 게 기적 같은 일이었다. 그것도 별다른 실력 없이 순전히 운만으로 이끌어 온 시합이 아니었던가!

'운만 좋고 실력은 형편없는 애송이'라는 것이 세인들의 공통된 의견이었고, 이를 비웃듯이 붙여 준 별호가 운수대통(運輸大通) 격타금(擊打琴)이란 우스꽝스런 별호였다.

사실 여태껏 다섯 번 있었던 비류연의 시합 내용을 살펴본다면 어디에도 그의 실력을 엿볼 수 있는 부분이 없었다. 그나마 조금 보여 주었던 게 준준결승이었던 전옥기와의 시합에서다.

항상 그의 시합은 뭔가 어리둥절하고 허전하며 맥빠지는 그런 내용들뿐이었다. 마치 형체가 없는 허깨비 같다고나 할까? 전혀 힘이 느껴지지 않았다. 그런데도 항상 이겼다. 그것도 짧은 시간 안에 승리를 거머쥐었다는 사실을 아무도 눈치채지 못하고 있었다. 그리고 그것이야말로 가장 중요한 사실이라는 것을 사람들은 간과하고 있었다.

모두들 환술(幻術)에 빠진 사람들처럼 말이다.

사천당문 출신의 당문천은 펄럭이는 진녹색 무복 자락을 바람에 내맡기며 오만하게 서 있었다. 진녹의(眞綠衣)는 오직 사천당문의 일족만이 입기를 허가받은 옷이었다.

사천당문 사자(四字)가 적힌 진녹의는 아무나 입을 수 있는 그런 옷이 아니다. 그렇다고 돈이 있다고 해서 사 입을 수 있는 것도 아니었다. 오직 사천당문의 직계만이 입도록 허락된 옷이었다.

강호의 대문파쯤 되면 모두 자신들 고유의 색상과 문양이 존재한다. 이것이 그 출신을 구분하는 데 도움을 주고, 미연에 사고를 방지하게 해 주기도 한다. 일단 말이 없는 상태에서도 한 번 보고 서로의 신분을 어느 정도 확인할 수 있기 때문이다.

어느 문파든 한 번 지정한 문파의 공식 지정 색상이나 상징은 특별한 일이 없는 한 바꾸지 않는다. 우스운 얘기지만 모두들 쉬쉬하고 있을 뿐이지, 그로 인한 쟁탈 싸움도 여러 번 있었다고 한다.

"괜찮을까?"

효룡이 장홍을 보며 물었다. 아무래도 걱정을 떨칠 수가 없었던 것이다. 비류연이 독을 사용하는 자와 상대하는 건 이번이 처음이었던 것이다. 자신보다 당문천에 대해 자세히 알고 있는 장홍의 표정은 현재 딱딱하게 굳어져 있었다.

"…그를 믿는 수밖에……."

해 줄 수 있는 충고는 어제 모두 해 주었다. 물론 제대로 듣고 있는 지는 의문이었지만 이제 결과를 기다리는 수밖에 없었다.

비류연은 상당히 건방진 자세로 자신을 쳐다보는 당문천의 눈을 정면으로 응시했다. 당문천은 그런 비류연의 시선이 불쾌한지 서서히 인상을 일그러뜨리고 있었다.

눈 앞에 있는 자식이 어떤 몸인지는 어제 저녁 장홍으로부터 귀가 따갑도록 들었다. 아직도 귀가 얼얼할 지경이었다. 장홍이 자신의 귀를 붙잡고 주의에 주의를 당부했던 것이다.

'늙으면 걱정만 많아진다니까.'

장홍의 어제 모습이 딱 그 꼴이었다.

비류연은 잘난 척하며 뻐기듯이 자신을 쳐다보는 당문천의 시건방진 태도가 처음부터 마음에 들지 않았다. 풍기는 기운부터가 재수 없는 놈이라고 보는 순간부터 확정지어 놓고 있던 터였다.

처음엔 명문 우월증에 걸린 놈은 전옥기, 그놈 한 놈뿐인 줄 알았다. 그런데 지금 눈 앞에 서 있는 당문천도 똑같은 부류의 족속인 것을 보니 이런 중세를 가진 놈이 하나 둘이 아닌 모양이었다.

종종 세상에는 돈과 배경과 권력만 있으면, 만사형통할 것으로 아는 개망나니들이 종종 있었다. 거기다 웬만큼 무공까지 더해지니 완전히 망나니 중의 개망나니가 되어 버린 녀석들도 있었다.

자신들이 선택받았다고 크게 착각하며, 약자와 서민들을 개, 벌레보듯 취급하는 인간 말종 놈들이다. 그들이 볼 때 약한 놈은 살 가치가 없는 놈들이다. 아니면 그들에게 복종하고 봉사하기 위해 만들어진 피조물일 뿐이라고 그들은 당연하게 생각한다. 지금 앞에 서 있는 비류연의 상대인 당문천도 그러했다.

자기가 명문 자제면 자제고, 명문 대파의 직전 제자면 제자지 그게 무슨 소용이란 말인가? 간판이 자신의 목숨을 늙어 죽을 때까지 지켜준다고 생각하는 것일까? 만일 그렇게 생각하고 있다면, 그것은 참으로 유아기적인 멍청한 발상이라고밖에는 달리 표현할 수가 없다. 다른 말이 생각나지 않는다.

그런데 지금 그런 부류의 인간 중 한 명인 당문천이 비류연 앞에서 잘난 척, 있는 척, 강한 척, 젠 척하고 있는 것이다. 그것도 있는 힘껏! 비류연이 가장 싫어하는 그런 부류의 인간이었다. 비류연의 마음이 편할 리 없었다. 눈꼴이 시어서 그런 꼴은 더 이상 봐줄 수 없는 비류연이었다.

당문천은 아직도 오만한 태도로 비류연을 노려보고 있었다. 슬슬 분위기 봐서 그만 둘 때도 됐는데. 통계적으로 살펴보면 이런 부류의 녀석들은 남을 배려하는 마음 씀씀이가 눈곱만큼도 없기 때문에 눈치가 없고 둔하다.

자신이 지금 죽을 자리를 찾아 열심히 삽질하고 있다는 것을 알아차리지 못하는 것이다. 은근히 조여 오는 살기 또한 전혀 느끼지 못하고 있는 모양이었다.

비류연이 물었다

"독을 쓴다면서요?"

당문천은 그 사실이 자랑스럽다는 듯 당당하게 고개를 끄덕였다. 당연한 걸 왜 물어 보느냐는 그런 태도였다.

"아항! 그럼 바보네요!"

그러나 이어지는 비류연의 막가는 한 마디에 당문천은 분기탱천했다. 당문천은 살다살다 자신 앞에서 이렇게 막가자는 식으로 행동하는 놈은 처음 보았다.

"이놈! 감히 내가 누구인 줄 알고!"

당문천은 눈을 부리부리 빛내며 노호성을 터뜨렸다. 얼마나 그가 분노하고 있는지 여실히 보여 주는 모습이었다. 비류연은 그런 당문천을 보며 내심 실소가 흘러 나왔다. 여기 전옥기랑 똑같은 놈이 또 하나 있었던 것이다.

"그게 뭐요? 댁의 배경이나 권력, 혹은 신분을 내가 알면 당신 무위가 20배 정도 세지거나, 아니면 내가 100분의 1 정도로 약해지기라도 한답니까? 만일 그렇게 생각하고 있다면 크나큰 착각이자 지대한 오산이니, 냉수 먹고 속 차리라고 충고해 주고 싶군요."

비류연의 혀 끝은 독사처럼 신랄하기 그지없었다. 듣고 있던 당문천의 얼굴이 점점 더 시커멓게 변해 갔다.

"뭐, 뭐… 뭐시라! 너 말 다했느냐?"

"아직 다 안 했으니 좀 기다려요."

퉁명스러운 비류연의 대답이었다. 당문천의 분노는 더욱 깊어져만 갔다.

'그러고 보니, 사부가 그랬었지!'

지금 생각해 보니 그 말이 맞는 것 같았다. 하나도 틀린 게 없지 않은가!

독(毒)이라……!

그러고 보니 옛날에 비류연이 독에 대해 물었던 적이 있었다.

비류연의 의식이 눈 앞의 당문천이란 존재는 깡그리 무시한 채 8년이란 시간의 강을 훌쩍 뛰어넘었다.

비류연이 14살이 되던 해, 사부에게 물었다 .

"사부! 독(毒)을 쓰는 놈들은 어떤 놈들이에요?"

사부는 서슴없이 대답해 주었다.

"바보!"

"그럼 암기에다 독을 발라 쓰는 놈은요?"

"약골 바보!"

"암수를 쓰는 놈은요?"

"멍청이!"

"그럼 안 되는 줄 알면서도 정면으로 달려드는 놈은요?"

"얼간이!"

명쾌한 대답이었다. 이해하기도 무척 쉬웠다. 사부의 이런 점만은 역시 본받을 만하다. 이런 점만……, 다른 건 빼고!

"아항! 그렇구나!"

비류연은 손뼉을 딱 쳤다. 뭔가를 하나 이해하고 깨달았다는 것은 참 기분 좋은 일이다.

"그러니까 다음에 통하지도 않는 독(毒)이랑 암기(暗器)를 함께 쓰는 약해빠진 바보, 얼간이, 멍청이 놈을 만나면 알아서 손봐 줘라 그 말이죠!"

사부는 당연하다는 듯 고개를 끄덕였다. 말귀를 잘 알아먹었다고 칭찬도 해 주었다.

"그래! 무척 간단하지. 어차피 하독 따위야 첫 시도가 실패하면 끝장이야. 특히 독(毒)이 안 통하는 상대인 줄도 모르고 독을 써서 승리를 잡으려는 놈들은 정말 바보지."

"왠지 사부하고 비슷하네요."

이해가 된다는 표정으로 비류연이 말했다.

"뭬야?"

"딱!"

어김없이 기다렸다는 듯 날아온 주먹이 비류연의 머리를 한 대 쥐어박았다.

"음……."

괜히 안 좋은 기억이 떠오르고 말았다. 그 대가로 저 녀석은 죽음이다.

"뭘 보고 싶어요?"

붉은 입술에 걸린 미소를 지우지 않은 채 비류연이 물었다.

"무슨 도깨비 놀음이냐?"

대치 상태에 있던 당문천이 의아한 듯 반문했다. 그는 한시라도 빨리 이 건방진 애송이를 작살내 버리겠다는 일념밖에 없었다.

"4일 전 것으로 할까요, 아니면 5일 전 것으로 할까요?"

상대방의 반응은 아랑곳하지 않고 비류연은 계속해서 당문천에게 선택을 강요하는 질문을 했다.

"헛소리 그만 하고 어서 덤벼라! 귀찮다!"

영문도 모를 질문에 대답해 줄 당문천도 아니었거니와, 대답할 말도 없었다.

"원하는 대로 해 준다고 그랬잖아요."

씨익, 웃어 보이는 비류연을 당문천은 못내 불쾌해했다.

"해 주긴 뭘 해 줘?"

"그러니깐 4일 전에 먹은 걸 보고 싶은지, 5일 전에 먹은 걸 보고 싶은지 댁의 의향을 친절하게 물어 봐 주고 있잖아요. 저의 이런 친절은 그렇게 깡그리 무시해도 되는 겁니까? 이런 건 경우가 아니라구요."

당문천의 쌍심지가 단숨에 하늘로 솟구치고 눈에 불똥이 튀었다.

보긴 뭘 본단 말인가? 5일은 고사하고 3일 전에 먹은 것도 아직까지 소화가 안 된 채 남아 있을 리가 없지 않은가! 비류연의 말뜻은 네 속에 있는 것을 모두 게워낼 만큼 패주겠다는 그런 의미가 담긴 말이었다. 당연히 당문천의 눈에 불똥이 튀고 꼭지가 돌아갈 수밖에 없었다.

이미 뚜껑이 열렸으니 사람 말이 먹힐 리가 없었다. 이성 따위는 이제 아무 데도 남아 있지 않았다. 그에 반해 비류연은 여전히 유유자적, 여유만만이었다. 도대체 저 터무니없는 자신감은 어디에서 나오는지 당문천은 의문스럽기만 했다.

당문천은 자신의 눈 앞에 있는 놈을 한 줌 핏물로 만들 수 있다면, 백독(百毒)이 아깝지 않을 것 같았다. 허나 상대방에게 실수를 펼쳐 상대가 죽는 사태가 발생하면 실격 처리되기 때문에 아쉽지만 약한 독을 사용하기로 했다. 하지만 약하다고는 해도 중독되면 온몸의 근육이 뒤틀리는 쇄근독(碎筋毒)이었다. 그는 속으로 음흉한 웃음을 지은 채 은밀하게 하독(下毒)했다.

당문천은 비류연의 중독을 추호도 의심치 않았다. 그러나 그것이 가장 치명적인 실수였다. 절대로 범해서는 안 되는 실수를 그는 범하고 말았던 것이다. 애초에 독(毒)을 공격의 수단으로 삼은 것부터가 잘못이었다.

"너…, 너…, 너…, 너…!"

당문천이 경악한 채 두 눈을 부릅뜨고 떨리는 팔로 손가락질하며 말했다. 아니 더듬거렸다는 게 보다 더 정확한 표현이었다.

"왜요?"

무슨 일 있었냐는 듯한, 태연하기 그지없는 비류연의 반응이었다.

"왜, 왜 아무 일도 없는 거냐? 어…, 어떻게 그렇게 멀쩡하게 서 있을 수가 있지?"

　원래 정상대로라면, 비류연은 저절로 비틀리는 근육을 부여잡고 괴성을 지르며 바닥을 뒹굴고 있어야 했다. 헌데 지금 비류연은 아무 일도 없다는 듯이 태연작작했다. 게다가 그의 신체 어디에도 중독된 흔적을 찾아 볼 수가 없었다. 분명히 독의 선택도, 풍향 읽기도 모두 정확했다. 칭찬받아 마땅할 정도로 완벽한 하독(下毒)이었다. 그런데 상대는 그 명성이 자자한 당문의 독(毒) 앞에서 아무 일도 없다는 듯 태연하기만 한 것이다.

"그래서 말했잖아요. 당신 바보라고!"

　그거 보란 듯한 비류연의 한 마디였다.

"어…, 어떻게 이런 일이……?"

　믿을 수 없는 현실에 당문천은 망연자실할 수밖에 없었다.

"겨우 이 정도로 제 몸을 어찌해 보겠다는 생각은 일찌감치 포기하는 게 좋아요. 그러니까 약해빠진 바보놈 소리를 듣는 거라구요."

　잊지 않고 염장까지 지르는 비류연의 한 마디였다.

　당문천은 여기서 포기할 수 없었다. 팔대세가 중 이름 높은 사천당문의 당문천이 여기서 포기하고 주저앉을 수는 없었다. 그가 허리춤에서 묵편(墨鞭)을 꺼내 들었다. 독이 안 되면 이제는 암기와 무공이었다. 언제라도 상대해 주겠다는 듯 비류연은 여유로운 태도였다.

"씩씩씩!"

　당문천은 이제 제풀에 지쳤는지 거칠게 숨을 들이쉬고 있었다. 힘든 기색이 역력했다. 독편을 휘두르고, 틈이 날 때마다 암기를 뿌리는데도, 어느 것 하나 비류연의 몸을 스쳐 지나가는 게 없었다. 암기

낭이 점점 가벼워지고, 어깨가 아파 오는데도 상대방은 아무렇지도 않은 기색이었다.

당문천은 태어나서 처음으로 참담함이란 감정을 맛보았다. 비류연의 몸은 그에게는 닿을 수 없는 마물이나 허깨비나 혹은 신기루였는지도 모른다. 그렇지 않고서야 어찌 이런 일이 일어날 수 있겠는가.

비류연이 당문천을 보아하니 숨을 가쁘게 쉬고, 안색이 파리한 게 몸이 무척 안 좋아 보였다. 그것을 본 비류연은 자신에게 독과 암기를 듬뿍 안겨 주려고 열심히 노력한 당문천을 쉬게 해 주고 싶다는 아름다운(?) 생각이 불현듯 머리 속에 떠올랐다. 역시 사람은 쉴 때 쉬어야 한다. 더 이상 무리하면 몸을 해칠 뿐이다.

비류연이 당문천의 쾌적하고 편안한, 그리고 긴 휴식을 위해 두 주먹을 불끈 쥐었다. 이걸 쓰는 건 꽤나 오래간만이었다.

"저, 저⋯, 저건!"

지켜보던 당삼은 눈을 질끈 감았다. 다른 주작단원들도 마찬가지였다. 저걸 또다시 봤다가는 애써 잊어 가던 옛 기억이 다시 떠오를 것만 같았기 때문이다.

삼복구타권법(三伏毆打拳法)!

주작단의 뇌리 속에서 영원히 잊혀지지 않을 무공의 이름이었다.

"끄아아아아아악!"

기나긴 비명이, 돼지 멱따는 듯한 비명의 뒤를 이었다. 듣는 이의 모골을 송연하게 만드는 그런 목소리였다. 그리하여 비류연의 거침없는 손속 덕분에 당문천은 꽤나 긴 휴식을 얻을 수 있었다. 하늘에서 느닷없이 떨어진 것처럼 돌연한 뜻밖의 휴식이었다.

이제 당문천은 힘들게 무공 수련에 전념할 필요도 없었다. 아니, 하고 싶어도 할 수가 없었다. 이제 그는 최소 1, 2개월간은 꼼짝없이 침대 신세만 지게 될 것이다. 이게 다 비류연의 측은지심(?)에서 비롯된 배려 덕분이었다. 지나친 친절이었을까……?

과잉 친절은 남에게 상당 이상의 피해를 입힐 수도 있다는 것을 보여 준 예였다.

마침내 비류연의 결승 진출이 결정되었다. 하지만 환호는 없었고, 적막만이 존재할 뿐이었다. 성과에 비해 너무나 미미한 대우라 할 수 있었다.

빙백봉과 청설옥검녀의 결승 비무

하늘에 뿌리는 검화(劍花)인가?
아니면 땅에 바치는 검우(劍雨)인가?
두 자루의 검과 검이 어울리며 상상도 못할
아름다운 검기를 뿌려댔다.

"우와아아아아!"

열광적인 환호성이 관전석으로부터 터져 나왔다.

나예린의 검 끝이 천변만화의 조화를 부리며 관설지에게로 쇄도해 들어갔다. 과연 사대검신(四大劍神)의 이대절학을 한 몸에 지닌 여인답게 그녀의 검은 날카로운 예기(銳氣)와 깊은 현기(玄氣)로 가득 차 있었다. 하지만 그에 대응하는 상대방의 검기 또한 만만치 않았다. 나예린의 결승전 상대는 청설옥검녀(淸雪玉劍女)라 불리는 관설지 바로 그녀였다.

그녀는 천하오검수의 일인인 빙검 관철수의 외동딸이기도 했다. 그녀는 누가 봐도 특이한 용모를 하고 있었는데 그건 바로 그녀의 머리카락 때문이었다. 특이하게도 그녀의 머리카락은 꼭 탈색된 듯 옅은 남색에 가까운 색이었는데, 매우 신비한 느낌이 들었다.

검후전 우승의 영광을 노려 왔던 화산일선녀 정하경은 애석하게도 준결승전에서 관설지의 검 아래 꺾이고 말았다.

벌써 결승전이었다. 나예린의 검을 가로막는 장애물은 이제 하나밖에 남지 않았다. 이게 마지막 대결인 것이다. 그녀의 사저인 독고령은 내년에 있을 '그것'을 대비하여 이번 대회에 참가하지 않았다. 내년에 있을 그것을 위해 힘을 아끼고 아껴야 할 처지였던 것이다.

가장 강한 자들만의 제전인 그것은 그리 호락호락한 대회가 아니었다. 백도를 대표하는 인물을 뽑는 대회가 녹록할 리가 없지 않은가. 1년을 미리 준비한다 해도 결코 여유가 없을 것이다.

"백뢰낙화(百雷落花)!'

다시 한번 나예린의 검극(劍戟)에서 순백의 검광이 뿜어져 나왔다. 이미 결승 비무는 시작된 지 오래 되었다. 과연 백혼검뢰천검식(白魂劍雷天劍式)은 그 위력이 막강했다. 마치 100가닥의 번개가 한꺼번에 떨어지듯 화려하면서도 강한 검초였다. 하지만 이에 맞서는 관설지의 검 또한 결코 녹록치 않았다.

그녀는 시작 때부터 지금까지 섬광시(閃光矢)처럼 쏟아지는 나예린의 검초에도 한 번도 낭패를 당하는 일 없이 묵묵히 방어에 집중하고 있었다. 나예린의 검이 창(創)이라면 관설지의 검은 방패(防牌)였다.

"빙령수혼(氷靈守魂)!'

싸늘한 한빙지기(寒氷之氣)가 실려 있는 관설지의 검은 직접 살에 부딪치지도 않았는데 몸을 얼리기에 충분할 만큼 극냉한 한기를 머금고 있어 두렵기까지 했다. 가까이 다가만 가도 마치 빙굴에 빠진 듯한 그런 느낌이었다. 나예린으로서도 함부로 접근할 수가 없었다.

하지만 그 빙굴 속이 아무리 한랭하다 해도 그 속을 뚫지 않으면 승산이 없다. 나예린은 상대의 검기(劍技)에 경의를 표하며 자신의 검을 힘껏 휘둘렀다.

"섬뢰관일(閃雷貫日)!"

빙백봉 나예린이 오늘 펼치고 있는 검법은 그녀의 별호와 다르게 빠르고, 강하고, 매서웠다. 그녀가 검을 펼칠 때마다 은은한 뇌성(雷聲)이 울려 퍼지고 번개가 번쩍이는 듯한 그런 느낌이었다. 번개가 지상을 때리듯 강한 검초가 그녀의 검 끝으로부터 계속해서 뿜어져 나왔다. 하나하나 절기(絕技) 아닌 것이 없었다. 그에 맞서는 관설지의 검법 또한 수준을 맞추는 듯 평범한 초식은 하나도 없었다.

이 정도로 수준 높고 위력적인 검기가 한 곳에 부딪치는데도 여태껏 쉽사리 승패가 가려지지 않는 것은 음(陰)과 양(陽)이 조화되듯 두 사람의 검기가 한데 어우러지기 때문일 것이다. 한쪽은 공격(攻擊)의 검, 다른 한쪽은 방어(防禦)의 검! 창(創)과 방패(防牌)! 그렇다 보니 금방 승부가 갈리지 않고, 100여 초가 넘어가도록 승부가 갈리지 않는 것이다.

"과연 검후(劍后)와 맹주의 진전을 이은 사람답군요. 여인의 몸으로 저토록 절정의 검공을 구사해 낼 수 있다니 말입니다. 펼치는 초식 하나하나에 현기가 가득합니다."

심사위원석에 앉아 있던 노사들이 연신 감탄을 터뜨리는 것도 무리가 아니었다. 나예린의 무위는 사내를 압도할 만큼 강했고, 그것을 펼치는 그녀는 더할 나위 없이 고아한 기품을 내뿜고 있었다. 청설옥 검녀 관설지 또한 마찬가지였다.

이 두 사람의 대결은 마치 천상의 여신이 검을 들고, 검무(劍舞)를 추는 듯 아름답고 황홀하기 그지없었다. 두 여인의 검무 속에서 풍기는 아름다운 자태는 검에 실린 살기마저 녹여버리고 잊혀질 지경이었다.

남자들뿐만 아니라 여자들까지 넋을 잃고 바라보는 것도 무리가 아니었다.

"조심하세요!"

검기(劍氣)를 일으키며 교성을 터뜨린 이는 나예린이었다. 검초를 시전하기 전에 미리 주의까지 주는 그녀였다.

백혼검뢰천검식(白魂劍雷天劍式) 오의(奧義) 참천무뢰(斬天舞雷).

드디어 나예린의 검 끝에서 절정검초가 뿜어져 나왔다. 지금껏 펼쳐 왔던 것과는 격을 달리하는 위력적인 검격(劍擊)이었다. 하늘도 찢을 듯한 벽력(霹靂) 같은 기세였다. 한없이 우아하면서도 가냘픈 여인의 몸에서 뿜어져 나온 검기라고는 도저히 여겨지지 않는 위력적인 검기였다. 관설지의 눈에 기광이 번뜩였다. 지지 않겠다는 의지가 두 눈 가득했다.

빙령수류검 검한기(劍寒氣) 오의(奧義) 제이십사식(第二十四式) 한빙벽(寒氷壁)!

나예린의 검이 하늘을 찢는 번개처럼 변해 가차 없이 뻗어져 나갔고, 이에 대응하는 관설지의 검 끝이 수십 갈래로 갈라지며 한빙지기를 내뿜었다. 나예린은 마치 거대한 빙벽을 마주 대하는 듯한 착각에 사로잡혔다. 차가운 얼음칼이 사방에서 튀어나와 관설지의 몸 앞에 빙벽(氷壁)을 쌓은 그런 느낌이었다.

양대 검법의 최절초가 한 곳에서 부딪치자, 그 기세는 사뭇 흉험했다. 관설지가 아버지로부터 물려받은 검한기(劍寒氣)였다. 아직 완성되지 못했다 해도 그 위력은 놀라운 것이었다. 아직 나예린의 검초도 그녀가 시전한 차가운 검망(劍網)을 깨뜨리지 못하고 있었다.

가히 철벽이라 불러 마땅할 방어였다. 사실 방어에 있어서 그 어느 검법보다 탁월한 조화를 보여 주는 것이 바로 그녀가 지금 펼치고 있는 빙검 관철수의 독문검법 빙령수류검(氷靈水流劍)이었다.

애초에 공격과 파괴력을 염두에 두고 만든 염도의 진홍십칠염(眞紅十七炎)과 함께 창안한 방어(防禦)를 위주로 만든 검법이었던 것이다. 만년빙벽(萬年氷壁)처럼 차갑고 단단하게 몸을 수비하는 묘용이 그 안에 고스란히 담겨 있었다. 수세에 가장 강한 검법 중 하나였다.

관설지가 부친인 빙검 관철수로부터 전수받은 빙령수류검(氷靈水流劍)은 방어를 통해 상대를 무너뜨리는 독특한 검법이었다. 한계를 넘는 파괴력으로 모든 것을 짓뭉개는 염도의 도법과는 정반대의 무리(武理)를 지니고 있는 검법이기도 했다.

검(劍) 끝에서 피어올라 검과 검을 타고 넘어오는 한빙지기(寒氷之氣)는 상대방도 모르게 몸의 신경을 서서히 마비시킨다. 자신의 움직임이 둔해진 줄 모르고, 계속해서 무모한 공격을 감행했다가는 겨울철 두꺼운 얼음 밑에 은밀히 흐르는 물 같은 공격을 받아 낭패를 보기 십상이다. 서서히 상대의 몸과 신경을 갉아먹는 무서운 무공인 것이다.

"이야! 볼거리가 풍성하구만!"

사람들은 구경하다 눈이 빙그르르 돌아갈 지경이었다. 나비처럼 우아하게 운신하며, 때로는 제비처럼 재빠르게 공수를 교환하는 두 미녀의 격전은 옆에서 지켜보는 것만으로도 입에서 침이 흐를 정도로 화려하고 풍성한 볼거리였다.

그녀들의 검기 또한 미모에 걸맞게 출중한 것이어서 더욱더 비무대 위를 빛내고 있으니, 남자들이 그녀들에게 목숨을 거는 것도 당연했다.

추종자를 거느리고 있는 것은 나예린뿐만이 아니었다. 세상엔 취향의 차이라는 것이 존재해서 청설옥검녀 관설지 쪽을 추종하는 무리들도 상당수 존재했다.

나예린은 나예린대로, 관설지는 관설지대로 각자 나름대로의 개성과 아름다움이 있었다. 게다가 그녀들의 무공은 서로 우위를 쉽게 가르지 못할 정도로 놀라운 것이지 않은가.

나예린은 그녀답지 않게 오늘 두 번 놀랐다. 이토록 완벽하게 자신의 검을 막아내는, 으슬으슬할 정도로 극냉(極冷)한 한기를 품은 관설지의 검기에 한 번 놀랐고, 용안의 능력을 반쯤 무위로 만드는 검법의 오묘함에 두 번 놀랐다. 마치 그녀가 쳐놓은 그물 속으로 자신의 검기가 빨려 들어가는 느낌이었다.

한동안 적수가 없던 나예린으로서는 오랜만에 만난 호적수였다.

관설지의 뛰어남은 마음 속으로 승복할 수밖에 없었다. 철벽 같으면서도 날카로운 가시를 숨겨놓고 있는 듯한 검법은 나예린을 당황시켰다.

쓰고 싶지는 않았지만 자연스럽게 쓰여지는 용안(龍眼)의 능력이 없었다면, 한상옥령신검(寒霜玉靈神劍)을 쓰지 않았더라면 패했을지도 모른다. 게다가 아직 상대도 전력을 다하고 있지 않았다. 상대도, 자신도 일부러 검 끝에 약간의 사정을 두고 있는 것인지도 모른다.

아무리 그녀가 용안(龍眼)을 지녔다고는 하지만 그 능력이 절대적인 것은 아니다. 사실 용안(龍眼)은 상대의 공격(攻擊)을 파악하는 데는 강하지만 방어(防禦)의 수를 읽는 데는 약하다. 즉, 자신이 공격하는 입장이 되면 본래 위력의 반 정도밖에 발휘하지 못한다. 방어란 공격에 따라 그때그때 달라지는 수동적인 성향이 강하기 때문이다. 그나마 수세에서 공세로 바뀌는 순간을 포착해내는 것이 가장 효과적인 능력 발휘였다.

그런데 공교롭게도 관설지의 검은 방어의 검이지, 공격의 검이 아니었다. 그것도 수비검학(守備劍學) 측에서는 타의 추종을 불허하는 깊이를 지닌 검법이었다. 특히 그녀가 펼치는 검막(劍幕)은 마치 만년 빙벽처럼 차갑고 단단하고 두터웠다. 도저히 뚫고 들어갈 틈이 보이지 않았다. 이런 부류의 검법을 대하는 것은 그녀로서도 처음 있는 경험이었다.

관설지도 마찬가지였다. 소문으로는 익히 들었지만, 직접 겪어 본 나예린의 검기는 예상하지 못할 정도로 놀라운 경지였다. 이건 거의 무사부들을 뛰어넘는 수준이 아닌가! 게다가 그녀는 알고 있었다. 나예린이 아직 봉인해 놓고 쓰지 않는 검법이 있다는 사실을!

　그렇다, 나예린이 쓰지 않고 있는 검법이 있었다. 시작 때부터 그녀는 몸에도 잘 맞지 않는 공격 일변도의 강검(剛劍) 백혼검뢰천검식(白魂劍雷天劍式)을 펼치고 있었다. 그녀가 알기로 나예린의 진짜 검법은 그것이 아니었다.

　여중제일검 검후(劍后) 이옥상으로부터 전수받은 검기(劍技)!

　한상옥령신검(寒霜玉靈神劍)!

　검후(劍后)의 진전을 이어받은 자가 당연히 지니고 있어야 할 검법이 그녀의 손에서 아직 한 번도 펼쳐지지 않았던 것이다.

　"왜 쓰지 않는 거죠? 그 검법?"

　잠시 호흡을 가다듬으며 관설지가 궁금한 듯 물었다.

　'왜 사용하지 않느냐!', '날 무시하는 거냐!', '오늘 죽어 보자!'라는 식으로 성질내며 길길이 날뛰지 않는 게 대부분의 남자들 하고는 다른 모습이었다.

　"죄송합니다. 저도 허락 없이 함부로 사용할 수는 없습니다."

　나예린은 고개를 살짝 숙이며 사과의 뜻을 표했다. 잠깐 미안한 감정이 들었다. 잘못하면 얕보고 있다는 느낌을 줄 수도 있기 때문이었다. 하지만 그녀는 지금 전혀 얕보고 있지 않았다. 오히려 긴장하고 있는 상태였다. 다만 사문의 절기는 허락 없이 함부로 사용할 수 없기 때문에 절제하고 있는 것이다.

　그녀가 지금 쓰고 있는 검법도 비록 여인의 몸에 맞지 않는 것이라고는 하나, 사대검신 중 한 명인 무림맹주 나관천의 독문검법이었다. 그 근본이 어디로 도망갈 리는 없었다.

"아쉽네! 하지만 사문의 명이라는데 어쩔 수 없지요. 다음 기회로 미루는 수밖에……. 그럼 다시 해 볼까요?"

화사한 미소를 지으며 관설지가 외쳤다. 그녀의 성격이 얼음 송곳처럼 차가운 부친 쪽을 닮지 않은 것은 참으로 다행한 일이었다. 다시 천상선녀들의 검과 검이 한데 어우러져 합주하고 있었다.

"이러다간 승부가 나질 않겠는데……."

비류연이 보기에 아무래도 쉽게 승부가 나지 않을 것 같았다. 게다가 둘 다 열성적으로 승부를 낼 마음도 없는 것 같았다. 투기(鬪技)가 전혀 느껴지지 않았다. 두 사람의 지금 모습은 마치 친목 도모나 무공 교류하는 사람들 같았다.

"이야! 저분들의 검법을 보니 요즘 사내들은 도대체 뭐하고 있었는지 부끄럽기 짝이 없군!"

비류연과 함께 지켜보던 효룡도 탄성을 발하느라 정신이 없었다. 일견하기에도 그녀들의 검술 실력은 남자들을 무더기로 눈 아래로 볼 만큼 빼어났기에 다수의 남성들이 자신의 성취에 부끄러운 마음을 품어야 했다.

"뭣 빠지도록 수련해야지 별다른 수가 있겠어!"

지나가는 말로 한 마디 툭 내뱉는 비류연이었다. 비무는 점점 더 비류연이 예측하는 대로 흘러가고 있었다. 이대로 가면 결론은 하나뿐이었다.

300여 초가 지나도록 승패가 나지 않자, 심사 위원석에서 쑥덕이는 기색이 느껴지더니 무당파 전대 장로이자 천무학관의 원로인 현학진인의 오른손이 위로 들려졌다. 그러자 심판관이 양손에 들고 있던 깃발 두 개를 위로 들어올리며 선언했다. 비류연의 예상이 맞아떨어졌던 것이다.

"중지!"

도저히 이대로는 승부를 가릴 수 없음을 느낀 심사 위원들이 무승부를 선언한 것이다. 더 이상 위험해지기 전에 중지시키는 게 좋다고 판단되었기 때문이다. 300여 초가 지나도록 더 이상의 최절초를 사용하지 않는다는 것은 본인들 또한 무리하게 승부를 가르지 않을 의도임을 나타낸다고 여겨졌기 때문이다. 만일 사내들이었다면 피가 튀고 살이 튀어도 끝장을 보려고 했을지 모른다.

중지 신호가 울리자마자 둘은 기다렸다는 것처럼 검을 멈추고 원래 마주보던 그 자리로 돌아갔다.

"허허허! 이런 봉황들이 둘이나 나왔다는 것은 천무학관의 큰 기쁨이자 무림의 홍복이 아닐 수 없소! 노도를 비롯한 여기 계신 다섯 분의 노사들이 합의한 결과 두 소저의 실력에 도저히 우위를 가릴 수 없다고 판단된 바, 아쉽지만 무승부를 선언하도록 결정하였네."

심사 위원석에 대표로 앉아 있던 현학진인이 대표로 일어나 너그러운 웃음을 머금으며 한 말이었다. 두 사람 다 불만은 없었다. 이대로 가면 목숨을 던질 작정을 하지 않는 이상 승패를 가리기가 힘들었다.

"와아아아아아아!"

장내를 떠나갈 듯한 함성이 울려 퍼졌다. 두 미인 중 한 명이 낭패한 꼴을 당하지 않아 더욱 잘 됐다는 반응이었다.

무승부! 승부가 갈리지 않은 한 판이었다.

잠시 후, 청설옥검녀 관설지는 주위의 환호를 받으며 비무대 위를 내려오던 중 느닷없는 사태에 깜짝 놀랐다.

웬 거구의 사내가 나타나 그녀의 가냘픈 어깨를 와락 움켜쥐는 게 아닌가. 너무 갑작스럽게 일어난 일이라 미처 대처할 틈이 없었다.

"소운(巢雲)!"

자신의 어깨를 움켜잡은 거구의 사내가 외치듯 내뱉은 말이었다.

그녀 역시 처음엔 무척 놀란 것 같았지만, 이내 마음을 다스렸다. 눈 앞의 상대가 누군지 잘 알고 있었기 때문이다. 적발(赤髮), 적염(赤髯), 적미(赤眉)! 이런 특이한 용모를 한 사람은 아마 무림에 단 한 명밖에 없을 것이다. 바로 염도(焰刀)였다.

놀란 이는 비단 관설지 그녀만이 아니었다. 옆에서 지켜보고 있던 그녀의 추종자들도 깜짝 놀랐다. 특히 멀찍이서 지켜보던 청혼의 놀라움은 그 누구보다도 큰 것이었다.

'이게 무슨 짓입니까?' 라고 버럭 외치려던 청혼은 상대의 얼굴을 보고는 입을 다물었다. 자신이 함부로 큰 소리칠 인물이 아닌 것이다. 그러나 어쨌든 옆에서 보기에도 아파 보이게 움켜잡은 손은 일단 떼어 놓아야 했다.

그때 청혼의 고민을 단박에 해결해 준 사람이 있었다.

"빠샤!"

옆에서 두고 보던 비류연이 아연 기절초풍할 일을 서슴없이 저질렀던 것이다. 비류연이 있는 힘껏 수도(手刀)로 염도의 손목을 내리쳤다.

염도의 고개가 비류연 쪽으로 홱 돌아갔다.

본래 의미는 '죽고 싶냐?'라는 의미였지만, 그 의미가 비류연에게만은 예외적으로 통하지가 않았다.

"이게 무슨 짓이에요? 그런 험악한 상관대기를 느닷없이, 갑작스럽게 아가씨 코 앞에 들이밀면 아가씨께서 놀라잖아요. 기절 안 한 게 천만 다행이네요!"

가차 없이 염도의 실수를 질책하는 비류연의 말이었다. 지켜보던 사람들은 심장이 목구멍 밖으로 이탈할 만큼 크게 놀랐다. 누가 감히 천하의 염도를 상대로 저런 괘씸한(물론 말은 맞는 말이지만) 언행을 구사할 수 있단 말인가? 지켜보던 이들 모두가 염도가 단번에 비류연을 발설착두(撥舌捉頭:혀를 뽑고 목을 비틀어버리는 형벌)해 버릴 것이라고 생각했다. 하지만 염도는 비류연에게 가타부타 말 한 마디 없이 관설지의 어깨에서 손을 떼는 게 아닌가. 불가사의한 일이었다.

염도는 자신의 실수를 깨닫고 얼른 한 걸음 뒤로 물러났다. 하지만 그 와중에도 시선은 그녀에게서 한 치도 떼지 않고 있었다. 꿈에도 잊지 못하던 여인이 20년의 시간을 거슬러 자신 앞에 나타났는데 어찌 자신이 동요하지 않을 수 있겠는가.

관설지의 미모는 어머니를 닮아서 그런지 굉장히 뛰어났다. 피부는 눈부신 백옥(白玉) 같았고, 두 눈동자는 심해의 흑진주를 연상케 했다. 특이하게도 그녀의 머리색은 옅게 탈색되어 남색빛을 띠고 있었다. 부친으로부터 물려받은 무공을 연성한 흔적일 것이다. 염도의 가슴이 저며지듯 아파 왔다.

"모친의 성함이 어떻게 되시느냐?"

염도가 떨리는 음성으로 물었다. 평소의 그답지 않은 모습이었다.

"혁(赫), 소(巢)자, 운(雲)자 되십니다!"

예상했던 대로의 대답이었다. 각오는 하고 있었지만 뒤통수를 둔기로 얻어맞는 듯한 충격이 엄습했다. 어느 정도 예상은 했지만 그녀의 입에서 직접 확인이 떨어지자 그 충격이 말도 못할 만큼 컸던 모양이었다.

순간 머리가 어질어질 혼란스러웠다. 하늘과 땅이 건방지게 허락도 안 받고 자리를 바꾸는 듯한 느낌이었다.

"그렇구나! 소운의 딸이더냐?"

왠지 풀이 죽은 듯한 음성이었다. 어깨가 축 처지는 것처럼 보인 것은 눈만의 착시 효과였을까. 전혀 염도답지 않은 그런 슬쓸한 모습이었다.

하늘을 올려 보던 염도의 시선이 다시 관설지에게로 향했다.

"어머니는 건강하시더냐?"

붉은 귀신을 연상케 하는 용모와 어울리지 않게 추억이 일렁이는 두 눈을 보고 있자니 왠지 염도가 안 돼 보였다.

"예! 아직 정정하십니다."

"그런가……."

겨우 한 마디를 듣고는 다시 입을 닫은 채 침묵 속으로 들어가 버린 염도였다. 그 모습이 너무나 염도답지 않아 보고 있기가 답답할 지경이었다.

'흐흠…….'

흥미로운 눈길로 비류연의 눈빛이 염도와 관설지를 번갈아 바라보고 있었다. 도대체 무슨 이유일까? 궁금한 게 있으면 참지 못하는 성격이지만 일단 지금은 때가 아니라고 생각했다.

"자자! 이러지 말고 빨리 휘 녀석이 출전하는 준결승전 시합을 보러 갑시다. 그 녀석이 보기엔 그렇게 냉정하게 보여도 의외로 쓸쓸함을 많이 탈지도 모른다니깐!"

물론 근거 없는 이야기였다. 하지만 분위기 쇄신을 위한 이야기에 근거 따위가 중요할 리 없었다. 걸음을 옮기는 염도의 어깨가 왠지 무거워 보였다. 그리고 자신은 외로움과는 전혀 관계 없는 인간이라는 것을 증명이라도 하듯 모용휘는 가뿐하게 준결승전 상대를 물리치고 결승전에 진출했다. 드디어 고대하던 삼절검 청혼과의 대결이 코 앞으로 다가온 것이다.

도성전 결승

뜨거운 열기와 환호가 비무대 주위를
가득 메우고 있었다.
비무대 위에서 절정의 도가 부딪쳤다.
여태껏 수많은 무인들을 무릎 꿇리며
올라온 무패의 도였다.

도광이 난무하는 가운데 전 학관도의 시선이 도성전 우승 향방에
집중되었다.

"콰광!"

"오오오오!!"

도성전 결승전을 지켜보던 모든 이들의 입에서 탄성이 터져 나왔
다. 그만큼 방금 전의 격돌은 훌륭한 것이었다.

신도문(神刀門)의 폭풍도(暴風刀) 하윤명과 청성파의 청류도(清流
刀) 유엽성이 이번 도성전 결승전의 주역들이었다. 모두에게 의외였
던 것은 검을 중시하는 청성파(青城派)에서 도(刀)를 들고 나와 결승
까지 올라왔다는 사실이었다. 이전까지 유엽성이 사용한 도법은 청

성파의 사일검법을 도법으로 변환시킨 것에 불과했지만, 이번 결승전에서 보여 준 그의 도법은 절대 청성파의 사일검법(射日劍法)에서 변형된 단순한 것이 아니었다.

백도제일도문(白道第一刀門)인 신도문(神刀門)의 적전 제자인 하윤명은 누구보다 그 사실을 뼈저리게 느낄 수 있었다. 자신도 처음에 대수롭지 않게 여기고 달려들었다가 지금 이런 낭패를 당했던 것이다. 격돌의 충격이 예상보다 컸는지 손가락 하나 까딱할 수 없었다. 내장도 많이 상한 것 같았다. 부딪칠 때의 감각으로 미루어 보아 그건 상대도 마찬가지일 것이다.

"호오! 방금 그것은!"

도성전 결승에서 벌어진 최절초의 격돌을 보며 청혼이 터뜨린 감탄성이었다.

"그렇다네. 알고 계셨던가?!"

"알다마다. 불패도(不敗刀)라고 불리는 청성파(靑城派)의 유일한 비전 도법 청류흔(淸流痕)이 아닌가!"

"맞네! 역시 자네의 안목은 놀랍기 그지없군. 단번에 그것을 알아보다니 말일세. 세간에는 거의 절전되었다고 알려져 있을 텐데 말일세. 청류흔(淸流痕)! 도성전에서 우리 구정회를 우승으로 이끌어 줄 도법이라 생각했는데 좀 무리한 기대였나……."

청류흔(淸流痕)!

청성파의 유일무이(唯一無二)한 비전도법(秘傳刀法)!

검에 비해 도가 많이 발달된 군웅팔가회로부터 우승을 거머쥐게 해 줄 바로 그런 도법이라 여겼었다. 때문에 백무영이 이 청류흔(淸

流痕)의 전수자인 유엽성에게 기대하는 바가 매우 컸던 것이다.

"청성(靑城)에서 꼭꼭 꼬불쳐둔 걸 잘도 빼내 왔군. 함부로 시연하기도 힘든 비전(秘傳)의 절기(絶技)가 아닌가. 타인에게 함부로 보여지는 게 꺼려졌을 텐데 말일세."

청흔이 신기하다는 투로 한 마디 했다. 언제 보아도 백무영의 수단은 고명하기 그지없었다. 사실 비무 대회는 어떤 측면에서 보면 양날의 검이기도 하다. 이처럼 화려한 대회일수록 더욱 그렇다. 그것이 직접적인 참가든, 옆에서 지켜만 보는 관전이든 비무 대회는 많은 사람들의 안목을 넓혀 주고 실력을 증진시켜 준다. 가히 배움의 보고라고 할 수 있었다.

허나 장점이 있으면 단점도 있는 법! 절기(絶技)의 유출 위험을 감수해야 한다는 것이 바로 그것이었다. 한 번 선보여진 기술은 그 위력이 3할 정도 반감된다는 게 강호의 일반적인 상식이다. 게다가 주변에는 수많은 고수들이 눈에 불을 켜고 있었다. 비단 관중석만 의식해야 될 게 아니다.

따지고 들어가면 심사 위원석에 앉아 있는 장로와 타 문파 출신의 노사들 눈까지 걱정해야 될 처지인지도 모른다. 때문에 고수들은 이런 대회에서 함부로 절기를 노출시키지 않고 되도록 아끼려고 노력하는 것이다. 비밀이 새어나갈 것을 걱정하기 때문이다. 한 순간의 실수로 나중에 문파 전체에 불이익이 돌아갈지도 모른다. 때로는 일부러 가짜 허점을 드러내는 사람들도 있다. 물론 그것은 진짜 허점이 아니다. 완벽한 함정인 것이다.

강호는 이처럼 험난한 곳이기 때문에 주의에 주의를 기울여도 전혀 모자람이 없다. 특히 비전된 봉인기(封印技)란 그만큼 기밀을 요하는 기술이다. 금방은 그 파장이 나타나지 않지만 그것이 언젠가는 자신도 모르는 사이에 돌아와 타격을 입히는 수도 많았다.

구명절초 또한 마찬가지다. 남에게 모두 까발려진 기술이 최후의 절대 절명의 위기에서 생명을 구하는 구명절초가 될 수는 없지 않은가! 이미 알려진 기술은 자격이 없다. 허나 점점 더 대전 상대의 수준이 올라가면 올라갈수록 진신절기를 감추기란 요원한 일이 될 수밖에 없다.

때문에 이런 비무 대회나 영웅 대회에서는 각 문파 소속 정보 단체들의 움직임이 그 어느 때보다 활발해지는 것이다.

백무영은 이 모든 위험을 감수하고 모험을 하기로 했다. 도성(刀聖) 하후식의 일맥이라 할 수 있는 신도문(神刀門)과 하북 팽가(河北彭家)가 버젓이 버티고 있는 군웅팔가회에서 우승을 빼앗아 오려면 비장의 수를 쓰지 않으면 안 되었다.

사실 구대 문파만큼 도(刀)와 인연이 없는 곳도 참 드물다. 소림사를 제외한 구파의 대부분은 수련과 득도를 위해 검(劍)을 잡고, 실전용의 도(刀)는 저만치 멀리하였기 때문이다. 아예 눈에 넣지도 않았다. 그래서 매번 치러진 삼성제에서 항상 다른 대전에선 승리를 차지했지만, 도성전만은 군웅팔가회에게 승리를 넘겨 주어야 했다. 때문에 도성전은 군웅팔가회의 마지막 남은 자존심이자 최후의 보루였다.

그것을 백무영은 어떻게든 공략해 보고 싶었다. 도성전마저 이긴다면 군웅팔가회를 완전히 눌러버릴 수 있으리라 여겨졌던 것이다.

이번에 심혈을 기울여 청류흔(淸流痕)을 꺼내 온 것이다.

신도문(神刀門)의 표류무상도법(飄流無上刀法)과 하북 팽가의 오호단문도(五虎斷門刀)에 대항하기 위한 도법을 찾기란 매우 힘든 작업이었다. 그러다 우여곡절 끝에 겨우겨우 찾아내어 까다로운 겹겹의 절차를 걸쳐 허락을 받아낸 것이 바로 비전도 청류흔(淸流痕)이었던 것이다. 들어간 노력만큼이나 거는 기대 또한 컸었다.

우승을 기대했었건만…… . 아쉽게도 무승부로 만족할 수밖에 없었다. 역시 도성전의 벽은 높았다. 사실 무승부라 해도 따지고 보면 구정회의 승리나 다름없었다. 도성전에서 무승부를 이루었다는 것은 군웅팔가회 최후의 자존심을 꺾은 것이기 때문이다.

"만족할 만한 성과일세. 더 욕심을 부린다면 과욕이겠지…… ."

이미 끝난 일이다. 더 이상 미련을 가지지 않는 게 현명한 행동이었다.

"하하하! 자네의 지혜엔 언제나 탄복을 금치 못하겠네! 저런 비장의 수를 숨겨 두었다니 말일세."

청흔은 솔직히 감탄했다. 자신의 옆에 앉아 있는 친구는 일을 처리함에 있어 매사에 빈틈이 바늘 구멍만큼도 없었던 것이다.

도성전에서의 무승부!

지룡(智龍) 백무영에게 있어서는 그럭저럭 만족스런 결과였다. 그의 경쟁 상대인 단목기가 지금 어떤 얼굴을 하고 있을지 매우 흥미가 이는 백무영이었다.

"이…, 이럴 수가! 우리가 도성전에서 우승을 놓치다니요!"

천기룡 단목우는 작금의 사태를 도저히 믿을 수 없었다. 그의 안색은 눈에 띄게 창백해져있었다. 그가 지금 얼마만큼 심적 타격을 받았는지 여실히 보여 주는 대목이었다. 함께 있던 섬룡(閃龍) 천야진의 동요도 눈에 띄게 확연했다.

설마 그가 출전하지 않았다고 해서 도성전의 승리가 물거품처럼 사라질 줄은 꿈에도 예측하지 못한 일이었다. 으스러질 듯 움켜쥔 그의 손등 위로 푸른 핏줄이 툭툭 불거져 나왔다. 비통함을 속으로 참고 있는 것이다.

그 동안 근 10년 동안 항상 패해 왔던 삼성제였지만, 그건 종합 평가의 이야기고, 도성전에서만은 승리를 넘겨 준 적이 없었다. 이번에도 도성전의 승리만은 확신했었다. 하지만 예상을 뒤집고 무승부에 그치는 데 만족해야 했다. 군웅팔가회로서는 진 거나 다름없는 일이었다.

설마 검의 명가 청성파가 도(刀)를 들고 나올 줄이야! 일의 시작부터가 모두의 예상을 뒤집어엎는 일이었다. 청성파 유일의 도법이자 비전무공이라는 청류흔(淸流痕)은 과연 그 위력이 무서웠다. 설마 신도문(神刀門) 절기 표류도법(飄流刀法) 중 최절초인 표풍무상(飄風無常)을 막아낼 줄은 상상도 못했던 일이었다.

한 가지 위안이 되는 일이라면, 이쪽도 이기지 못했지만 저쪽에도 승리를 넘겨 주지 않았다는 사실 하나였다. 하지만 엄밀히 따진다면, 도성전만큼은 구정회에게 승리를 넘겨 주지 않고 항상 우승해 왔던 군웅회에겐 결국 패배나 진배없는 일이었다. 때문에 단목우의 낙심이 하늘이 무너질 듯 컸던 것이다.

이제 믿을 건 모용휘밖에 없었다.

검후전(劍后戰)도, 도성전(刀聖戰)도 모두 무승부로 끝나고 말았다. 이것은 천무학관 역사 이래로 매우 드문 일이었다. 이제 모든 것은 검성전의 승패에 달려 있었다. 이때까지만 해도 당연히 우승은 위지천일 것이라고 확정해 놓은 삼성대전에 신경 쓰는 사람은 아무도 없었다.

공전절후의 결투와 육포

"우와! 사람 한번 드럽게 많네!"
비류연이 입을 벌리며 한 마디 했다.
언제나 이런 큰 시합에는 사람들로 북새통을 이룬다.
같이 따라온 주작단의 진령도 고운 아미를 살짝 찡그렸다.

"으으! 땀 냄새!"

입추의 여지없이 빽빽하게 들어앉아 서로 부대끼며 자리하고 있으니 한겨울이라도 땀띠가 날 지경이었다. 그런데 지금은 초가을로 아직 한여름의 더위가 다 가시지도 않은 때였다. 땀이 나지 않을 리가 없었다. 만약 이들이 내공을 익혀 신진대사를 다스리지 못했다면 아마 상황은 지금보다 수십 배는 더 나빴을 것이다.

그나마 이들이 한여름에도 땀이 나지 않고 한겨울에도 추위를 타지 않는 경지에 이른 자들이 많아 땀에 절은 사태는 막을 수 있었다. 허나 냄새까지는 막지 못했다. 남자 냄새라고도 불리는 비릿한 냄새. 코를 막고 눈살을 찌푸리는 게 당연했다. 과연 모용휘와 청흔이 승부를 벌이는 검성전 결승전에 대한 관심은 어마어마한 것이었다.

"길 좀 내 주시죠?"

비류연이 염도를 보며 말했다.

염도는 '싫다. 내가 무슨 재주로!' 라고 말하지 않았다. 그냥 몸에서 살기를 뿜어내었을 뿐이다. 염도는 살기가 뭉실대는 상태로 앞사람의 등을 톡톡 건드렸다.

"웬 놈…, 헉!"

'어떤 개놈의 자식이야!' 라고 외치려고 준비하면서 뒤를 돌아보던 관도 한 명은 헛바람을 들이켤 수밖에 없었다. 무시무시한 붉은 눈동자가 자신을 잡아먹을 듯이 노려보고 있었기 때문이다. 순간 그의 오금이 저려왔다. 때려죽일지도 모른다는 위기감이 닥쳐왔다. 어떻게든 이 자리를 벗어나야만 했다. 그러자 다른 사람들도 따라서 슬금슬금 억지로라도 길을 비켜 줄 수밖에 없었다.

비류연은 역시 제자란 여러 모로 참 쓸데가 많다는 것을 새삼 느끼고 있었다.

"스윽!"

"?"

비류연이 남궁상을 향해 쭈욱 손을 내밀었다. 남궁상은 영문을 몰라 멀뚱멀뚱 쳐다보기만 할 뿐이었다. 여기다가 뭘 쥐어 주긴 쥐어 줘야겠는데……. 멀뚱거리며 서있는 남궁상을 보며 비류연은 혀를 찼다.

"쯧쯧! 이렇게 눈치가 빈약해서야! 어찌 이 험난한 세상을 헤쳐 나갈꼬……."

"죄송합니다."

엉겁결에 이유도 모르고 먼저 사과부터 하는 남궁상이었다.

"육포(肉脯)!"

비류연이 한 자 한 자 또박또박 말했다. 남궁상의 얼굴이 모호하게 변했다.

가지고 있을 리가 없었다. 이런 자리에 갑자기 웬 육포란 말인가? 할 수 없이 남궁상은 이실직고했다.

"미처 준비하지 못했습니다!"

"따악!"

"아얏!"

비류연의 손속엔 봐 주는 게 없었다. 다행히 비류연의 일격은 너무 빨랐고, 모두의 시선은 비무대 위의 두 사람을 향해 집중되어 있던 터라 아무도 그의 일격을 눈치챈 사람은 없었다. 때문에 남궁상은 수많은 학관도 앞에서 망신살이 뻗치는 신세를 겨우 면할 수 있었다. 뭐 비류연으로서는 나름대로 신경(?)써 준 거였다.

"넌 그 동안 뭘 배우고 뭘 느꼈느냐? 도통 진전이 없구나."

비류연이 담담한 어조로 남궁상을 추궁했다. 참으로 한심하기 짝이 없다는 말투였다.

"죄송합니다! 대사형!"

괜히 화풀이 대상이 되는 불쌍한 남궁상이었다. 하지만 죄가 없으면 뭐하나. 그는 그저 고개를 조아리며 사죄할 뿐이었다. 대사형 잘 못 만난 게 죄라면 죄지, 잘못한 것도 없는데…….

"봐라! 이런 공전절후의 싸움박질은 육포(肉脯)라도 하나 뜯으며 봐야 제격이지! 척하면 삼천리지, 그런 간단 무쌍한 이치(理致)를 아직도 깨닫지 못했단 말이냐?"

"예?"

잠시 남궁상은 자신이 잘못 들은 게 아닌가 확인하기 위해 멀뚱멀뚱 눈을 끔뻑이며 머리통을 굴려야 했다.

오늘이 무슨 날인가! 바로 신진 돌풍 칠절신검 모용휘와 꺾이지 않는 거악(巨嶽) 삼절검 청혼이 서로의 무공을 겨루는 검성전의 결승전이었다. 이런 희대의 대행사를 앞두고 찾는다는 게 겨우 육포(肉脯) 타령이라니…….

비류연은 아무렇지도 않은 얼굴로 공전절후의 결투가 될 칠절신검 모용휘와 삼절검 비천룡 청혼의 비무를 한낱 시장판 싸움질 수준으로 전락시켜 버린 것이다. 그런 사람을 대사형이랍시고 모시고 있는 남궁상의 심정이야 오죽 하겠는가! 어처구니없고 황당할 수밖에!

'이런 손에 땀을 쥐며 숨쉬기 운동조차 잊은 채 지켜보아야 할 대결전을 앞두고 육포를 찾다니, 도대체 제정신 박히고 하는 소린가?'

하지만 남궁상은 비류연이 다시 한번 손을 들어올리기 전에 부리나케 육포를 구하러 달려갔다. 본격적인 비무가 시작되기 전에 빨리 망할 놈의 육포를 구해 와야 했다. 이런 세기의 결투를 육포 쪼가리 때문에 못 봤다고 한다면 주변의 웃음거리가 될 게 뻔했다.

"잠깐!"

쏘아진 화살처럼 부리나케 달려 나가려는 그를 붙잡은 목소리의 주인공은 바로 비류연의 옆자리에 앉아 있던 염도였다. 남궁상은 광명을 만난 기분이었다.

남궁상은 혹시나, 하는 기대의 눈길로 염도를 쳐다보았다. 이 정도 고수들의 비무를 관전할 기회를 겨우 육포 쪼가리 하나 때문에 놓친다는 것은 말이 되지 않았다. 가르치는 담당 사부의 입장으로 남궁상은 염도가 비류연의 철없는 행동을 막아 주리라 기대를 했다. 허나그 기대가 덧없음을 아는 데는 한 호흡이면 충분했다.

"올 때 내 것도 가지고 오너라!"

그것으로 끝이었다. 그리고는 염도는 다시 전방의 비무대를 쳐다보았다. 용건이 끝났으니 가 보라는 표시였다. 그런 염도를 비류연이힐끔 쳐다보았다. 그의 눈빛이 왠지 좀 수상했다.

'이제 맞먹을 작정이시우?' 하는 그런 의미의 눈빛이 분명했다.

염도는 그런 비류연의 시선을 애써 무시했다. 그가 지금 편안하고전망 좋은 심사 위원석에 있지 않고 지금 이 자리에 있는 이유도 알고 보면 모두가 다 비류연 때문이었다. 이번 검성전의 결승전이 꽤나붐빌 거라고 판단한 선견지명의 소유자 비류연은 좋은 자리 확보용으로 염도를 끌어들인 것이었다. 예상대로 염도가 얼굴을 들이밀자관도들은 알아서들 길과 자리를 내 주었다. 염도의 무지막지한 인상이 여러 모로 매우 유용함을 이번 일을 통해 증명해 준 셈이었다.

남궁상은 이제 더 이상 지체할 시간이 없었다.

상황을 보건대 두 사람은 당분간은 대치 상태를 유지할 것이 분명했다. 그 전에 어떻게든 육포 꾸러미를 구해 와야 했다. 말 그대로 육포 쪼가리 2개만 구해 왔다가는 '시켰다고 그대로 하냐! 그 정도 눈치와 융통성도 없는 둔탱이였냐'고 대놓고 면박을 줄 게 뻔했다.

적어도 한 뭉치는 구해 와야 하리라. 시간이 촉박했다. 이런 공전절후의 결투를 놓친다는 건 무인으로서 있을 수 없는 일이었다. 남궁상은 진기를 있는 대로 끌어올리고 발에 힘을 더해 몸의 가속을 더욱 빠르게 했다.

"망할!"

욕이 시키지도 않았는데 절로 튀어나왔다.

떠오르는 강호의 신성이자 천무삼성 중 일인인 검성의 후계자로 소문난 청년 칠절신검 모용휘와 구정회 현 최고수이자 구룡의 일인이며, 구정회 최고 무인인 삼절검 비천룡 청흔의 대결은 세인들의 뜨거운 관심을 불러일으키기에 충분했다.

나머지 대회의 결승전은 이 대회를 위한 들러리에 지나지 않는다는 느낌까지 들 정도였다. 즉, 비류연의 결승 진출은 세인들의 관심을 전혀 받지 못하고 있다는 이야기였다. 그의 결승전 진출이 충분히 경악할 만하고 충격적이면 돌연적이며 이상기후(異常氣候)적인 일인데도 불구하고 검성전의 결승전에 모아진 관심이 그만큼 특별하고 큰 것이라는 반증이기도 했다.

관도들뿐만 아니라 학관 전체의 무사부들과 관계자들까지도 지극한 관심을 보내고 있었다. 백도무림맹인 정천맹에서는 이번 두 사람의 실력을 직접 판단하기 위해 사람까지 파견했다고 한다. 그것은 이들을 그곳에 포함시키겠다는 의도나 진배없었다. 그러니 더욱더 검성전 결승전은 세인들의 관심이 집중될 수밖에 없는 모든 여건이 갖추어져 있는 것이다.

혈관 내를 돌고 있는 온몸의 피란 피는 모조리 제멋대로 날뛰며 뛰어 노는 듯한 느낌이었다. 심박 수가 평소의 두 배 이상 빨라져 있었고, 피가 끓기라도 하는지 체열(體熱) 또한 점점 올라가고 있었다.

'내가 긴장하고 있는 건가? 아니면 흥분하고 있는 건가?'

최근 들어 모용휘는 상대를 앞에 두고 흥분하거나 긴장한 적은 한 번도 없었다. 그는 항상 냉정하게 상대를 분석하고, 그에 따라 대응했다. 그런데 지금 그간 행했던 수련을 모두 내팽개치듯 심장이 격렬하게 두근거리고 있었다. 그는 스스로 인정해야만 했다.

'이건 흥분이다! 온몸의 신경 하나하나가 지금 이 대결을 기뻐하고 있다는 증거다.'

모용휘는 강호에 출두하여 아직 적수다운 적수와 한 번도 싸워 본 적이 없었다. 언제나 그의 진정한 상대는 가문의 어르신이나 형제나 할아버지뿐이었다. 하지만 이 화려한 진용은 모용휘가 강호에 나왔을 때 그들 가문의 사람들이 얼마나 대단한 사람들인지 통감할 수 있었다.

아무도 그의 상대가 되지 못했던 것이다. 가문의 어른들에 비하면 다른 사람들은 그에게 아무 것도 아니었던 것이다. 모용휘가 처음 청혼의 시합을 봤을 때부터 이 결전은 피할 수 없는 운명이었다.

이 자리에 서고서야 모용휘는 비로소 그 사실을 절감할 수 있었다. 강호에 나와 자신을 최초로 동요시킨 상대, 그 청혼이 지금 자신의 눈 앞에 태산처럼 버티고 서 있는 것이다. 최초로 그는 패배란 것의 존재를 비로소 인식했다.

청혼의 지금 심정 또한 모용휘와 별반 다를 바 없었다.

천무학관에 입관한 지 벌써 3년, 회주를 제외하고 그의 적수가 될 만한 사람들은 거의 없다고 해도 과언이 아니었다. 굳이 꼽으라면 천무사검혼(天武四劍魂)에 속하는 얼굴 한 번 보기 힘든 몇몇 선배들이 고작이었다. 상급생 중에서도 그와 맞상대할 이는 손에 꼽으면 손가락이 남을 정도였다.

그러나 지금 모용휘와 마주한 그는 상대를 경시하는 마음을 버렸다. 과연 범상치 않은 기도가 명불허전이었다.

'이것이 정말 천무학관에 갓 입관한 1학년의 기도(氣道)란 말인가?'

감탄이 절로 나오는 청혼이었다. 과연 왜 그렇게 모용휘가 강호 출두할 때부터 말이 많았는지 이제야 납득이 갔다. 감탄 다음에는 기대였다. 이 상대라면 자신이 가진 모든 것을 펼쳐 보일 수 있을 거라는 기대감이 그를 들뜨게 했던 것이다.

지난 번 검득(劍得) 이후 어떠한 비무에서도 최선을 다한 적이 없는 그였다. 다들 그의 상대가 되질 못했던 것이다. 허나 오늘에야말로 그는 자신의 눈 앞에 있는 사람에게 전력을 다해야 함을 인정했다. 그의 눈이 날카롭게 빛났다. 오랫동안 잊고 지내 왔던 흥분이 몸 전체를 지배해 갔다. 먼저 입을 연 쪽은 청혼이었다.

"마침내 여기까지 왔구나. 과연 명불허전의 검기, 훌륭하다."

비록 검을 뽑지 않았지만 자세 하나만으로도 능히 상대의 수준을 읽을 수 있었다.

"선배님도 훌륭하십니다. 정말 감탄할 수밖에 없습니다."

"하하하! 검성 모용 대협의 후계자에게 그런 칭찬을 듣다니 영광이군."

"어찌 제가 할아버님의 이름에 누를 끼칠 수 있겠습니까. 전 아직

미숙할 뿐이지요. 그분의 이름과 함께 언급되는 것은 부끄러운 일입니다."

"아닐세. 모르긴 몰라도 자네 할아버님은 자네를 자랑스러워하셨을 걸세. 누가 자네 같은 천하 기재를, 그것도 핏줄인 자네를 아끼지 않을 수 있단 말인가."

그것이 청혼의 솔직한 심정이었다.

"너무 과한 칭찬이라 오히려 무안하군요."

"하하하! 칭찬해 줬다고 봐 줄 필요는 없네. 나도 염치가 있는 사람이라네."

"여유 같은 게 저한테 있을 리 있겠습니까. 전력을 다한다 해도 모자람이 느껴집니다."

진심으로 모용휘는 그렇게 생각하고 있었다.

"그거 고마운 말이군. 아무쪼록 전력을 다해 주게. 한번 신명나게, 원 없이 겨루어 보기로 하지. 자네도 그걸 바라고 있겠지? 자네의 검이 그것을 바라고 있다는 것을 나는 느낄 수 있다네."

모용휘는 조용히 고개를 끄덕였다. 강한 자가 있으면 반드시 검을 겨루어 보고 싶은 것이 검을 든 자들의 숙명 같은 마음이다.

"선배님의 검도 저의 검이 바라는 것과 똑같은 것을 바라고 있음을 잘 알고 있습니다."

청혼은 '과연' 하는 표정을 지었다. 그의 얼굴에 가느다란 미소가 번졌다.

"알고 있다니 다행이군. 실망시키지 말아 주게나. 그럼 시작해 볼까?"

"언제든지!"

드디어 두 사람의 검이 검집을 빠져나와 햇살 아래서 찬연한 빛을 발했다. 동시에 두 사람의 몸에서 무시무시한 기세가 피어오르기 시작했다. 드디어 공전절후의 대격돌이 막을 올린 것이다.

모용휘에게 있어 이 시합은 반드시 이겨야만 하는 시합이었다. 전에 없던 극도의 긴장감이 그의 심장을 물어뜯는 것을 그 자신도 똑똑히 느낄 수 있었다.

이번 시합에서 진다면 세상에서 가장 존경하는 무인이자 할아버지인 검성(劍聖) 모용정천의 이름에 먹칠을 하는 것이기 때문이다. 겨우 1학년이라는 것은 지기 위한 정당한 이유가 되지 못한다. 그에게는 남들이 받지 못한 검(劍)의 신(神)이라고까지 추앙받는 검성으로부터 사사받은 배움이 있었다.

이만큼 남들보다 유리한 조건 속에서, 턱없이 많은 혜택을 받은 환경에서 수행해 온 모용휘였다. 그렇기 때문에 그는 항상 이기려고 노력했다. 검성의 이름과 명예를 지키기 위해서…….

이번 약속은 검성 모용정천과 어깨를 나란히 하는 검존(劍尊) 공손일취와의 약속이었다. 그는 보여 주지 않으면 안 되는 것이다. 빛나는 이름을 이은 후인의 모습을 증명해 보이지 않으면 안 되는 것이다. 상대가 비록 구정회의 무절 삼절검 비천룡 청혼이라 해도 마찬가지였다.

그 자신 때문에 할아버지의 광명에 손상이 간다는 것은 모용휘에게는 있을 수 없는, 상상할 수조차 없는 끔찍한 일이었다. 때문에 그는 무슨 수를 써서라도 이 비무에서 이겨 검성의 명예를 지켜야만 하는 것이다.

반드시 이겨야만 하는 절박함은 청혼도 마찬가지였다. 그는 대무당파의 직전 제자이기도 했지만, 또한 구정회의 문무쌍절 중 무절(武絶)이기도 했다. 즉, 회주가 부재 중인 지금, 그는 천관도 중 구대 문파의 무력(武力)을 대표하는 사람인 것이다.

비록 소속은 군웅팔가회가 아니지만, 따지고 보면 군웅팔가회를 대표해 올라온(다들 그렇게 생각하고 있다) 거나 다름없는 모용휘와의 대결에서 자신의 책임을 반드시 완수해야만 했다. 그의 사명은 바로 검성전에서 우승하여 구대 문파의 명예를 지키는 것이었다.

모용휘, 청혼 모두 무림에서는 생명보다 소중한 명예를 건 일전인 것이다. 두 사람의 뇌리 속엔 패배란 두 글자는 존재하지 않았다. 존재하는 것은 오로지 승리(勝利), 그리고 필승(必勝)의 신념(信念)뿐이었다.

두 사람의 기운이 파도처럼 거칠게, 들불처럼 격렬하게, 검림(劍林)처럼 날카롭게 일어나 비무대 위를 가득 메웠다.

"이야! 볼 만한데요!"

비류연이 한 마디 했다.

"제법 하는군!"

염도의 말이었다.

"휘황찬란해서 좋네요. 볼거리도 많고, 눈요기에 좋은데요!"

비류연은 고수들의 검놀림을 고작 눈요기로밖에 취급하지 않고 있었다. 염도는 그저 묵묵히 고개를 끄덕였다.

"어어어! 저렇게 나가다간 뒷덜미를 잡힐 수 있는데……. 휘 녀석이

너무 성급하게 나가네요!'

별빛 같은 검기를 뿌리며 청혼을 쓸어 가는 모용휘를 바라보며 다 보인다는 투로 비류연이 말했다. 모용휘의 검을 받아내는 청혼의 안 색은 아직 침착했다.

"아직 할아버지 발 끝은 몰라도 허리까지 가려면 노력을 더 해야겠 군!'

염도도 가만히 있질 않고 간간이 한 마디씩 던졌다. 그러면서도 여 전히 입에서 육포 쪼가리를 떼어놓지 않는 두 사람이었다.

"네놈들도 잘 보고 있어라! 청룡단 녀석들 중에 저놈들보다 강한 놈 은 없을 테니깐! 즉 저놈들만 이길 자신이 서면 모두 이길 수 있는 거 야! 어때, 좀 어렵냐?'

누구도 대답이 없었다. 순간 염도의 얼굴에 날카로운 빛이 감돌았 다.

"자신 없는 모양인데요?'

비류연이 불난 집에 부채질을 열심히 했다.

"지금 못 하겠다는 거냐?'

염도의 붉은 적발이 타오르는 화염처럼 일렁이기 시작했다. 무의 식중에 진기가 발동된 탓이었다.

위험했다. 그들은 일제히 얼른 고개를 내저었다. 요즘 한 번 폭발 하면 비류연보다 더한 염도였다. 피똥 싸도록 그들을 가르치고 있는 이도 바로 염도였다. 빙검 관철수에 대한 호승지심은 타의 추종을 불 허했다.

주작단원들은 그만큼 상대적으로 고달픈 하루하루를 보내야만 했다. 비류연은 그저 옆자리에서 구경이나 하며 즐기는 처지였다.

　염도는 닦달하고, 비류연은 유유자적하고…….

　그 중간에 끼여 이리저리 당하는 건 불쌍한 주작단원밖에 없었다.

　이 초미의 관심사가 집중된 검성전 결승 대회에는 관주 철권 마진 가 이하 원로원 원주 검존 공손일취까지 모두 시선을 집중시키고 있었다.

　"어떻게 보십니까? 검존."

　완전 천무삼성무제의 종합 결승전은 바로 검성전이며 검성전의 승리자야말로 천무삼성무제의 우승자이기라도 한 듯한 분위기였다. 뭐 틀린 말도 아니지만……. 사실 9할 이상이 검을 신봉하는 백도무림에서 검의 최고수가 실제로 최고수라는 것이 정석(定石)이자 통설(通說)이자 상식(常識)이었다.

　언제나 천하 제일 고수는 검문에서 나왔다. 예외 없이 천하제일 고수는 언제나 검객이었다. 물론 전대의 천하제일 고수 무신 혁월린은 검과 도를 썼지만 어쨌든 검객이라고 할 수 있었다. 반쪽이지만 그의 오른손에는 검이 들려 있었다.

　"과연 정천의 손자로구나! 후인의 검을 이 정도까지 벼리어 놓다니……."

　공손일취가 탄식을 터뜨렸다. 저런 아이를 후인으로 거두어들인 정천이 내심 부럽기 짝이 없었다.

　'나도 이제 슬슬 후인을 두어야 되지 않을까? 저 아이도 탐이 나긴 하지.'

공손일취의 시선이 모용휘의 반대편에 당당히 서 있는 청혼에게로 향했다. 누가 보더라도 청혼이 이 결승전의 주인이었고, 모용휘는 도전자의 입장이었다. 그만큼 청혼의 그릇이 큼을 입증하는 것이었다.

"과연 명불허전입니다. 칠절신검이란 이름이 괜히 붙여진 게 아님을 오늘 여기서 모두 증명하는군요. 게다가 저쪽의 삼절검 청혼 또한 역시 무시무시한 기세를 보여 주는군요."

두 사람의 옆에 앉아 있던 백의무복에 신태 비범한 중년인이 감탄성을 연방 터뜨리며 칭찬했다. 그의 가슴에 수놓아진 세 개의 검이 그가 백도 무림맹 정천맹에서 온 사람임을 증명해 주고 있었다.

그의 이름은 백라검(百羅劍) 추현으로, 벌써 20년 전에 이곳 천무학관을 수석으로 졸업하고 무림맹에 적을 두고 있는 사람이었다. 그리고 현재 무림맹 내의 그의 지위는 결코 작지 않은 것이었다. 떠도는 소문이 사실이었다. 그가 이 자리에 있는 이유는 앞으로를 대비한 인재를 찾아보기 위함이었던 것이다. 특히 소문으로만 듣던 삼절검 청혼과 칠절신검 모용휘의 실력을 직접 눈으로 확인하기 위한 것이기도 했다. 앞으로 1년여밖에 남지 않은 마천각과의 승부에 대비하기 위해…….

"크아아아! 젠장 정말 답답하군!"

효룡이 신경질적으로 내뱉었다. 벌써 100여 초 가까이 지났지만 여전히 승패의 행방은 묘연했다. 두 명 다 우위를 함부로 가릴 수 없는 상승 검법을 마음껏 펼쳐 보였던 것이다. 내뻗는 초식 하나하나마다 경이롭지 않은 것이 없었다. 그야말로 용호상박(龍虎相搏)의 결전이었다.

모용휘가 걱정되는 것일까? 지금 효룡의 표정에 해석을 붙여 보면 '걱정되어서 죽겠다.' 아니면 '좀 살려 줘' 였다.

"난 이렇게 곁에서 멍하니 지켜보고 있는 게 가장 싫어. 아무 것도 할 수 없는 무능력한 상태로 바라보기만 해야 하는 이 자리가 나는 정말 싫어. 내가 나 자신과 타인의 운명의 주관자가 되지 못하는 이런 자리는 정말 성격에 맞지 않는 것 같아!"

굳어진 얼굴로 말하는 그의 눈빛은 진지하기만 했다.

"너무 걱정하지 말게, 룡! 모용휘란 검객은 자기 운명 정도는 남의 손을 안 빌리고 개척해 나갈 수 있는 충분한 능력을 보유하고 있는 녀석일세. 자네가 그리 걱정하지 않아도 잘 해 나갈 걸세. 아직 밀리고 있는 건 아니지 않나! 그를 일단은 믿어 보라구! 류연이 녀석이 여기 있었다면 저런 잘난 녀석에게 신경을 써 주는 건 심력 낭비라고 말했을 걸세. 하하하!"

효룡은 자신의 등을 토닥거리며 멋대로 내뱉는 장홍의 말이 왠지 가슴에 와 닿았다. 그는 언제나 동급생이 아닌, 절친한 형과 같은 느낌이 들었다. 그래서 안심이 되었다.

'그래, 친구의 능력 정도는 믿어 주어야 진정한 친구라 할 수 있겠지. 진정한 친구라면, 그러나……'

문득 자신의 입장을 생각하면, 약간 씁쓸해지는 효룡이었다. 그 느낌에서 벗어나기 위해서 지금 이토록 열심히 모용휘를 응원하고 있는 건지도 모른다. 순간 초조한 심정으로 비무대를 주시하던 효룡의 눈이 부릅떠지며 다급한 외침이 터져 나왔다.

"위험해!"

그러나 이미 청혼의 검은 허공을 회전하며 무시무시한 기세로 모용휘에게로 날아가고 있었다. 무당파(武當派)에 저런 식으로 발동하는 검법이 있었던가, 하는 의문이 들 정도로 청혼의 검공은 듣도 보도 못한 것이었다.

"콰쾅!"

이윽고 하얀 빛 무리와 함께 굉음(轟音)이 터져 나왔다.

두 개의 검이 눈부신 속도로 회전하며 달려들었다.

그리고 그 뒤를 잇는 또 하나의 빗살 같은 검(劍)! 앞의 두 개를 피해도 뒤의 하나는 절대 피하지 못할 듯이 보였다.

절대로 피할 수 없는 절초!

방법은 단 하나……, 맞부딪쳐 깨뜨리는 수밖에…….

모용휘는 전력을 다해 은하유성검법의 최절초를 펼쳐 냈다. 몸에 무리가 가든 말든 상관하지 않았다. 지금은 그것을 따질 겨를이 아니었다.

"유성굉천무(流星轟天舞)."

"콰콰쾅!"

검기와 검기가 부딪치는 가운데 빛 무리가 터져 나오고, 검과 검이 부딪쳤다고는 생각지 못할 천둥 같은 굉음이 터져 나왔다. 두 사람은 연신 12걸음이나 뒤로 물러선 다음에야 겨우 신형을 유지할 수 있었다.

"과연 훌륭하다!"

청혼의 입가에 가느다란 미소가 걸렸다. 그의 미소 곁으로 한 줄기

붉은 핏줄기가 흘러 나왔다. 방금 전 격돌로 약간의 내상(內傷)을 입었던 것이다. 모용휘도 멀쩡하지는 못했다. 그 역시 넘어오는 핏물을 간신히 삼키며 내상을 다스리고 있는 중이었다. 옷도 군데군데 찢어져 평소 같은 깔끔함은 찾아볼 수가 없었다.

청흔은 지금 진심으로 이 손아래의 후배에게 감탄하고 있는 중이었다. 상대의 높은 경지에 감탄한 것은 모용휘도 마찬가지였다.

"선배님도 훌륭하십니다. 진심으로 탄복했습니다."

어느덧 초미의 관심사가 된 청흔과 모용휘의 결승전은 벌써 종반으로 치닫고 있었다. 두 사람 모두 무수한 절기를 끊임없이 검을 통해 선보였는데도 불구하고 아직 명확한 승패가 갈리지 않고 있었다. 그리고 마침내 두 사람은 서로가 서로를 인정하고 있었다.

'실력은 막상막하(莫上莫下)!'

그렇다면 이제 비장의 절초로 승부를 가릴 때였다.

모용휘는 호흡을 가다듬고 검을 비스듬히 치켜들었다. 청흔은 자신이 가진 세 자루의 검을 모두 꺼내 들었다. 세 자루의 검이 청흔의 가슴 앞에서 서로를 희롱하듯 회전하기 시작했다. 이제부터가 진짜 중의 진짜였다.

"이제 아껴 왔던 마지막 것을 보여 줄 차례겠지!"

감탄한 얼굴로 미소를 머금은 채 청흔이 낭랑하게 말했다.

"나의 검은 사부님께서 만년에 진검경(眞劍境)에 드시어 창안한 삼정태극검혜(三情太極劍慧)에 그 기반을 두고 있네. 그 중 하나가 방금 자네가 막아낸 삼절연환비검(三絶蓮環飛劍)일세. 그리고 나머지가 바로 무극검(無極劍)이란 지극 검도(劍道)일세.

본인도 얼마 전 삼절연환비검을 시작하여 연공하던 중 미약하지만 검득(劍得)하여 하나의 검을 마음 속에 지니게 되었네. 바로 나의 네 번째 검이자 최후의 초식이지. 지금 그 검이 자네 앞에서 뽐내고 싶어하는군!"

자신의 모든 것을 알려 주고도 이길 수 있다는 자신감인가? 마음 안의 검이라……. 그 위력이 얼마나 무서울지 짐작조차 가지 않았다. 다만 상상조차 못 할 정도로 무서우리라는 것은 확실했다.

모용휘 또한 지지 않고 낭랑한 목소리로 화답했다. 말수가 평소 있는지 없는지 모를 만큼, 벙어리로 의심 갈 만큼 적은 그였지만 흘러나온 목소리는 의외로 미성(美聲)이었다.

"벌써 마음 속에 검(劍)을 담고 있다니 훌륭하십니다."

상대가 자신의 최고 절기를 이용해 자신과 겨루고자 하는 것이다. 이에 화답해 주는 것이 또한 무인의 예의일 것이다.

"조부께서 120년 전 두 분의 친우와 한 분의 은공과 함께 '그'와 맞서시고 자신의 한계를 느끼신 나머지 미래를 대비하여 후인에게 물려줄 새로운 검리를 찾기에 골몰하셨습니다. 그러길 어언 50년, 가문의 비전 검법을 모두 버리시고 한 가지 검법을 만드시는 데 성공하셨습니다. 이를 은하류(銀河流)라 명명하셨지요. 인연이 닿아 제가 그것을 물려받았는데, 오늘 부족한 솜씨나마 펼쳐 보일 터이니 보고 비웃지나 말아 주십시오."

겸손을 갖추며 말했지만 청혼은 감히 경시하지 못했다. 두려움과 흥분과 기쁨이 동시에 그의 마음 속에서 교차했다. 청혼도 모용휘가 말한 '그'가 누군지 잘 알고 있었다. 끔찍해서 입에 담기도 싫은 이름이 아니던가.

모용휘의 말은 한 마디로 말해 천무삼성의 수좌인 검성(劍聖) 모용 정천이 천겁 혈신이라고 불리는 '그'에 대항하기 위하여 고심에 고심을 거듭한 끝에 창안한 심득이 고스란히 담긴 검법을 펼쳐 보이겠다는 것이다.

현재도 최강의 검법 중 하나인 은하유성검법(銀河流星劍法)보다 더 강한 검법!

도대체 어떤 형태를 하고 있을지 짐작조차 가지 않았다. 미진하다고 본인은 말하지만, 존경해 마지않는 우상이 만년에 얻은 검성의 심득을 엿볼 수 있다니 어찌 두렵지 않겠으며, 또한 검객으로서 어찌 기쁘지 않을손가. 청혼의 몸이 벼락을 맞은 듯 떨려 왔다.

무당에서 검을 세 자루 씩이나 쓰는 검법은 어디에도 없었다. 쌍검류(雙劍流)도 없는데 하물며 삼검이라니⋯⋯. 허나 청혼은 검을 세 개씩이나 들고 있었다.

삼정태극검혜(三情太極劍慧)!

바로 그가 익힌 무공의 이름이었다.

사람들은 무당파(武當派)에서 현재 가장 강한 이가 장문인이라고 생각한다. 이게 보통 사람의 일반 상식적인 정석일 것이다. 허나 그 것은 천만의 말씀이다.

세파에 휩쓸려 이것저것 문파의 대소사를 관장하느라 정신없이 바쁜 장문인보다는 이미 장문인 자리를 후대에 물려주고 은거하고 있는 전대 장문인이나 전대 장로들의 무공이 오히려 더 뛰어나다. 그들은 세파에 휩쓸리는 일 없이 오직 검로(劍路)에만 일도매진하기 때문이다.

이것저것 잡무까지 처리하며 수련 시간조차 제대로 갖지 못하는 장문인보다는 강한 게 당연했다. 물론 그렇다고 해서 장문인이 약하다는 것은 아니다. 각 문파의 장문인이나 우두머리가 가장 강한 일반적인 이유는 바로 대부분의 문파가 오직 장문인만이 문파 비장(秘藏)의 것, 즉 비전절기(秘傳絶技)를 물려받기 때문이다.

물론 이것은 문파에 따라 많은 차이가 있다. 오직 장문인에게만 돌아가는 비장의 것, 그러니 장문인을 물려준 전대 장문인은 얼마나 강하겠는가!

청혼의 실제 직전 사부는 현 무당파의 장문인인 운성진인(雲成眞人)이 아니었다. 형식상으로는 현재 장문인의 제자이지만, 사사받기는 전대 장문인인 현검진인(玄劍眞人)으로부터 검기를 사사받았다.

전대 무당파 장문인인 현검진인이 말년의 소일거리로 태극혜검(太極慧劍)을 들고 칩거한 후 30년! 만년에 깨달음이 있어 하나의 검법을 창시했다. 그러나 그것은 현 무당파의 검법과는 궤를 달리하는 검법이었다. 아이처럼 이를 기뻐하고 한편으로 쓸쓸해하던 현검진인은 당연한 이야기지만 이것을 도저히 무덤 속에 들고 들어갈 수 없었다. 그리하여 그는 장문인에게 물었다.

"장문인, 노도(老道)가 만년에 별것 아닌 심득을 하나 얻었는데, 누구에게 전해 줬으면 좋겠는가? 그러나 이걸 익히면 자칫 다른 검법에 신경 쓸 여가가 없을 걸세. 게다가 무척이나 까다로워 보통의 자질 가지고는 힘드니 참으로 고민일세."

현 무당파 장문인 운성진인은 잠시 고민하다 서슴없이 청흔을 골라 현검진인에게 넘겨 주었다. 이제 막 무당검의 상승 경지로 넘어가려던 청흔은 그날부터 다른 모든 검법을 뒤로 미루고 현검진인이 창시한 삼정태극검혜(三情太極劍慧)를 전수받게 되었다. 그것은 쓰임부터가 일반 무당검과는 궤도를 달리하는 그런 검법이었다.

무당파의 검이 음양(陰陽)이 합쳐진 태극(太極)에서 출발했다면 삼정태극검혜는 음(陰), 양(陽), 합(合), 천지인(天地人)에 기반을 둔 검법이었다. 뻗어 나가는 것이 아니라 안으로 모여드는 검법이었다. 게다가 일단 그것은 검을 손에 들고 싸우는 그런 류의 검법이 아니었던 것이다.

삼정태극검혜(三情太極劍慧)는 크게 두 부분으로 나뉘는데 그 첫 번째가 바로 삼환회선비검(三環回旋飛劍)이었다. 이것은 일종의 이기어검이라 할 수 있었다. 물론 완벽한 이기어검은 아니지만, 이기어검(以氣御劍)의 입문에 서 있는 검법이라고 할 수 있었다. 물론 대성을 이룬다면 세 개의 검을 마치 수족처럼 부릴 수 있게 될 것이다.

하지만 방금 전 모용휘가 은하유성검법의 최절초 중 하나인 유성굉천무(流星轟天舞)를 극성으로 펼쳐 자신의 삼환회선비검(三環回旋飛劍)을 막아냈던 것이다.

삼정태극검(三情太極劍)은 위력이 막강한 반면 약점도 있다. 때문에 함부로 펼치려 하지 않는 것이다. 일단 펼치면 그것을 막아낼 적수를 찾기 힘들지만, 그만큼 진기 소모가 극심하기 때문이다.

어기검(御氣劍)은 신기(神氣)와 진기 소모가 극심하기 때문에 오래 펼칠 수 없는 것이다.

삼환회선비검(三環回旋飛劍)이 실패로 돌아간 이상 이제 남은 것은 삼정태극검의 진정한 가르침인 오의(奧義) 무극검(無極劍)을 펼칠 수밖에 없었다.

　청흔은 아직까지 세 개의 검을 한꺼번에 쓴 적은 없었다. 그가 삼정태극검을 익혔다고 해서 현 무당의 기본 검술을 외면했다는 이야기는 결코 아니었다. 웬만한 상대는 그것만으로도 충분했다. 허나 지금은 진짜를 선보여야 할 때였다. 숨겨 놨던 마지막 패! 무극검(無極劍)이 지금 그의 손에서 발동(發動)하려 하고 있었다. 무당파의 검보를 다시 쓰는 첫 발이었다.

　'과연!'

　모용휘는 태산처럼 자신을 압박해 오는 청흔의 기도에 탄복했다. 아직 기수식을 펼치기도 전이었다. 아직까지 강호에 출두한 이후 칠절신검이란 이름을 지니게 된 비무행을 하면서 한 번도 느껴 보지 못한 압박을 지금 받고 있었다.

　노산에서 다섯 명의 흑월회(黑月會) 고수에게 포위되었을 때도 느껴 보지 못한 압력이었다.

　자신과 같은 연배에서 이만큼 자신에게 압력을 주고, 전신의 근육을 긴장시키게 만드는 인물을 만나기는 처음이었던 것이다. 어찌 탄복하지 않을 수 있겠는가.

　'과연 세상은 넓구나.'

　오늘 다시 한번 세상이 넓고, 광대무변함을 새삼스럽게 느끼는 모용휘였다.

　후배로서의 예의로 모용휘가 먼저 최절초의 기수식을 펼쳤다.

모용휘가 검을 가슴 쪽으로 끌어당긴 후 왼손으로 검결을 짚으며, 은하류(銀河流) 개벽검(開闢劍)의 기수식에 들어갔다. 삼정태극검혜 무극검(無極劍)을 시전하려 준비 중인 청혼의 얼굴이 금세 굳어졌다. 기수식(起手式)에서부터 느껴지는 범상치 않은 기운을 느낀 탓이다.

특히 검뿐만 아니라 왼손 검결지에서 느껴지는 무겁고 거대한 기운 또한 범상치가 않았다. 마치 두 가지 기운이 한 곳에서 부딪치며 폭발하려는 듯한 움직임이 느껴지는 것이었다. 그것만으로도 청혼은 감히 경거망동하지 못했다.

무극검(無極劍)과 마찬가지로 은하류(銀河流)는 초식의 형태에 얽매이는 그런 낮은 차원의 무공이 아니었다. 이미 초식에 얽매이는 단계는 한 차원 지난 무공이었다.

'과연 검성께서 만년에 각고하여 얻었다는 최고의 검법! 느껴지는 압력이 차원을 달리한다.'

거대한 압력이 그의 전신을 짓누르는 듯했다. 마치 상대의 검 끝으로 이 몸 또한 빨려들어가는 착각이 들었다.

'크으으으! 정신 차려야 한다. 이대로 검에 홀려서는 안 된다.'

네 번째 검이 없이는 이대로 필패(必敗)할 뿐이었다. 청혼도 자신의 절초를 내보이며 모용휘의 검압에 대응하기 시작했다.

청혼이 지닌 세 자루의 검이 모두 뽑혀 나와 그의 가슴 앞에 머물렀다. 누가 잡고 있는 것도 아닌데 세 자루의 검은 허공 중에 둥실 뜬 채 서서히 회전하기 시작했다. 드디어 청혼이 자신이 배우고 깨친 모든 것을 보여 주기로 작정한 것이다.

세 자루의 검은 마치 삼태극도(三太極圖)처럼 그의 앞에서 빙글빙글 서로 어울리듯 회전하더니, 점점 속도를 증가시켜 나가고 있었다. 청혼은 자신의 삼태극도에 들어가는 힘을 증가시킴으로써 모용휘의 기운을 몰아내고자 했다.

삼원합일(三元合一)! 선천무극(先天無極)!

음양(陰陽)이 합(合)하고, 천지인(天地人)이 조화를 이루어 무극(無極)으로 회귀(回歸)하여 대도(大道)를 이룬다는 가르침에 따라 청혼은 진기를 움직였다. 삼정태극검혜의 요결대로 검이 회전하며, 점점 하나로 합쳐져 하나의 기운으로 승화되기 시작했다.

삼정태극검(三情太極劍)이 몸 앞에서 회전하며 또 하나의 기운을 만들어냈다. 세 가지 기운이 하나로 합쳐지며 점점 더 강력해진 기운은 점차 형체를 갖추더니 검의 형태를 띠기 시작했다. 청혼의 마음에서 나와 세 자루의 검 가운데에 실체화한 검! 그것이 바로 그의 네 번째 검인 무극검(無極劍)이었다.

"허어! 저건 도대체 뭐란 말인가? 검강(劍剛)이면서도 검강(劍剛)이 아닌 것 같은 저 기운은……. 그것도 저처럼 명확한 형태의 검강이라니……. 저것이 바로 사제가 만년에 얻었다던 삼정태극검혜(三情太極劍慧)란 말인가……."

지켜보던 공손일취가 진심어린 마음으로 탄성을 터뜨렸다. 도저히 청년의 솜씨라 여겨지지 않는 한 수였다. 현재 강호에 이름깨나 날리는 어지간한 고수들도 저들의 상대가 되지 못할 것이다. 사손의 뛰어난 성취는 사조로서 매우 즐거운 일이 아닐 수 없었다.

은하류 개벽검

이제 모용휘 또한 알 수 없는 힘을 이끌어 내고 있는
청혼의 기운에 감히 마음을 놓을 수 없었다.
모용휘의 자세는 특이했다.

지면과 수평으로 뻗어 있는 검신(劍身)에서 눈부신 강기(剛氣)가 일
렁이고 있었고 검극(劍戟)과 검결지(劍訣指)가 만나는 지점에서 빨려
들어가듯 뭉쳐지고 있었다. 검결지로 붕결(崩訣)을 일으켜 검신에서
뿜어져 나오는 검강(劍剛)을 한 점에 집중시키고 있는 것이었다.

그는 현재 붕결(崩訣)과 유성강기(流星剛氣)를 극성으로 일으킨 후
한 점으로 집중시키는 데 전력을 기울여야 했다. 자칫 잘못하면 자신
이 일으킨 모든 기운을 한 순간에 모래성처럼 허물어뜨릴 수 있었다.

은하류(銀河流) 개벽검(開闢劍)!

서로 다른 기운이 한 곳에 집중되어 폭발할 때, 순간적으로 엄청난
파괴력을 일으키는 것이 이 무공의 핵심이자 요체였다. 태초(太初)의

우주(宇宙)처럼 끝없이 모이고 모여 압축될 대로 압축된 기운이 한 번에 터져 나오는 것이다.

지금 모용휘가 좌우(左右)가 전혀 다른 기운을 뿜어내는 것도 기운을 일점(一點)에 집중해 압축하기 위해서였다. 검을 타고 일어나는 검강을 검결지의 붕결(崩訣:누르는 힘)을 이용해 일점에 집중시키고 있는 것이다. 티끌보다 작은 한 점에 대해(大海) 같은 기운이 모인다면, 그것이 풀어져 나왔을 때 얼마만한 위력이 발휘될까?

이 검법은 검성 모용정천이 천겁혈세(天劫血洗)의 피비린내나는 시절에 태극신군 무신 혁월린의 무공을 보고 심득을 얻어 만년에 그것을 연구 발전시켜 완성한 무공이었다. 심득을 얻은 모용정천이 만년에 은하유성검법을 다듬고 깎아 내어 만든 오의(奧義)였다.

허나 정반(正反)의 기운을 한 인간의 몸에서 동시에 발생시킨다는 것은 난해한 일이었다. 어떻게 해도 그 과정이 불가능했던 것이다. 하지만 염령(焰靈)과 빙백(氷魄)의 기운을 한 몸에서 뿜어내던 태극신군(太極神君)을 본 이후라 가능성을 발견했다.

사실 이 검법은 이론에 가까운 무공이었다. 일단 만들어 놓고 보니 이론은 완벽하지만, 인간의 몸이 이 이론을 받아들이지를 못했다. 당시 검성 모용정천의 탄식을 보지 않아도 짐작할 수 있었다.

두 가지 다른 힘을 부딪쳐 한 곳에 한계 이상까지 집중시켜 일순간에 폭발시켜 어마어마한 힘을 끌어낸다는 것이 바로 이 검법의 요결이자 요체였다. 그러자면 하나의 몸에서 두 가지 상반된 기운을 끌어낼 존재가 필요한데 그럴 만한 사람이 아무도 없었다.

처음에는 검성도 포기해야 되는 줄 알았다. 특이한 체질이 아니면 익힐 수 없는 무공은 무가(武家)에는 별 쓸모가 없는 것이다. 게다가 자신이 제대로 쓸 수 있는 것도 아니었다. 하지만 그것을 익힐 수 있는 사람이 그의 직계 중에 단 한 사람 있었으니, 그가 바로 모용휘였다. 오직 모용휘만이 두 가지 상반되는 힘을 동시에 뿜어낼 수 있었던 것이다. 당연히 은하류(銀河流) 개벽검(開闢劍)은 모용휘에게로 이어졌다.

때문에 검성의 모용휘에 대한 사랑도 바로 이곳에서부터 시작되었다고 볼 수 있다. 그러나 이것이 자신에게는 맞지 않음을 확신한 모용정천은 새로운 검법을 만들에 내기 위해 또다시 참오해야만 했던 것이다.

지금 검성의 최종 절기(最終絶技)와 무당파의 절기가 최초로 강호인들 앞에 선보이려 하는 것이다. 발동 전 기세부터가 심상치가 않았지만 모두들 말릴 생각도 하지 못한 채 이 무섭지만 아름다운 검학(劍學)의 세계로 빠져 들어갔다.

태연스럽게 육포를 뜯고 있던 비류연의 눈이 번쩍였다.

"우와! 저건 진짜 위험하겠는데! 저건 진짜배기야!"

여전히 육포를 뜯던 비류연이 탄성을 터뜨렸다. 탄성을 터뜨린 그의 입은 여전히 육포의 절삭 분해 작업에 여념이 없었다.

"모두 귀를 막고 진기를 일으켜 심맥을 보호해라!"

염도가 제자들에게 큰 소리로 명령했다. 염도의 명령이 떨어지자, 모두들 얼른 진기를 일으켜 심맥을 보호했다. 얼마나 강한 기운들이기에 미리 진기로 심맥을 보호해야 될 정도란 말인가?

그 순간⋯⋯. 마침내 두 갈래의 거대한 기운이 한 곳에서 부딪쳤다.

청혼의 몸 앞에서 회전하던 세 개의 검에서 만들어진 태극(太極)이 하나로 합쳐지며 무형의 강기(剛氣)가 검(劍)이 되어 빛살처럼 날아갔다. 그것은 마치 의지를 가진 존재처럼 보였다. 청혼의 네 번째 검은 일종의 이기어검(以氣御劍)으로 여타의 이기어검과는 다르게 검강(劍剛)으로 형성된 무형의 기운을 날려보내는 무서운 기술이었다.

이기어검(以氣御劍)이 아니라 이기어검강(以氣御劍剛)이라 불러 마땅할 그런 기술이었다. 음양의 합일로 형성된 무형의 검강의 위력은 두말 할 것 없이 강력하지만 한 번 시전하는 데 막대한 내공이 소모되고, 아직 완벽하게 완성된 것도 아니기 때문에 다루기가 무척이나 난해했다.

마치 의지를 가진 듯 자신을 덮쳐 오는 알 수 없는 기운에 모용휘는 전력을 다해 검기를 발동시켰다. 모용휘의 몸 앞에 형성되어 있던 집약된 기운도 때를 같이 하여 폭발하며 무시무시한 기운을 뿌려댔다. 하늘을 부술 듯한 무시무시한 위용이었다.

청혼은 마치 자신의 눈 앞에 암흑이 덮쳐 오는 듯한 충격을 받았다. 자신의 존재가 칠흑의 밤하늘에 집어삼켜지는 듯한 감각! 그것은 태어나서 처음 경험해 보는 생경한 느낌이었다. 모용휘 또한 뇌전(雷電)이 질풍신뢰(疾風神雷)처럼 자신을 꿰뚫는 듯한 착각 속에 빠져 있었다.

"콰르르르릉! 우르르르르……."

천지를 집어삼킬 듯한 천붕지열의 굉음이 눈부신 빛 무리와 함께 터져 나왔다. 마치 대기를 진동시키고 하늘을 찢는 듯한 거센 기세였다.

하늘과 땅이 폭발하는 듯한 굉음과 함께 세찬 바람이 사람들의 전신을 사정없이 난타했다. 순간 관객들은 자신의 고막이 떨어져 나가는 줄 알았다. 이 엄청난 충격의 여파에 내장이 진탕되는 것을 막기 위해 관전객들은 모두들 내력을 운용해야만 했다. 귀청이 떨어지는 듯한 폭음이었다. 도저히 검과 검이 부딪쳤다고는 믿겨지지 않는 격돌이었다. 배움이 낮은 1학년생 몇 명은 피를 토하기까지 했다.

"쿨럭!"

서로의 자리를 바꾼 청혼이 먼저 피를 한 사발 토했다. 그의 안색은 창백하기 그지없었다. 모든 진기를 마지막 한 방울까지 짜내어 벌인 격돌이었다. 멀쩡하면 그게 비정상이었다.

비무대도 거대한 힘의 충돌로 인해 풍비박산(風飛雹散)이 나 있었다.

"이, 이름은……. 쿨럭!"

핏물이 새어나오는 입으로 청혼이 물었다. 터져 나오려는 각혈을 간신히 참고 있는 중이었다. 이 정도까지 낭패를 당할 줄은 그로서는 미처 예상하지 못했던 것이다.

"은하류(銀河流)…, 개벽검(開闢劍) 최종비의(最終秘意)…… 은하성시(銀河星始) 우주홍황(宇宙洪荒)! 쿨럭……. 선배님의 검(劍)은? 쿨럭! 커억!"

기식이 엄하고, 안색이 시체처럼 파리하기는 모용휘 또한 마찬가지였다. 한 마디 한 마디 내뱉는 데도 엄청난 인내력이 필요한 지경이었다. 그의 눈 앞에서 홍건한 핏물이 고여 있었다. 모두 그의 입에서 나온 것들로, 방금 전까지만 해도 그의 몸 안을 요동치며 돌고 있던 것들이었다. 그런 몸으로도 말을 할 수 있다는 것 자체가 놀라운 의지였다.

"삼정태극검혜(三情太極劍慧) 무극검(無極劍) 진의(眞意)……, 합일(合一)!"

청흔은 넘쳐 나오는 핏물을 간신히 삼키며 말을 마쳤다.

둘의 얼굴에 가느다란, 그러나 만족스런 미소가 한 줄기 맺혔다. 엄중한 내상을 입은 사람이라고는 도저히 믿기 어려운 일이었다. 이미 입으로 내뱉는 칭찬 따위는 두 사람에게 무의미한 것이었다. 이미 검을 부딪치고 몸으로 느끼는 가운데 나눈 정신의 교감만으로도 충분했다.

최종 절초의 이름을 교환한 후, 한 줄기 미소를 끝으로 두 사람의 몸이 동시에 앞으로 고꾸라졌다. 막대한 내상으로 인해 더 이상 버틸 힘이 두 사람 모두에게 남아 있지 않았던 것이다.

"무승부!"

심판관이 큰 소리로 선언했다. 심판관의 손짓에 의해 대기 중이던 의약전(醫藥展) 소속 수석 의원인 천수신의(天手神醫) 허주운이 뛰어올라와 능숙한 손놀림으로 응급 처치를 시작했다. 그의 손놀림은 한 치의 오차도 없이 전광석화처럼 두 사람의 몸을 짚어 나갔다. 잘못하면 내상이 안으로 스며들어가 골수(骨髓)를 상하게 할 수도 있기 때문이다. 다시 한번 허주운이 신호하자 응급 요원들이 비무대 위로 뛰어올라 응급 조치를 마친 청흔과 모용휘를 들것으로 실어 나갔다.

장내가 웅성웅성 소란스러워졌다. 검성전에서 무승부라니……. 도성전, 검후전에 이어 검성전마저 무승부로 끝난 것이다. 몇십 년 동안 유례가 없던 일이었다.

소란스러운 사람들 사이로 백무영의 창백한 얼굴이 눈에 들어왔다. 아무리 냉정한 그라도 절친한 친우의 부상을 앞에 두고는 별수 없었던 모양이다. 두 눈에는 걱정이 가득한 게 평소의 그답지 않았다. 모두에게 의외의 결과를 가져온 일전이었다.

염도가 그것을 발견한 것은 모용휘의 검과 청혼의 검이 격돌한 바로 그 순간이었다. 천지를 집어삼킬 듯한 굉음 속에서도 염도의 눈은 그것을 놓치지 않았다.

"헉!"

검(劍)과 검(劍)이 최대급(最大級)으로 격돌하는 충격파(衝擊波)를 진기를 끌어올려 견뎌내고 있던 염도의 눈이 확하고 커졌다. 거대한 기의 격돌이 일으킨 난장판 속에서도 그는 본 것이다. 모용휘의 좌수와 우수가 각각 다른 기운을 내뿜는 광경을!

그것은 아무나 보여 줄 수 있는 능력이 아니었다. 그로서도 이런 능력을 보여 주는 사람을 평생 딱 한 사람 만나 봤을 뿐이다. 어쩌면 천에 하나, 만에 하나 자신이 그토록 찾고 있는 인재(人才)일지도 모른다.

'반드시 음양을 조화시킬 태극의 인재(人才)를 찾아라!'

20년 동안 애써 잊고 지내 왔던, 그리고 포기했던 스승님의 유언이 갑자기 뇌리에 떠올랐다. 갑자기 목이 메여 왔다. 이런 생각이 염도를 들썩이게 만들었던 것이다. 허나 그는 이내 고개를 가로저었다.

"이제 와서 그 생각을 하면 무슨 소용이란 말인가. 다 부질없는 짓 인 것을……."

게다가 상대는 검성의 핏줄이자 후계자라고까지 공공연히 인정받 는 자이다.

"아직 확실한 것도 아니고…… 게다가……."

그 말이 맞다 해도 어찌해 볼 도리가 없다.

'과연 빙검 녀석도 저걸 보았을까? 보았다면 그 자식은 지금 무슨 생각을 하고 있을까?'

오히려 그것이 더 궁금한 염도였다.

"쯧쯧! 무식하기는! 신명이 난다고 진짜로 부딪치다니……. 제풀에 지쳐버리는 꼴이군! 죽지 않은 게 용하다, 용해! 으적으적!"

정신을 다른 데다 쏟고 있던 염도는 곁에서 들려오는 목소리에 퍼 뜩 정신을 차리며 비류연을 돌아보았다. 이 소란의 와중에도 입에서 육포를 떼지 않고 오히려 왕성한 절삭 분해 작업을 계속 하는 비류연 의 입이 신기할 따름이었다. 이렇게 해서 천무학관 검성전 결승은 전 설을 남긴 채 무승부로 끝나고 말았다.

"역시 내 예상이 적중했어! 으하하하……! 앞으로는 본인을 가리켜 천재라 불러 주게!"

겨우 혼란이 수습되고 열기가 사그라져 가는 비무대에서 금영호가 대소를 터뜨리며 자찬했다. 남궁상도 그의 말에 뭐라고 토를 달지는 않았다.

"그렇군, 자네 말대로야. 이제 대사형이 삼성대전에서 이기기만 하면 되는 건가. 상대가 선풍검룡 위지천이라……! 만만치 않은 상대로군!"

금영호는 대소를 그치고 조심스럽게 고개를 끄덕였다. 선풍검룡 위지천 역시 방심할 수 없는 변수였다. 한동안 여인에게 빠져 헤어나지 못하고 있다는 평을 받기도 했지만(물론 지금도 그렇기는 마찬가지지만) 한때 삼절검(三絶劍) 청흔, 형산일기(衡山一奇) 백무영과 함께 삼강(三綱)으로 불렸던 인물이었다. 게다가 갑자기 무슨 이유에선 지 몇 달 미친 듯이 폐관 수련에 매달렸다가 얼마 전에 수련을 마치고 돌아왔다는 소문이었다. 결코 방심할 수 없는 인물이었다.

이번 삼성제 중의 몇몇 시합에서 보여 준 그의 신위는 삼절검 청흔에 뒤지지 않는 놀라운 신위였다. 그는 자신의 검기가 녹슬지 않고 오히려 더욱 날카로워졌다는 것을 공식적으로 증명한 것이다.

"괜찮겠지?"

금영호가 신중한 목소리로 말했다. 이제 한 걸음만 더 올라가면 정상이었다. 여기서 좌절하면 회복 불가능한 타격을 입을지도 모른다. 포기할 수는 없었다.

"대사형을 믿어 보세! 어쨌든 하나는 줄였지 않나."

의외로 지금까지 결과는 예상보다 훨씬 좋았다. 모용휘의 무위는 그들의 기대치를 훨씬 초과하는 것이었다. 설마 모용휘가 여기까지 해낼 줄은 금영호도, 남궁상도, 현운도 미처 예상치 못했던 결과였다. 특히 현운의 충격이 그 누구보다 컸다. 존경하는 사형이자, 마음속의 최대 경쟁자인 사형 청흔과 이제 갓 입관한 모용휘가 무승부를 이루었다. 아직 자신조차도 승부를 예측하지 못하고 한 수 접어 주고 있던 사형이었다. 게다가 오늘 보여 준 무위는 한 수가 아닐지도 모른다는 충격까지 들게 했다. 그러니 그의 충격이 클 수밖에 없었다.

모용휘는 이 시합에서 자신 스스로 청혼과 동급임을 증명해낸 것이다.

어찌 되었든 금영호의 예상은 들어맞았다. 그 당시만 해도 청혼과 비류연의 시합은 승부를 점칠 수 없었다. 때문에 그렇게 야밤중까지 고민에 고민을 거듭했던 것이다. 그러나 남궁산산의 한 마디에 뒤통수가 짜릿해지는 깨달음이 있었다. 남궁산산은 미처 금영호, 그가 보지 못했던 것을 고맙게도 보아 주었다. 그것이 바로 모용휘라는 존재였다. 그의 존재가 있음으로 해서 금영호도 결심이 섰던 것이다. 그것은 도박이나 다름없었다. 물론 도박을 하고 있던 중이긴 했다. 내기도 도박의 일종이니까!

청혼과 비류연의 승부는 점칠 수 없지만, 모용휘를 거친 청혼은 비류연에게 상대가 되지 않을 것이라는 게 금영호의 생각이었다. 단 일전의 단 삼검이었지만, 모용휘가 쌓은 수양의 깊이를 알기에는 충분했다. 게다가 검성 모용정천의 손자였다. 모험해 볼 가치는 충분했다.

금영호의 관점으로 보면 모용휘의 역할은 청혼의 힘을 깎아내리는 데 있었다. 그런데 모용휘는 용(龍)의 자식은 어디까지나 이무기가 아닌 용(龍)임을 증명해 보여 주겠다는 듯 청혼과 무승부를 이루어냈던 것이다.

꼴을 보니 둘 다 다음 시합에 출전하긴 글렀다. 게다가 무승부였다. 드물긴 하지만 무승부를 이룬 자는 종합 우승을 가리는 자리에 참가하지 못한다는 규정이 있었다.

비류연의 우승에 서막이 드리워지는 순간이었다.

도성전도, 검후전도 특이하게 올해는 모두 무승부로 끝을 맺었다. 모두들 승부를 가르지 못했던 것이다. 세 곳 동시에 무승부가 이루어진 것은 48년 만에 처음 있는 일이었다. 이제 비류연이 우승까지 남은 거리는 한 발자국이었다.

비류연과 위지천의 최종 결승

드디어, 삼성대전 결승전의 날이 밝았다.
비류연은 이 특별하고 중요한 날 새벽, 여명(黎明)이 밝아 오기도
전에 일어나 천지신명께 기도를 올리고, 차가운 정수(淨水)로
몸을 정결히 하고, 새 옷으로 갈아입으며 각오를 다지는 그런 따위의
행동과는 애초에 인연이 없었다.

반대로 위지천은 이 과정을 하나도 남김없이 답습했다. 그에게는 매우 의미 깊은 일전이었기 때문이다.

세상에는 종종 믿어지지 않는 일이 한 번쯤, 가끔씩 일어나 사람들을 놀라게 한다. 다음 순간에 사람들은 이 세상의 변덕스러움과 어이없음에 감탄하거나 욕을 바가지로 하게 된다. 그런 맥락에서 천관도들에게 있어 비류연의 삼성대전 결승 진출은 그야말로 신의 농간(弄奸)이라 불러야 마땅한 일이었다.

그래도 꽤 많은 사람들이 이 천지신명의 농간이라고 명명된 결승전을 구경하러 왔다. 비류연을 보기 위해서가 아니라 선풍검룡 위지천을 보기 위해서 그들은 발걸음을 움직인 것이다. 그렇다고 해도 역

시 검성전의 결승에 비한다면 미미하기 짝이 없는 수준이었다. 아직도 검성전 결승의 열기가 가시지도 않은 채 학관 분위기를 지배하고 있었다.

오늘은 관전객의 신분인 나예린도 구경차 나와 자리를 잡고 있었다. 비류연의 시합을 보기 위해서였다. 왜 또다시 자신이 그런 남자의 시합을 보러 온 것일까? 막상 이곳에 도착해 자리를 잡았지만 쉽사리 답을 내릴 수가 없었다. 어제 날아온 우뢰매의 발목에 달린 편지 때문은 아니었다. 그런 것 따위 언제든지 무시할 수 있는 그녀였다. 지금껏 그녀의 손에 처리된 편지만 해도 이미 수를 셀 수 없을 만큼 많지 않았던가.

'그냥 호기심 정도겠지…….' 라고 가볍게 치부하던 나예린 자신도 자신의 태도에 놀라고 말았다. 그날 이후로 자신에게 타인에 대한 호기심이라는 게 남아 있었단 말인가? 결단코 없었다. 주위에서 걱정할 정도로 주위와 인간 관계에 마음을 끊고 살아 왔다. 그런데 이제 와서 흥미라니, 있을 수 없는 일이라 여겨졌다.

그녀가 다가서자 군중들 모두가 좌우로 갈라서며 길을 내주었다. 그리고는 모두들 한 번씩 그들의 앞을 지나가는 나예린을 쳐다본다. 황홀한 눈빛으로…, 보는 것만으로도 행복하다는 듯이…….

그녀로서는 그들의 눈빛이 탐탁치 않을 때도 있었고, 껄끄러울 때도 있었다. 부담스러울 때는 더욱 많았다. 특히 지금처럼 빙봉영화수호대 일원들이 앞에서 남세스럽게 사람을 쫓으며 길을 낼 때는 더욱 그러했다.

그녀는 왜 자신이 겨우 미모 하나 때문에 이런 대접을 받는지 이해할 수 없었다. 고작 미모만이 여자를 평가하는 잣대란 말인가? 남자라는 생물들의 마음을 이해할 수 없었다. 그녀에게 남자라는 동물의 미묘한 감각이 이해될 리가 없었다. 그런 면에서 그녀는 너무 깨끗하고 순수했다.

그녀를 따라온 이진설은 쉽게 좋은 자리를 얻을 수 있게 되어 기쁘다는 표정이었고, 그녀의 사저인 독고령은 언제나 그러했듯 싸늘한 표정을 지은 채 그녀 곁에 호위하듯 붙어 있었다. 나예린의 심연한 눈에 지금 막 비무대 위로 올라가는 두 사람의 모습이 보였다.

'지면 안 돼! 지면 안 돼! 난 결코 지지 않아! 저런 근본도 모르는 애송이 녀석 따위한테 난 결코 지지 않는다. 이겨서 반드시 그날의 치욕을 씻어내고야 말 테다.'

피를 토하는 심정으로 위지천은 외치고 있었다. 절대 저런 근본도 모르는 애송이에 패해서는 안 된다고, 더욱이 자신의 우상이자 모든 것인 빙백봉 나예린이 목전(目前)에서 보고 있는 이 마당에……, 죽는 한이 있더라도 반드시 이겨야만 한다고 위지천은 맹세하고 또 맹세했다.

'그분이 지금 눈 앞에서 보고 있다. 그런데도 진다면 무슨 낮으로 이 세상을 살아가겠는가? 그따위 용기는 나에게 있지 않다. 반드시, 반드시 이기고야 말겠다. 백일연무(百日練武)의 성과를 오늘 여기에서 보여 주마! 네놈은 꿈 속에서도 절대로 상상할 수 없는 명문의 힘, 구대 문파 청성파의 정수를 여기서 보여 주마!'

이번 일전은 그에게 생명보다 소중한 명예와 체면이 걸린 한 판 승부였다. 반드시 이유를 불문하고 이겨야만 하는 승부인 것이다. 한껏 굳어진 얼굴로, 매서운 눈빛을 내뿜으며 비장한 마음으로 위지천은 검을 들었다. 백광으로 빛나는 새하얀 검을…….

삼성무제의 마지막 장식자인 비류연과 선풍검룡 위지천…….

선풍검룡 위지천의 결승전 진출이 확정되자 관도 모두는 고개를 끄덕이며 당연하다는 듯한 자세를 취했다. 그리고 결승전에 오른 나머지 하나가 소문이 무성하던 1학년 애송이 운수대통(運數大通) 비류연임을 알았을 때 사람들은 매우 기괴한 표정으로 얼굴을 사정없이 일그러뜨리며 의문 부호를 그려냈다. 그게 과연 가능한 일이냐고, 지금 농담하는 것 아니냐고…….

위지천으로서는 비류연의 결승 진출이 다행한 일이었고, 바라마지 않던 일이기도 했다. 영혼을 불사르며 사모하던 여인의 코 앞에서 개망신을 당했는데 이제 그것을 만회하지 못한다면 천 년 만 년 자신을 괴롭힐 수치심을 어떻게 견디겠는가!

때문에 비류연이 삼성무제에 출전하는 걸 알고 자신의 주특기인 검을 버리고 이쪽으로 출전한 것이다. 위지천은 그날 그 때 그 당시에 당한 건 명백히 순간의 방심으로 인한 실수였다고 주장하고 싶은 모양이었고, 그렇게 느끼는 게 위지천으로서는 당연한 것이었다(방심한 놈이 검강까지 뿜어낼 기력이 있었던가는 아직 의문이다).

비류연은 묘하게 눈을 빛내며 위지천을 바라보았다. 한동안 안 보인다는 소문이 돌더니, 어디 처박혀서 신공이라도 연마하고 온 건가 하고 살펴보았다. 하긴 뺀지르르하던 그때와는 몸에서 흘러 나오는 기세가 달랐다. 잘 연마된 한 자루의 검을 대하는 듯한 기분이었다. 비류연의 입가에 즐거운 듯한 미소가 번졌다. 오래간만에 해 볼 만한 상대인 것이다. 이렇게 되면 금(琴)은 치워야 하나?

이리저리 궁리하는 비류연을 쳐다보며 위지천은 회심의 미소를 지었다. 독기(毒氣)와 원한(怨恨)이 가득 서린 미소였다. 처음 대진표를 받아 봤을 때 그는 내심 실망했고 걱정이 앞섰다. 저 비류연이란 녀석과 출전 분야가 다르거나, 혹은 만나 보기도 전에 그가 중간에 지기라도 한다면 자신이 결승전에 오른다 해도 만날 수가 없지 않겠는가. 만나지 못하면 설욕전이 성립될 수 없다. 그 자신은 물론 계속 승승장구해 결승전에 다다를 자신이 있었다. 아직도 비류연의 실력에 미심쩍어하고 있던 위지천으로서는 당연한 걱정이었다.

그런 마당에 비류연이 그의 걱정을 불식시켜 주기라도 하듯이 말짱한 모습으로 결승 무대 위에 올라왔다. 이제야말로 뼈를 깎는 고통을 수반했던 폐관 수련의 성과를 보여 줄 때이다.

"드디어 그날의 치욕을 갚아 줄 시간이 도래했다. 각오해라!"

비장미 넘치는 목소리로 위지천이 외쳤다. 이 한 마디를 외치기 위해 얼마나 별러 왔던가!

"뭘요?"

헌데 그의 독기를 품은 목소리를 들은 비류연은 마이동풍(馬耳東風)격으로 무심하게 되묻는 것이었다.

"뿌드득!"

5장 이상 떨어진 비류연의 귀에도 우렁차게 들릴 만큼 강렬하게 이빨 가는 소리였다. 위지천의 눈이 새파랗게 빛났다. 보통 사람은 한 순간도 마주 보기 힘든 그런 사나운 눈빛이었다.

"그날 받은 치욕을 오늘 수십 배로 되돌려주마!"

"자신 있다면 그렇게 해야겠죠."

살기(殺氣)와 투기(鬪氣)가 뒤섞인 채 뭉클뭉클 솟아 나오는 위지천을 정면에 두고도 비류연은 여유롭기만 했다. 이 여유만만한 태도가 오히려 위지천의 쌍심지를 돋우고 있었다. 그의 가슴 속에서 울컥하는 뭔가가 느껴졌다.

"광오하구나!"

"현실일 뿐이죠."

빙글빙글거리는 비류연의 낯짝을 한 대 후려갈겨 뭉개버리고 싶은 충동이 위지천의 가슴 속에 뭉클뭉클 솟아났다.

"다시는 그런 말을 입에 못 담게 만들어 주마. 그분을 위해서라도 넌 사라져 줘야겠다."

노골적인 살기가 위지천의 전신에서 기세등등하게 뿜어져 나왔다. 이런 비무 대회에서는 볼 수 없는, 비무 대회라고 여기기 힘든 엄청난 살기였다. 그의 살기에 동조하기라도 하듯 그의 검은 푸른 검기를 내뿜기 시작했다.

"저 살기는 마치 생사대적을 눈 앞에 두고 있는 듯하군요!"

위지천의 짙은 살기를 지켜보는 심사위원 노사들도 걱정이 될 수밖에 없었다. 그들의 눈에 두 사람의 실력차가 너무나 커 보였던 것이다.

"위험하지 않을까요?"

걱정스럽게 말을 내뱉은 사람은 검혼관 사감이기도 한 철혈무정검

강하윤이었다. 지금 강하윤은 비류연의 안전을 걱정하고 있는 것이다. 천무삼성을 기념하는 천무삼성무제에서 사상자(死傷者)가 나온다는 것은 있을 수 없는 일이었다. 그런 일은 무슨 수를 써서라도 막아야만 했다.

"중지시켜야 하지 않겠습니까? 사형!"

천자조의 조장이자 원로원 소속인 무당파 현학진인 검존 공손일취에게 조심스럽게 말을 꺼냈다. 역시 고수답게 위지천의 몸에서 사정없이 뿜어져 나오는 살기와 투기를 감지한 터였다. 미우나 고우나 제자인 비류연의 안위가 걱정되는 것은 천자조 담당 스승으로서 당연한 일이었다.

선풍검룡 위지천은 벌써 예전부터 무명을 떨치던 기재 중의 기재였다. 그도 익히 잘 알고 있는 아이였다. 과연 그 정도의 기재를 저 말썽 많던 비류연이 버텨낼 수 있을 지는 미지수였다. 사실 거의 불가능하다고 내심 확정해놓고 있던 터였다.

"아직 시작도 하지 않았습니다. 중지라니요? 말도 안 됩니다."

옆에서 지켜보던 문일기 노사가 말했다.

"저 아이가 겨우 1학년을 상대로 저런 살기를 뿜어내다니 무슨 일일까요?"

"글쎄요?"

모두들 선뜻 대답해 줄 말이 있을 리 없었다. 모두들 머리를 맞대고 심사숙고하기 시작했다.

"저길 보시오!"

문일기가 비무대 위로 손가락을 가리켰다.

"오오! 훌륭하오! 저 나이에 저 정도 성취라니!"

막 위지천의 검에서 푸르스름한 검강(劍剛)이 한 자 이상 솟아나고 있었다. 누가 봐도 위협적인 모습이었다. 지켜보던 모든 무사부들이 잠시 걱정을 잊고 흡족한 마음을 드러냈다. 대견하다는 생각까지 들었다.

"저 아인 전력을 다할 모양이오! 지금이라도 늦지 않았으니 중지시켜야 하지 않을까요?"

위지천이 검강까지 선보인 이상 시합은 더욱 흉험해질 게 뻔했다. 검강(劍剛)이면 아차 하는 사이에 젊은 목숨 하나 하늘로 보내는 건 아무 것도 아니었다.

더 이상 위험이 생기기 전에 중지시켜야 할지도 모른다.

"아닙니다! 비무는 계속되어야 하오! 계속 진행합시다! 그냥 강행시키시오!"

큰 소리로 중지 의견을 막은 사람은 바로 염도였다. 모두의 시선이 염도에게로 쏠렸다. 이번 대회에서 처음 의견을 제시한 염도였다. 의아한 시선으로 자신을 바라보는 노사들을 한 번씩 훑어봐 준 다음 다시 염도가 말했다.

"걱정하지 않아도 될 거요! 지레 겁먹고 중지시킬 수는 없는 노릇 아닙니까? 게다가 이대로 시합을 중지시킨다면 우승은 누구 것이란 말이오?"

"그야 당연히…….."

'위지천!' 이라고 말하려던 강하윤은 입을 꽉 다물었다. 아직 정식으로 격돌하기 전이었다. 그들의 눈에 아무리 위지천의 승리가 환히 보여도 함부로 단정지을 수는 없는 노릇이다. 게다가 반대편이 쉽게 받아들일 것 같지 않았다. 특히 저런 젊은 나이에는……

"비류연이란 아이가 저 위지천의 검기를 제대로 받아낼 수 있을까요?"

지금 강하윤은 자신의 기숙사생이기도 한 비류연의 안전을 걱정하고 있는 것이다.

염도는 피식 실소를 흘렸다.

"누구 말이오? 저 비류연이란 녀석 말이오? 저 녀석이라면 걱정할 거 없소. 어떤 극한 상황에서도 말짱히 살아날 그런 녀석이니깐! 걱정 말고 시합을 계속 하도록 합시다."

염도가 뒤에 한 줄 빼먹은 말이 있었다.

'저 정도로 돼지게 만들 수 있다면 얼마나 좋겠소.'

그랬다면 예전에 그의 손으로도 절단낼 수 있었을 것을……. 그놈의 쓸데없는 약속은 왜 해 가지고 스스로의 목에 족쇄를 채웠는지……. 그날 일만 생각하면 자다가도 벌떡 일어나는 염도였다.

'제발 져라! 져!'

그가 보기에 비류연은 그렇게 간단히, 비참하게 무너질 놈은 아니었다. 또 자신의 도를 야비한 수를 동원하여 꺾은 녀석이었다. 진다고 생각할 수가 없었다. 만일 비류연이 여기서 진다고 생각하면 자신이 위지천보다 약하다는 이야기가 아닌가. 말도 안 되는 이야기였다.

차마 관주 이하 원로들 앞이라 입으로 내뱉지는 못했지만 염도가 오히려 걱정되는 쪽은 저 비류연 쪽이 아니라 저기 앞뒤 가리지 않고 살기를 풀풀 내뿜는 위지천 쪽이었다.

'뭐 죽이기야 하겠는가……?

잠시 명복을 빌어 줄 한가로움 따윈 염도에겐 없었다.

"그럼 시합을 속행하기로 합시다!"

문일기가 말했다.

"그럽시다. 천이도 분별이 없지는 않겠지요!"

강하윤은 눈에 콩깍지 비슷한 게 씌인 모양이던데……, 아마 같은 청성파 출신이라 그런 모양이었다. 염도는 강하윤의 의견에 좀 회의적이었지만 귀찮아서 반박하지는 않았다.

"그럼 결정된 것으로 알고 시합을 관전합시다."

마침내 현학진인이 시합 개시를 허가했다.

"시합 개시!"

심사 위원석의 결정이 떨어졌다. 그리하여 비무대는 다시 위지천과 비류연 둘만의 것이 되었다.

"나 소저어……!"

비무대 위에서 비류연이 활짝 웃으며 관전석 한쪽으로 반갑다는 듯 손을 흔들었다.

위지천이 검강을 뿜어내든 말든 난 상관할 바 아니라는 태도였다. 비류연이 갑자기 나예린을 부르는 바람에 위지천은 시작과 동시에 베고 들어갈 기회를 놓치고 말았다.

비류연이 손을 흔든 방향에는 그녀로서는 매우 드물게 어색한 표정을 한 나예린이 독고령, 이진설과 함께 앉아 있었다.

"우와! 언니! 저 사람 용케도 언니가 있는 곳을 알아맞혔네요! 언니도 손 한 번 흔들어 줘요!"

그러면서 진설은 먼저 비류연을 향해 손을 흔들어 주었다. 비류연이 이에 화답이라도 하듯 더욱 신나게 손을 마주 흔들어 주고 있었다.

"진설! 경거망동하지 말거라!"

　이진설에게 주의를 준 것은 독고령이었다. 이진설의 의외의 행동에 나예린의 얼굴은 약간의 동요를 보였다.

　'이 애가 부끄러움도 모르고…….'

　첫 시합 이후 비류연의 시합을 거의 보러 오지 않았던 그녀였지만 오늘은 오지 않을 수 없었다. 오늘은 누가 뭐래도 결승전이 있는 날이었기 때문이다.

　솔직히 비류연이 여기까지 해 낼 줄은 상상도 못했다. 그날은 그저 이상한 기분 탓에 무심결 내뱉었을 뿐이었다. 절대 불가능하다고 생각하고 있었다. 단지 사문의 검법을 우습게 여기는 것 같아 경각심을 일깨워 주려 했을 뿐, 다른 의도는 없었다. 그녀가 그렇게 말하면 당연히 사과할 줄 알았던 것이다. 그런데 저쪽은 그렇게 하겠노라고 했다. 기대하라고…….

　'그리고 여기까지 왔다. 그것도 상처 하나 없이!'

　인정해 주지 않을 수 없었다. 과연 그의 안에는 무엇이 잠재되어 있는 것일까?

　'과연 이번에도 이길 수 있을까?'

　나예린의 눈에도 위지천은 마치 전과는 다른 사람처럼 보였다. 그동안 그녀들을 졸졸 쫓아다니며 귀찮게 하던 사람이라고는 믿어지지 않는 무위(武威)를 선보이고 있었다. 그가 얼마나 강해졌는지 확실하게 보여 주고 있었다.

그리고 비류연에 대해서는 아직도, 여전히, 아무 것도 읽을 수가 없었다. 그렇기에 오히려 저 남자 앞에서는 당황하는지도 몰랐다. 그래도 한 가지 사실만은 알 수 있었다. 그것은 굳이 용안의 능력을 필요로 하는 것이 아니었다.

'순순하다는 것!'

그녀가 알 수 있는 건 그거 하나뿐이었다. 별로 인정하고 싶지는 않았지만…….

"무례하다! 어디서 감히 아는 체를 하는 것이냐?"

위지천이 버럭 소리를 질렀다. 그의 얼굴이 붉으락푸르락 변화무쌍해졌다. 이진설과 죽이 맞았는지 손을 마주 흔드는 비류연을 보며 위지천은 배알이 꼬이지 않을 수 없었다. 자신은 아직도 나예린 앞에만 서면 숨이 막혀 말도 제대로 나누지 못하는데, 이 눈 앞에 서 있는 자식이 서슴없이 그의 우상이자 여신(女神)을 부르는 게 아닌가.

게다가 그녀와 가장 절친한 두 사람 중 한 명이 손까지 흔들어 주니, 마치 그녀가 손을 흔들어 주는 듯한 착각이 들어 더욱더 질투심에 불타올랐다. 살기가 조금 전보다 족히 두 배는 짙어진 듯했다. 열심히 손을 흔들던 비류연이 손을 멈추고 위지천을 돌아보며 싱긋 웃었다.

"선배께서는 하류 잡배도 아니니 제 한 곡의 연주를 들어 줄 여유 정도는 있겠지요."

만일 내 연주를 방해하면 넌 하류 잡배나 다름없다는 이야기를 생글생글거리며 잘도 하는 비류연이었다. 위지천의 속을 뒤집는 소리가 아닐 수 없었다. 오장육부가 몽땅 자리를 바꾸려 하고 있었다.

"흥! 그따위 싸구려 연주를 들을 만큼 난 한가하지 않아!"

"호오! 제 금음이 무섭다는 이야기군요. 이런, 이런 불상사가……!"

애석하다는 투로 비류연이 말했다.

"누가 무섭다는 거냐?"

위지천이 버럭 고함을 쳤다.

"그렇지 않다면 한 곡 정도 들어 줄 여유 정도는 보여 줄 수 있지 않을까요? 아직 한 번도 제대로 연주하지 못해 좀 아쉬웠거든요. 저기 지켜보는 사람도 있는데 그 정도 아량은 발휘해야 하지 않을까요?"

사실 이번 삼성제 기간 동안 그의 묵금은 아직 한번도 악기로서의 역할을 제대로 해 내지 못하고 있었다. 비류연은 대답을 기다리지 않고 바닥에 털썩 주저앉더니 무릎 위에 묵금을 올려놓았다.

'그럼 본격적으로 가 볼까.'

비류연의 두 손이 금현 위에 머물렀다. 그리고는 현 위를 나는 듯이 움직이며 묵금(墨琴)을 연주하기 시작했다. 일단 저놈이 무슨 짓거리를 하는지 살펴보기로 한 위지천은 비류연의 금음에 흠칫 놀랐다. 아직 음공의 기색은 느껴지지 않았다. 하지만 위지천의 충격은 음공에 당한 것에 비할 바가 아니었다.

"이, 이 곡은……?"

그의 손이 자신도 모르게 부르르 떨리고 있었다.

"아니! 이 곡은! 설마……."

놀란 사람은 비단 위지천만이 아니었다. 좀처럼 놀라지 않는 나예린, 그녀조차도 비류연의 이 곡을 듣고는 놀라는 표정을 지었다. 그

걸 본 이진설이 기다리지 않고 한 마디 했다.

"우와! 언니도 놀랄 때가 다 있네요! 언니, 저 사람 보기보다 연주 실력이 훌륭한데요. 멋진 음률 아니에요?"

물론 뛰어난 실력이었다. 이 정도까지 금을 연주할 수 있다는 것은 범상한 실력이 아님을 말해 주고 있었다. 저기 저 위 심사 위원석의 홍란도 비류연이 지금 이 정도의 훌륭하고 아름다운 연주를 해 낼 수 있다는 사실에 경악하고 있지 않은가! 자신의 볼을 세차게 꼬집으며…….

하지만 그녀가 놀란 이유는 그런 것이 아니었다. 이 곡은 바로 그녀가 첫 입맞춤을 빼앗기던 그날, 그곳 운향정에서 자신이 연주했던 바로 그 곡이었기 때문이다.

"으으으으으!"

위지천은 입술을 피가 나도록 깨물고 있었다. 순간 정신을 놓쳐버릴 뻔했다. 어느새 비류연의 연주에 내공이 깃들었는지 그의 정신을 분탕질시켜 놓고 있었다. 비류연의 음률은 순식간에 그의 마음에 생긴 허점을 파고들어왔다.

어느새 자신도 모르는 사이에 온몸이 비류연의 음률에 영향을 받고 있었다. 머리가 어지럽고 정신이 혼란스러웠다. 심장이 미친 듯이 맥동하고 있었다. 당장 터져 버리지 않는 게 신기했다. 검을 쥔 손이 부들부들 떨렸다. 살기가 하늘을 꿰뚫을 듯 솟구쳐올랐다.

하지만 발을 움직일 수 없었다. 검을 휘두를 수도 없었다. 발은 바닥에서 떨어지지 않고 어깨는 돌이 된 듯 움직이지 않았다. 대기를 타고 흘러드는 비류연의 금음을 듣고 있자니 그날의 악몽이 눈 앞에 생생하게 되살아나는 듯했다. 그날의 치욕, 그날의 수치!

다가가는 남자, 마주치는 입술, 저항하지 않는 그녀. 무한한 질투심이 미칠 듯이 그의 마음 속에서 폭발해 온몸을 질주했다. 눈에 핏발이 가득 섰다. 그의 눈이 붉게 빛나기 시작했다. 허나 여전히 몸은 그물에 걸린 듯 움직일 수가 없었다.

"훌륭해요! 음문(音門)에 먹칠은 혼자서 다하고 다녔으면서, 저런 실력을 지니고 있었다니……."

비류연의 연주를 본 홍란의 평가였다. 그녀 역시 얼떨떨하기는 마찬가지였다.

"맞소. 매우 훌륭한 연주구려!"

문일기도 홍란의 감탄에 맞장구를 쳐 주었다. 지금의 그는 그 동안 홍란의 속을 태운 사람이 바로 비류연이라고 생각하기 힘든 모습이었다.

"아니에요! 제가 훌륭하다고 말하는 것은 그의 연주가, 상대의 빈틈을 완전히 파고들어가 심령(心靈)에 영향을 끼치기 시작했다는 것이에요. 보세요!"

홍란의 가녀린 섬섬옥수의 끝이 위지천을 가리켰다.

"보라는 건 제 손가락이 아니라 저 위지천이란 아이예요!"

문일기가 정신없이 그녀의 손가락 끝을 쳐다보고 있자 얼굴이 붉어진 홍란이 소리를 빽 지른 것이었다.

"험험! 예쁜 손가락이오! 험험……."

연방 헛기침을 터뜨리며 문일기는 아쉬운 마음을 접고 자신의 시선을 위지천에게로 보냈다.

"지금 온몸이 사시나무 떨 듯 떨리고 눈이 붉게 충혈되어 있는데, 정작 몸은 움직이질 못하고 있죠! 저게 바로 음률이 완전히 심령(心靈)의 지배권 안에 들어갔단 증거예요! 그래서 지금 움직이고 싶어도 움직일 수 없는 것이죠."

"호오? 과연! 듣고 보니 그렇소이다."

신기하다는 듯 문일기가 위지천을 쳐다보았다. 과연 살기는 솟구치고 투지도 엄청난데 두 기운이 제멋대로 뒤섞이고 온몸은 사시나무 떨 듯 떨리고 있었다.

"헌데 좀 이상한 점이 있어요!"

"뭐가 말이오?"

검(劍)으로는 이미 일가를 이룬 그였지만 음공에 대해서는 문외한이었다.

"너무 쉽게 당했어요. 저 위지천이라는 아인 그래도 구룡의 일인에 검강(劍剛)까지 구사할 정도의 실력을 지녔으면서도 너무 쉽게, 그리고 빠르게 음률에 당했어요. 저 아이 정도 실력이면 충분히 저항하거나 했을 텐데……."

"그렇다면 생각할 수 있는 것은 단 한 가지. 비류연은 저 위지천에게 상당히 큰 정신적 충격을 가한 다음, 그로 인해 그의 내부에 발생한 마음의 빈틈을 완벽하게 찌르고 들어간 것이지요. 그래서 위지천이 단번에 넘어간 거죠."

"으음……. 저놈이 그냥 두발 불량자인 줄만 알았는데 그래도 한 가닥 하는 구석이 있었던 모양이오!"

설명을 들은 문일기도 내심 감탄할 수밖에 없었다.

"음률에 조예가 좀 있는 줄은 알았지만 솔직히 저 정도 수준일 거라고는……, 게다가 저 애는 음공을 익힌 지 아직 반 년밖에 안 되었어요."

"뭐요? 홍매! 그게 사실이오?"

이번엔 문일기도 정말 깜짝 놀랐다. 아무리 그가 음공에 대해서 문외한이라 하더라도 음공이 제대로 된 경지에 들어서기엔 반 년 가지고는 턱도 없다는 사실을 잘 알고 있었다.

"흥! 누가 당신의 홍매란 말이에요?"

혼란의 와중에 은근슬쩍 흘린 말을 용케 놓치지 않은 홍란이 바락 소리를 질렀다.

"어? 눈치챘소? 빈틈이 없구료, 홍매!"

이젠 아예 대놓고 시위하는 문일기였다. 안 그래도 비류연 때문에 골치 아픈데 두통거리를 하나 더 보태 주는 문일기가 곱게 보일 리 없었다.

"홍매가 아니라니깐요! 나잇살 먹은 양반이 참 부끄러움도 모르고……."

더 이상의 입씨름으로 심력을 소모하고 싶지 않은 홍란은 얼른 화제를 바꾸었다.

"결론은 두 가지밖에 없어요! 실력을 숨긴 고수이거나……, 별로 확률은 없지만 천재이거나. 둘 다 말이 안 되긴 마찬가지죠, 휴우."

그 동안 비류연이 수업 시간에 저지른 행동이 주마등처럼 스쳐 지나가자 한숨이 절로 나왔다.

"고수라는 사실은 거의 말이 안 되니, 그렇다면……. 인정하긴 싫지만 천재란 말이오?"

문일기의 인상이 금세 찌푸려졌다.

"인정하기 싫은데……."

"동감이에요!"

오랜만에 의견이 일치하는 두 사람이었다. 현실에 등 떠밀려 눈 앞의 실력은 인정하지만, 그 외의 가정에는 절대 인정할 수 없다는 투였다. 두 사람이 의견 개진을 핑계로 옥신각신하고 있을 때도 비류연의 연주는 계속되고 있었다.

무주공산 어부지리

비류연이 연주하는 곡조는 서서히 절정으로 치닫고 있었다.
반면 당하는 입장인 위지천은 그 상황에서 빠져 나오려고
안간힘을 쓰고 있었지만 한 번 심마(心魔)에 빠진 이상
빠져 나오기가 용이하지 않았다.

　때문에 항상 주의를 기울여야 하는 것이다. 자칫 잘못하면 주화입마에 빠질 수 있는 위험이 도사리고 있기 때문이다.

　"팅!"

　위지천의 뇌리를 강타하는 탄현 소리와 함께 절정에 이르던 곡조가 순간 끊겼다. 다분히 의도적인 행동이 분명했다.

　"우웩!"

　곡조가 순간 끊기자 위지천은 피를 한 사발이나 토했다. 음률에 휩쓸려 가던 몸과 마음이 순간 끊어진 음에 적응하지 못하고 속이 진탕되어 피를 토한 것이다.

　허나 위지천에게는 그나마 여기서 끝난 게 다행이었다. 피를 한 사

발쯤 토하자 속이 시원해지고 머리가 맑아지는 느낌이었다. 비류연이 계속해서 자신의 음률을 이어 갔으면 종래에는 심마(心魔)에 빠지고 주화입마(走火入魔)에 들어 기혈(氣血)이 뒤엉켜 폐인(廢人)이 됐을지도 모르는 일이기 때문이다. 비류연이 손속에 사정을 둔 것이지만, 피를 한 사발이나 토한 위지천의 눈에 그런 게 보일 리 없었다.

몸이 제 상태로 돌아왔으니 이제 해야 할 일을 할 차례였다. 위지천은 무시무시하고 푸르스름한 검기(劍氣)를 내뿜으며 비류연을 향해 쇄도해 들어갔다. 조금 전 입은 내상 때문에 몸에 무리가 많이 가는 검강(劍剛)을 함부로 운용할 수 없는 상태였다.

'이런, 이런! 은혜도 모르고……'

내심 괘씸한 생각이 드는 비류연이었다. 사정없는 검기(劍氣)의 다발이 비류연의 온몸에 쇄도했다. 죽지 않으려면 몸을 빼야 했다. 살기가 무럭무럭 피어오르는 것이 비무대 위에서 쓰기엔 너무 사나운 검초였다.

"저런, 저런!"

생사를 가를 때나 쓰는 흉맹한 검초(劍招)가 위지천의 검 끝에서 줄줄이 뿜어져 나왔다. 목숨을 노리려는 살기가 듬뿍 담긴 검초들 일색(一色)이었다. 비류연도 그의 흉맹 무자비한 검망(劍網)에 감히 방심하지 못하고, 봉황무(鳳凰舞)를 이용해 피해내고 있었다. 탄금행(彈琴行)만으로 피하기에는 위지천의 검기가 너무 사나웠던 것이다.

"이거 괜찮겠습니까?"

검기(劍氣)의 사나움과 그 속에 담긴 살기를 읽은 문일기가 걱정이 앞섰는지 옆에 있던 염도에게 의견을 구했다. 이쯤에서 중지시키는 게 어떠냐는 물음이었다. 더 이상 진행되다가는 정말 피를 볼지 모르는 일이었다. 제대로 끝난다 해도 위지천의 징계는 피할 수 없을 듯했다.

"걱정 마시오! 저 정도에 죽을 녀석이 절대 아니니!"

걱정하지 말라는 투로 염도가 말했다. 문일기나 다른 무사부들의 걱정스런 얼굴과 다르게 그는 태연 작작하기만 했다.

'그래도 팔 하나쯤……, 상처 한두 개쯤이라도 입으면 좋을 텐데 말이야……'

염도는 잠시 자신의 소박한 꿈을 생각해 보았다. 저렇게 눈에 불을 켜고 달려들면 혹시라도 성공할지 모른다는 기대감이 살짝 들었다. 문제는…….

'너무 이성을 잃고 있군! 저래서야 어찌 제대로 된 일신공력을 발휘할 수 있겠나! 쯧…….'

역시 염도답게 현재 위지천의 문제점을 단번에 파악해내는 날카로운 지적이었다. 아무래도 하늘은 그의 자그마한 소망을 들어 줄 생각이 없는 것 같았다.

"그건 그렇고, 저 아이는 참 미꾸라지처럼 잘도 피하는군요. 아직 위지천의 사나운 검기가 한 번도 그의 몸을 상하게 하지 못했군요."

문득 한 가지 사실을 깨달은 문일기가 감탄성을 터뜨렸다. 그의 말대로 아직 위지천은 비류연의 몸에 약간의 손해도 입히지 못하고 제 풀에 지쳐 가고 있었다. 그답지 않게 이렇게 빨리, 쉽게 지치는 것을 보니 알게 모르게 음공에 당한 타격이 작지는 않은 모양이었다. 벌써 그의 이마에 식은땀이 송글송글 맺히고 있었다. 무리하게 진기를 운용시켰다는 증거였다.

"곧 결판이 날 것 같군요."

염도의 말이 끝나는 것과 동시에 위지천의 눈이 번뜩였다. 다시 한
번 그의 입에선 대갈성이 터져 나왔다.

"크아아아아! 선풍우뢰(旋風雨雷)!"

하늘에서 떨어지는 번개처럼 위지천의 검이 비류연을 향해 달려들
었다.

"흥!"

비류연이 가소롭다는 듯 코웃음을 쳤다. 동시에 손을 한 번 휘두르
자 펑하는 소리와 함께 기세 좋게 비류연을 향해 날아가던 검기는 허
공 중에서 소멸되어 버리고 말았다. 보이지 않는 막에 가로막히기라
도 한 것 같았다.

"크윽!"

위지천은 신음 소리를 흘렸다. 절대로 인정하고 싶지는 않지만 눈
앞에 있는 상대의 실력을 인정해야만 하는 것이다.

"겨우 그 정도 검기가 저한테 먹히리라고 기대하신 건 아니겠지요?
다음 순번이 준비되어 있는 걸로 아는데 제가 잘못 알았나요?"

"선풍참혼(旋風斬魂)!"

말이 끝나기도 전에 다시 한번 열여덟 줄기의 검기가 질풍처럼 검
끝에서 뻗어 나왔다. 이번에는 그로서도 최선을 다한 일격이었다. 그
러나 위지천의 이번 일격도 역부족인 듯했다. 비류연이 신형을 한 번
장난처럼 흔들자 위지천의 검기는 비류연의 옷자락 하나 건드리지
못하고 허무하게 날아갔다. 아무리 강력하다 해도 상대에게 일단은

맞아야 타격을 줄 수 있다. 아무리 위력이 있다 해도 목표에 맞지 않는 검기는 쓸모가 없었다.

"아직, 아직 멀었습니다. 좀 더 힘내세요."

적에게 응원당하고, 격려당하는 것만큼 수치스러운 일도 드물다. 얼마나 여유만만하면 상대에게 격려 전언을 흘리고 있겠는가.

"크으으으으!"

위지천은 너무 분해 뚜껑이 열릴 지경이었다. 이렇게까지 무시당해 본 적이 태어나서 한 번이라도 있었던가. 오기가 치솟아올랐다. 이번에야말로 죽든 말든 상관없이 비장의 절초를 사용하기로 결심했다. 한 번 사용하면 반드시 피를 부르는 검기이기에 비무 대회에서는 결코 사용하지 않던 살인기였다.

그러나 이미 눈이 뒤집힌 그에게 그런 게 보일 리도 없고, 거기까지 생각이 미칠 리도 없었다.

"받아라! 천풍마뢰참(天風魔雷斬)!"

"허엇! 위험하오! 저런 살초를……."

심사 위원들 중 청성파 출신의 강하윤이 깜짝 놀라 자리에서 벌떡 일어났다. 천풍마뢰참(天風魔雷斬)은 청성파의 비검인 선풍검법십이식(旋風劍法十二式) 중에서도 함부로 사용이 금지되어 있는 살초(殺招)였다.

설마 위지천씩이나 되는 사람이 비무 대회에서 저런 무지막지한 살초를 전개하리라고는 그도 미처 예측하지 못했던 것이다. 하지만 정작 당사자인 비류연은 무시무시한 살초 앞에서도 여유만만이었다.

"이래야 좀 재미있지!"

회오리 같은 무서운 검기가 위지천의 검 끝에서 뿜어져 나왔다. 섬뜩한 백색 검기가 비류연의 허리를 두 동강 낼 듯 쓸어왔다. 관전 중인 모두의 눈에 곧 비류연의 허리에서 뿜어져 나오는 피가 보이는 듯했다.

이런 무시무시한 검기(劍氣)를 눈 앞에 두고 비류연은 가장 무모한 선택을 했다. 모든 것을 베어버릴 듯한 검기에 대한 방패막이로 손에 들고 있던 묵금을 선택한 것이었다. 비류연은 묵금의 현이 달린 쪽을 바깥으로 하여 자신의 오른쪽에 우뚝 세웠다.

모두들 곧 두 동강 난 묵금과 함께 비류연의 허리도 피를 뿜을 거라고 생각했다. 위지천의 검기 앞을 막아선 묵금은 너무 초라해 보였던 것이다.

"쩌정!"

귀청이 찢기는 듯한 소리가 터져 나왔다. 나무로 만든 묵금과 백련정강(百鍊精鋼)으로 만든 검이 부딪치는 소리라고는 도저히 믿어지지 않는 소리였다. 관중 전체가 이 믿기지 않는 사실에 눈을 부릅떴다.

모두의 예상은 빗나갔다. 비류연의 뇌금(雷琴) 묵뢰(墨雷)는 당당하고 오연하게 흠집 하나 없이 위지천의 검기를 막아낸 것이다. 오히려 가소롭다는 듯 그의 검을 튕겨내기까지 했다. 반탄진력을 견디지 못한 위지천은 다섯 발자국이나 뒷걸음질쳐야 했다.

위지천은 이 놀랍고 한편으로 어이없는 반격에 기겁할 수밖에 없었다. 심장이 덜컹 내려앉는 듯한 충격이었다. 회심의 일격, 최후의 절초가 실패로 돌아간 것이다. 이제 더 이상 긁어 봐야 나올 것도 없었다.

"뇌령신공(雷靈神功)이 운기된 뇌령사(雷靈絲)는 어떠한 날카로움으로도 절대 끊을 수 없지요. 이제 놀이는 끝입니다."

동시에 비류연의 눈이 불꽃을 토했다. 묵금을 잡은 우수를 그냥 둔 채 비류연의 좌수가 앞으로 쭈욱 뻗어졌다.

"이제까지 제 연주를 들어 준 답례(答禮)와 작별 선물로 저의 마지막 연주를 들려 드리죠. 광휘(光輝)와 침묵(沈默)의 연주를……"

그의 입가에 걸린 미소가 더욱 짙어졌다. 바람에 그의 머리카락이 살짝 날리는 가운데 위지천은 자신을 오싹하게 전율시키는, 뇌광(雷光)처럼 번뜩이는 무언가를 본 듯한 느낌이 들었다. 삼성무제가 시작되고도, 그 동안 한 번도 뻗어 본 적이 없는 비류연의 왼손이 앞으로 쭉 뻗어 나왔다. 세 줄기 은빛 광선이 광시(光矢)처럼 그 안에서 뛰쳐 나왔다.

비뢰도(飛雷刀) 오의(奧義) 검기(劍氣)
풍운뢰명(風雲雷鳴)의 장(章)
뢰광류하곡(雷光流河曲)

류연의 손가락이 금을 연주하듯 은빛 현 위를 누볐다. 그의 손놀림에 따라 세 가닥의 은빛 섬광이 춤이라도 추듯 그의 몸 주위를 빙글빙글 돌며 지나간 후, 허공 중에 스며들 듯 사라졌다.

위지천은 도대체 자신의 눈 앞에서 무슨 일이 벌어지는지 알 수가 없었다.

"챙!"

먼저 무인의 생명이나 다름없는 검이 손아귀에서 떨어져 날아갔다. 뭔가 눈 앞에서 빛이 번쩍였을 뿐이었다. 이 의외의 사태에 본능적인 위험을 느낀 위지천은 신형을 날려 몸을 빼려 했다. 때론 무인의 본능만큼 믿음직한 친구도 없기 때문이다.

"헉!"

허나 그는 거미줄에 걸린 나비처럼 움직일 수가 없었다. 움직임이 무형의 밧줄에 묶이기라도 한 듯 몸을 움직일 수 없었던 것이다.

"크아아아아!"

봉쇄된 움직임을 느낀 그 순간 벼락 같은 충격이 전신을 때렸다. 하늘에 이는 벽력(霹靂)이 자신의 한 몸에 떨어지는 듯한 거대한 충격이었다. 어제 새로 해 입은 비단 무복이 수천 조각으로 찢겨져 나가고, 이윽고 피가 튀었다.

치사량에 이를 만큼 많은 피는 아니었지만 그의 온몸에는 거미줄 같은 상처가 종횡으로 그어져 있었고 그 상처들 사이로 조금씩 선혈이 흘러 나오고 있었다. 힘을 조절해 피부만 베어 버렸지만 이미 그의 눈은 생명을 잃은 듯 초점을 찾아볼 수 없었다. 마치 넋이 나간 사람처럼 비틀거리며 서 있는 게 고작이었다. 누가 봐도 승리의 행방은 분명했다.

"털썩!"

그의 무릎이 힘없이 굽혀졌다.

저편에서 여전히 미소짓고 있는 비류연의 모습이 그의 시야 가득히 들어왔다. 완벽한 패배였다.

"저…저, 저 무공은!"

관전석 제일 상석에서 관주 철권 마진가와 함께 관전 중이던 검존 공손일취가 자리에서 벌떡 일어나며 외쳤다. 수양이 깊기로 소문난 그답지 않게 그의 눈은 찢어질 듯 부릅떠져 있었다.

아무리 마음을 다스리려 했지만 떨림이 멎질 않았다. 그의 이런 갑작스런 행동에 놀란 무사부들은 눈만 멀뚱거린 채 그를 바라보기만 할 뿐이었다.

"원주님, 혹시 아는 기술입니까? 저도 오늘 처음 보는 무공이군요. 사문을 짐작할 수 없군요. 허허! 눈에 보이지 않을 만큼 빠른 속도로 적에게 타격을 주는 사검(絲劍)이라…….'

무슨 생각을 그리 골똘히 하는지 관주 마진가의 물음에도 공손일취는 금방 대답하지 않았다.

"뭔가 잘못 된 일이라도 있습니까, 원주님?"

입을 쩍 벌리며 비류연의 놀라운 일격을 지켜보던 관주 마진가가 그의 갑작스런 행동에 대해 물어 왔다. 천하에 그 어떤 것이 이 사람을 놀라게 했는지 궁금증이 치밀어올랐던 것이다.

"아, 아니외다. 이 늙은이가 잠시 착각을 한 것 같소이다, 관주. 허허 허허! 저 아이들의 비무를 보다 보니 갑자기 잊었던 옛 생각이 나서 말이오. 잠시 상념에 빠져 장소를 착각한 듯싶소이다."

"하하하! 원주님답지 않습니다. 착각이라니요. 그렇게 놀라신 걸 보니 나쁜 기억이었습니까?"

"나쁜 기억이라……. 허허허!"

슬쩍 웃어 보일 뿐 공손일취는 더 이상 말이 없었다. 이때 그의 눈이 심연보다 더 깊게 가라앉아 있었고, 가라앉은 두 눈은 현묘한 빛을 내뿜고 있었다.

나쁜 기억이라! 두 번 다시 기억하기 싫은 끔찍한 기억이지. 한낱 어린아이의 한 수에 묻어 두었던, 절대로 들추어내고 싶지 않은 옛 기억을 떠올리다니……. 정말 내가 잘못 본 것일까?

섣불리 판단할 수 있는 문제는 아니었다. 하지만 반드시 확인한 후 넘어가야 할 일이었다.

"비류연! 승(勝)!"

심판관의 판정과 함께 비류연의 최종 승리가 확정되었다. 이리하여 천무삼성무제 삼성대전 우승의 영광은 비류연에게로 돌아갔다. 그 어느 누구도 예기치 못한 승리였다.

"이야호! 정말 이겼어!"

"사형 만세! 이게 꿈은 아니겠지?"

기쁨의 함성이 터져 나온 곳은 비류연에게 돈을 걸었던 주작단원들과 그의 몇 안 되는 친구인 효룡과 장홍이었다.

"아아! 좀 무리했나?"

비무대 위에서 내려온 비류연이 몸을 비비꼬며 투덜거렸다.

"사형! 수고하셨습니다."

비류연이 비무대 위에서 내려오자 모두 우르르 몰려든 이는 주작단원들이었다. 진심으로 비류연의 우승을 기뻐해 줄 만큼 그들은 기쁨에 들떠 있었다.

"역시 무리했나 봐! 몸이 찌뿌둥한걸!"

"그렇게 치열한 격전을 치렀으니 당연하지요! 수고하셨습니다."

웃으며 수건을 건네 주는 남궁상의 말이었다. 헌데 비류연은 그런 남궁상을 이상하다는 듯 쳐다보았다.

"무슨 소리야? 내 얘긴 그런 얘기가 아니야! 역시 힘을 약하게 조절해 손속에 사정을 두려고만 하면 몸에 부담이 간단 말씀이야. 근육도 뭉치고……. 역시 죽이지 않고 이기기란 무척 어렵다니까!"

쉬지 않고 계속해서 투덜투덜대는 비류연이었다. 투정도 남들이 들었으면 당장에 졸도할 이야기들뿐이었다. 듣고 있던 주작단원들의 눈이 동그랗게 떠졌다. 그냥은 도저히 믿어지지 않는 이야기였다.

"후훗! 어쨌든 이겼으니 약속은 지킨 건가?"

나예린을 생각하자 절로 부드러운 미소가 지어지는 비류연이었다.

삼성무제 종합 우승은 누구에게 돌아갈 것인가, 하는 문제는 언제나 매번 천무학관 전체의 초미의 관심사였다

하지만 올해는 누구도 이것에 관심을 가지지 않았다.

텅 빈 비무대 위는 말 많고 탈 많았던 비류연이 홀로 서 있었다. 종합 결승전인데도 불구하고 그의 상대는 없었다. 이번 삼성제 최대 이변 중 하나였던 도성전은 무승부로 인해 우승자를 확정짓지 못했다. 검후전 또한 마찬가지로 우승자를 가리지 못했다.

게다가 매번 언제나 거의 변함없이 종합 우승을 차지하던 검성전의 우승자도 무승부로 인해 결정되지 못했다. 게다가 모용휘와 청혼

두 명 다 그때 입은 상처 때문에 아직 요양 중에 있었다.

우승자가 갈린 곳은 오직 한 곳 삼성대전뿐이었다. 해서 이번 종합 결승전의 참가자는 삼성대전의 우승자인 비류연밖에 없었다. 종합 결승전 출전 자격을 지닌 이가 오직 비류연 한 명밖에 없는 희한한 일이 발생한 것이다. 운영회 측도 이 의외의 사태에 고민에 고민을 거듭했지만, 별다른 뾰족한 방법이 생길 리 없었다. 할 수 없이 종합 우승의 영광을 비류연에게 돌리는 수밖에 없었다. 비류연의 입장에 선 거저먹는 것이나 다름없는 일이었다.

그러니 아무도 이곳에 관심을 가질 리가 없었다. 비류연에게 천무 삼성무제 종합 우승의 영광이 돌아갈 자격이 있다고 생각하는 사람 은 극소수에 불과했다.

지금도 비류연 홀로 비무대 위에 서 있지만, 아무도 올라올 사람이 없다는 것은 몇 안 되는 관중들도 모두 알고 있었다. 지금 비류연이 올라가 있는 이유도 조금 있으면 시작될 시상식 때문이었다. 세인들 의 눈에 비류연이 마치 어부지리를 얻은 운수대통한 놈으로 비쳤을 것은 자명한 일이었다. 혹은 날도둑놈처럼 보였을 것이다.

이런 이유로 젊은 구대 문파의 대표 구정회(九正會)와 젊은 군소방 파와 팔대세가의 대표인 군웅팔가회(群雄八家會)! 천무학관 내에서 가장 강력한 세력을 가진 두 집단의 자존심을 건 이번 승부는 그 어 느 누구의 승리도 아닌 무승부로 돌아가고 말았다. 도저히 승부를 가 릴 수가 없었던 것이다.

이번에야말로 반드시 우승하여 구대 문파라 뻐기는 녀석들의 콧대 를 뭉개 주겠다던 군웅팔가회의 야욕은 수포로 돌아갔고, 이번에도 이겨 군웅팔가회의 희망을 와드득 꺾어 놓겠다던 구정회의 야망 또한 빛을 보지 못한 채 어둠 속에 묻히고야 말았다.

쌍방 모두에게 타격을 입힌 검성전의 무승부, 그리고 도성전과 검후전의 무승부! 그리고 모두들 어처구니없어했던 천무학관 삼성제 최대 이변인 삼성대전의 우승자이자 종합 최종 우승자인 비류연! 그는 어디에도 속하지 않는 인물이었다.

이번 삼성제는 결국 어느 누구의 승리도 아니면서 동시에, 어처구니없는 제3자 녀석에게 영광을 안겨 준 채 끝나고 말았던 것이다. 서로 내심 칼을 갈고 있던 두 집단에게는 어이없을 정도로 허무한 일이었다.

무주공산(無主空山) 어부지리(漁父之利)! 모두의 머릿속에 떠오르는 두 개의 옛말들이었다.

에필로그

"어때요?"
비류연이 생글생글 웃으며 물었다.
이 질문에 대답해야 할 사람은 그의 눈 앞에 서 있는,
여전히 바라보는 사람을 황홀하게 만드는 독특한 마력을 지닌
절세의 미소저(美少姐) 나예린이었다.

"……."

처음에 그녀는 비류연의 질문에 선뜻 대답할 수 없었다. 솔직히 설마 그가 이 정도까지 해 내리라고는 기대하지 않았던 것이다. 그런데 설마 진짜로 삼성무제에서 우승할 줄 그 누가 짐작했겠는가!

"대답이 없네요……."

약간 풀이 죽은 목소리로 비류연이 말했다. 그러나 여기서 기죽는다면 그는 이미 비류연이 아니었다.

"제 말대로 됐죠? 제가 이겼죠?"

"예!"

그녀가 조용히 대답했다. 역시 그녀의 목소리는 언제 들어도 기분이 좋았다. 천상의 음악, 천음(天音)도 여기에 비할 바가 못 되었다.

"솔직히 의외였어요. 정말 그대의 말 그대로 될 줄은 기대하지 않았었죠."

"솔직한 대답이네요."

비류연이 생긋 웃었다.

"……."

"그럼 이제 사과해 주시겠죠?"

어린아이가 보채는 것처럼 비류연이 말했다.

"무엇을 말인가요?"

"제가 검후처에 든 범인이라고 의심했던 점에 대해서 말이죠."

당연하다는 듯한 당당한 태도였다. 이런 가증스러운 놈을 보았나!

그래도 제딴에는 정직하게 백향관 침입자라는 말은 쏙 빼고 검후처 침입자라는 말만 내뱉었다. 사실 백향관은 몰라도 검후처에 침입한 것은 그가 아니었다.

"미안해요! 제가 성급했으니 사과드리죠."

역시 미심쩍긴 했지만, 그녀는 일단 사과했다. 자신이 내놓은 터무니없는 약속을 비류연은 완벽하게(?) 수행한 것이다. 약속은 약속이었다.

"그럼 사과 선물은요?"

기다렸다는 듯 말하는 비류연이었다.

"예?"

그게 무슨 소리냐는 표정으로 그녀가 비류연을 쳐다보았다. 그런데 어느새 비류연은 그녀 바로 코 앞에 다가와 있었다.

'또 읽지 못했어……'

역시 착각이 아니었다. 이번에도 마찬가지였다. 이렇게 가까운 거리에 있는데도 그의 손이 그녀의 가녀린 진주보다 더 희고 고운 손목을 잡고 있는데도, 신체적 접촉이 있는데도 불구하고 아무 것도 읽을 수 없었다. 한편으론 불안하기도 했지만 또 한편으론 차라리 마음이 편하기도 했다.

비류연의 입술이 그녀의 입술과 맞닿았다. 이번에도 허락받지 않은 도둑질이었다. 역시 첫 번째보다는 못하지만 뇌전 직격타 같은 전율이 전신을 타고 흘렀다. 감미로웠다. 저번에 너무 정신이 새하얘져 잘 느끼지 못했지만 이번엔 그런 데로 정신이 온전히 붙어 있었던 관계로 그 황홀한 느낌을 잘 느낄 수 있었다.

웬일인지 그녀는 저항하지 않았다. 영겁의 시간이 흐른 후 비류연의 입술이 나예린의 입술로부터 떨어져 나왔다. 만일 알려진다면 다시 한번 수많은 남자들의 심장을 찢어놓을 일대 사건이었다.

"채앵!"

예고도 없이 다시 한번 나예린의 검이 은빛 섬광을 뿜었다. 그러나…….

"이번에도 성공하지 못했군요."

방비를 하고 있었던가? 그녀의 눈이 묘하게 빛났다. 이번엔 옷자락 하나 베지 못했다.

"전 성공했어요!"

여전히 천진난만한 미소를 지은 채 태연하게 말하는 비류연이었다. 많은 이들이 가증스럽다고 말할 그런 미소가 그의 얼굴에 활짝 피었다.

"사과의 대가는 치른 것 같군요. 그럼 실례했어요!"

여전히 감정의 편린이 느껴지지 않는 그녀의 말이었다. 이런 면에서는 비류연도 좀 실망이었다. 좀더 웃는 얼굴을 보고 싶었는데……. 아직도 전혀 감정이 느껴지지 않는 얼굴이었다. 좀더 풍부한 감정이 깃든다면 이 세상 그 어느 것보다 아름다울 텐데……. 비류연은 그점이 애석하기 그지없었다. 그녀가 등을 돌려 그에게로부터 멀어져 갔다.

"다음에 또 봐요!"

손을 흔들며 큰 소리로 외치는 비류연의 목소리를 그녀는 애써 무시했다.

"내가 이겼구만!"

금영호가 흡족한 표정을 지으며 말했다. 승자의 미소가 그의 얼굴에 어렸다. 반대로 기환검 도광서의 얼굴엔 패배자의 짙은 그림자가 드리워졌다.

"크으으으, 내가 졌다."

상대는 순순히 패배를 인정했다. 역시 자신의 눈과 판단은 정확했다. 도광서는 현재 죽을 상을 하고 풀이 죽은 채 서 있었다.

"어떻게 알았나?"

상대가 도저히 알 수 없다는 투로 도광서가 물었다.

"뭘 말인가?"

"어떻게 그 애송이의 우승을 예측할 수 있었나? 아무런 근거도 없었을 텐데."

그 점이 도광서로서는 가장 이해가 가지 않는 부분이었다. 찍었다고 하기엔 뭔가 석연치 않은 구석이 있었다.

"허허허, 자네가 없다고 남들도 없겠나? 그렇게 생각한다면 자넨 큰 착각을 한 것일세. 항상 도박은 한 끝 차이지. 그 한 끝이 나한테는 있었고 자네한테는 없었던 거야. 해서 내가 이긴 거지. 더 이상 알려 하지 말게. 도박사에겐 누구나 남에게 알려 주지 않는 비장의 한 수가 있게 마련이지. 그걸 묻는 건 크나큰 결례가 아니겠나. 금기(禁忌)란 말일세. 자네가 모를 리가 없을 텐데."

'게다가 바보나 그런 걸 묻는 거라네.' 라고 속으로 한 마디 더 덧붙여 주었다.

'거기엔 아주 끔찍한 이야기가 숨어 있거든.'

그 이야긴 절대 타인에겐 숨겨야 하는 극비 사항이었다. 승자인 금영호의 두툼한 얼굴에 웃음꽃이 활짝 피었다.

"아직 내 실력이 녹슬지 않은 모양이군. 약속은 지키겠지?"

도광서의 얼굴이 쓰다 버린 휴지 조각처럼 구겨졌다. 남아일언중천금, 내키지 않지만 어쩔 수 없었다. 앞으로 어떻게 청룡단 단원들한테 고개를 든단 말인가? 생각할수록 참담하기만 할 뿐이다.

"왜 그렇게 미적대나? 너무 뻣뻣한 것 같군. 그래, 설마 몇 달 지났다고 벌써 내기를 잊은 건 아니겠지?"

불만스런 목소리로 금영호가 말했다. 약속은 약속! 내기는 내기! 얼른 지켜라, 그런 뜻이었다. 참을 수 없는 수치심이 가슴 속에 가득 차올랐다. 도광서는 이를 악물었다.

"본인 청룡단 소속 도광서는 나의 미천한 안목이 주작단의 금영호 공자보다 못함을 인정하며 절을 드리는 바이오!"

이렇게 외치며 그는 이마를 바닥에 세 번 조아리고 아홉 번 절했다. 차라리 죽고 싶은 심정이었다. 반대로 절을 받는 금영호는 이겼다는 승리의 희열감에 천상에라도 오를 듯한 기분이었다.

금영호의 손에 배당금이 두둑이 쌓였다. 비류연의 우승을 예측한 사람은 그 이외에 세 명밖에 없었다. 더구나 배당금이 좀 갈라져 아쉽기는 했지만, 내기에 건 액수가 다른 3인에 비할 수 없이 많은 관계로 그에게 돌아가는 배당금 또한 가장 많았다. 모험을 하며 건 돈이 십수 배로 튕겨 돌아온 것이다. 소위 말하는 대박을 터뜨린 것이다.

게다가 도광서와의 내기로 삼고구배와는 별도로 얻은 남창제일루의 화려한 저녁 식사마저 함께 주어졌다. 남창제일루(南昌第一樓)라는 이름 그대로 그곳은 일반인들 기준으론 눈 돌아갈 만큼 비싼 곳이었다. 그 돈이 모두 고스란히 금영호의 손으로 들어온 것이다. 횡재가 따로 없었다.

"캬아! 이때를 위해서 내기를 한단 말이야!"

손이 묵직할 정도의 최고액 배당금을 받는 순간은 언제나 짜릿짜릿한 쾌감이 온몸 구석구석을 누빈다. 최고의 손맛이었다.

이겼다. 주머니도 두둑했다. 청룡단 도광서 녀석의 풀 죽은 모습도 봤다. 단원들이 모여 있는 방으로 돌아가는 금영호의 발걸음은 가볍고 경쾌할 수밖에 없었다. 가슴 뿌듯한 행복을 만끽하고 있던 금영호는 너무나 행복에 취해 모종의 불행이 자신을 노리며 달려들고 있다는 사실을 미처 알아차리지 못했다. 그렇다고 그의 부주의를 탓하기엔 이번 불행은 너무나 불가항력이었다.

"어어! 기분이 좋아 보이는데요? 그런데 손에 들린 게 참 무거워 보이네요? 좀 들어 줄까요?"

"아니, 괜차… 컥! 켁! 크헉!"

등 뒤에서 밝고 명랑한 목소리가 들려오자 무의식중에 활짝 웃으며 응대해 주던 금영호의 얼굴이 금세 사신(死神)과 조우한 사람처럼 사색이 되었다.

"아니, 왜 그러나요? 누가 보면 경기 든 사람인 줄 알겠네요?"

싱글벙글 웃는 비류연의 얼굴이 금영호의 눈에 마치 악마(惡魔)처럼 보였다. 비류연의 손가락이 금영호가 등 뒤에 감추려고 노력하는 중인 묵직한 상금 주머니를 가리켰다.

"누구 때문이죠?"

비류연의 얼굴에 맺힌 생글생글한 미소가 점점 짙어졌다. 이런 때는 절대 딴 마음을 품거나 허튼짓을 궁리하고 있으면 안 된다. 평소의 하대(下對)가 공대(恭對)로 바뀔 때가 일종의 위험 신호인 것을 금영호도 잘 알고 있었다.

"무슨 말씀이신지?"

하지만 금영호는 용기(勇氣)를 내어 모험을 감행했다. 여기서 아무런 시도도 없이 포기하기엔 손에 쥔 게 너무 아까웠다. 비류연의 입가에 걸린 미소가 조금 더 진해졌다.

"어라? 정말 몰라요? 그럼 섭섭하죠. 할 수 없이 수고스럽지만 제가 상기시켜 드려야겠군요. 이번 내기에 이긴 건 누구 때문이죠? 설마 잊은 건 아니겠죠?"

금영호의 눈 앞이 암담해졌다. 가슴이 철렁해졌다. 대사형은 다 알고 이곳에 온 것이다. 아아! 대사형의 다음 행동을 뻔하게 예측할 수 있는 자신이 미웠다.

　"잊다니요! 그거야 물론 영민하시고 자랑스러우신 대사형 덕분 아닙니까. 제가 어찌 감히 대사형의 은덕을 잊을 수 있단 말입니까? 꿈속에서조차도 잊어 본 적이 없는 것을……, 그거야말로 언어도단(言語道斷)이지요. 하하하……."

　금영호의 아부는 이제 신의 경지에 다다른 모양이다. 양심마저 팔아넘긴 대가인지, 아니면 생명이 경각에 달렸을 때 뿜어져 나온다는 미지(未知)의 힘 덕분인지, 그의 혀가 매끄럽게 잘 돌아갔다. 하지만 그의 웃음엔 힘이 없었다.

　"내가 열심히 온몸으로 뛰어다니며 얻은 승리가 확실하지요?"

　"물론입니다."

　속으로야 입이 댓자나 튀어나왔지만 약자의 서러움은 어쩔 수 없었다.

　"그럼 당연히 수고비가 있겠죠? 없다면 그것이야말로 후안무치한 행동이 아닐까요?"

　"물론입니다. 어찌 없을 수가 있겠습니까?"

　속으로는 피눈물을 흘릴지언정 그는 억지로라도 웃으며 이렇게 말할 수밖에 없었다. 왜 생명에 여벌이 없는 것일까? 생각만 해도 아쉽기 그지없었다.

　"전, 사제의 마음 씀씀이를 기대하겠어요!"

　기대에 못 미칠 시엔 어찌어찌해 버리겠다는 구차한 말은 하지 않왔다. 잘 알고 있을 것이기 때문이다. 경험은 때론 하지 않은 말도 척척 알아들을 수 있는 능력을 보여 주기도 하기 때문이다.

'크흐흐흐흑!

금영호는 심장이 찢어지는 마음으로 피눈물을 흘리며, 배당금의 2분의 1 이상을 비류연에게 고스란히 갖다 바쳐야만 했다. 3분의 1만 내놓았을 때, 자신을 향해 짙게 미소짓던 비류연의 눈빛을 도저히 거역할 수 없었기 때문이다. 비류연, 그가 수고비 명목으로 수거해 간 돈은 금영호가 땅을 치며 통곡할 정도로 비통한 마음을 감출 수 없었을 만큼 어마어마한 돈이었다.

안목품평회(眼目品評會)!

돈을 갈퀴로 긁어모을 수 있는 이런 절호의 기회를 비류연이 놓칠 리가 없었다. 그날 사실 금영호가 염도를 만난 이유도, 염도가 비류연의 심부름으로 내기 돈을 걸러 갔기 때문이었다. 물론 자기 자신의 이름 앞으로였다. 때문에 금영호랑 만난 이야기가 모두 비류연의 귀에 흘러 들어가고 만 것이다.

염도가 돌아와 무심결에 금영호와 만난 사실을 비류연 앞에서 몽땅 이야기했기 때문이다. 비류연이 전후 사정을 파악하는 데는 그 정도 이야기면 충분했다. 그리고는 여태껏 잠자코 있다가 최후의 순간에 가서 마수(魔手)를 뻗친 것이다. 이리하여 주작단원들은 배보다 배꼽이 큰 개평(속된 말로 삥이라고도 한다)을 뜯길 수밖에 없었다.

돌아가는 발걸음 하나하나가 마치 천 근 만 근 같은 금영호에 비해 돌아오는 비류연의 발걸음은 새의 깃털보다 더 가볍고 날아갈 듯 경쾌했다.

그로부터 한 달 후!

이제 가을도 무르익을 대로 무르익어 낙엽과 함께 스러지려 하고 있었다. 허나 아직도 생기가 넘치다 못해 폭발하는 곳이 있었다. 그곳은 바로 천무학관 남쪽에 위치한 주작단 전용 연무장이었다.

"쾅!"

"커억!"

노학의 몸이 4, 5장 밖으로 날아가 땅바닥에 내동댕이쳐졌다. 게다가 아직도 힘의 여파가 남았는지 노학은 서너 바퀴 더 굴러가며 연무장 바닥을 청소해야 했다.

"다음!"

염도는 큰 소리로 외쳤다. 그의 온몸으로 뜨거운 열기가 넘실거렸다. 마주 대하기 두려울 정도로 무시무시한 기세였다.

"옙!"

다음 차례로 검을 뽑아든 이는 유운검 운룡(雲龍) 현운이었다. 그의 검은 혹독한 수련 속에서 날이 갈수록 깊이를 더해 가고 있었다. 이제 단 일합(一合)에 날아가거나 하는 꼴사나운 일은 없었다.

염도(焰刀)의 도와 현운의 검이 한데 어우러지며 푸른 검광과 붉은 도광의 멋진 춤사위를 그려냈다. 이젠 제법 잘 버티는 현운이었다. 예전처럼 허둥지둥 막는 데 급급한 추태는 보이지 않았다.

"많이 늘었구나! 제법이다."

격전 중에도 아무렇지도 않은 듯 현운을 칭찬하는 여유를 부리는 염도였다.

"예! 감…, 사합니다."

청운은 힘겹게 대답했다. 지금은 염도의 도기를 막는 데 정신을 집중하는 것만으로도 벅찼다.

"허나 여기가 비었어!"

염도의 애도 홍염(紅焰)이 청운의 옆구리를 쇄도해 들어갔다. '아차' 하는 심정으로 현운이 검을 틀어 옆구리를 막았다. 젊은 나이에 허리가 양분되는 것은 사양이었다.

"콰쾅!"

막긴 막았으되 힘이 모자랐다. 시기 또한 적절하지 못하여 반 초정도 늦었다. 결과는 참혹했다. 현운 역시 실 끊어진 연처럼 4장 밖으로 날아가 바닥을 쓸며 처박혔다. 그래도 노학보다는 몇 수 재간이 나은지 신형을 바로잡으려는 시도까지 보여 주었다. 거의 소용이 없었지만…….

"다음!"

염도가 다시 외쳤다.

"예! 잘 부탁드립니다."

이번에 나선 이는 뇌전검룡이라 불리며 남궁상이라는 이름을 떨치는 이였다.

"방심하지 마라. 죽을힘을 다해라. 이제 연말이 얼마 남지 않았다. 삼성제도 이미 끝났다. 이제 남은 건 빙검(氷劍) 자식의 청룡단과 한판 붙는 것뿐이다. 지는 건 용납되지 않는다. 무조건 이긴다. 알겠느냐?"

대갈성을 터뜨리며 포효하듯 염도가 기염을 토했다. 손 끝에서부터 머리카락 끝까지 전율시키는 거센 기파(氣波)가 느껴졌다.

"예! 노사님!"

"와라!"

염도가 외쳤다. 남궁상은 새하얀 백광의 검기를 뿌리며 염도에게 쇄도해 들어갔다. 다시 한번 검무(劍舞)와 도무(刀舞)가 한데 어우러졌다. 그들은 지금 진심이었고, 아무도 이들을 막을 수 없었다.

삼성무제가 끝난 뒤, 벌써 한 달!

염도는 더욱더 주작단의 수련에 박차를 가하고 있었고 수련은 혹독해져 가고 있었다. 그 와중에 끼인 윤준호만이 죽을 지경이었다. 그는 이번에도 수련이 반도 지나기 전에 기절한 채 저 한쪽 구석에 널브러져 있었다. 이만큼 버틴 것만 해도 그로서는 장족의 발전이었다. 웬만한 날고 긴다는 1학년생들도 이들의 수련에 동참한다면 시작하자마자 반 시진(약 1시간)이 되기 전에 기절해 버릴 것이다. 그것을 윤준호는 벌써 한 시진(약 2시간) 가까이나 버틴 다음 기절한 것이다. 그러나 자기 코가 석자인 입장에서 아무도 그에게 신경 쓸 여유가 없었다. 청룡단과의 결전. 이제 정말로 얼마 남지 않았다.

효룡도 스파이로서의 임무를 다해야 한다. 우선 적을 알고 나를 알아야 하니 적을 알아보는 것 또한 훈련만큼이나 중요했다. 효룡은 자신의 눈 앞에 부복해 있는 한 복면인을 바라보았다. 꼭 위험을 무릅쓰면서까지 존재를 드러내며 이렇듯 깍듯이 인사할 필요는 없는데 복면인 무흔(無痕) 일호(一號)는 막무가내였다. 이것만은 굽힐 수 없다는 게 그의 주장이다. 다른 사람은 몰라도, 무흔 일호에게는 함부로 대할 수 없는 입장인지라 어쩔 수 없이 효룡은 매번 무흔 일호의 하례(下禮)를 받아야 했다.

"아직 알아내지 못했다고요?"

효룡이 의아한 듯 물었다. 무흔각(無痕閣)의 정보 조직을 가지고도 아직 못 알아내는 정보가 있단 말인가?

"예! 죄송합니다. 아무리 찾아 봐도 오리무중입니다."

일호는 죄송한 듯 고개를 푹 숙였다. 일호는 돌아가면 아랫것들을 좀 족쳐야 되겠다고 내심 결심했다. 아무래도 요즘 각(閣)의 기강이 해이해진 것 같았다.

"그렇게나 은밀한 문파란 말인가?"

이해할 수 없다는 듯 효룡이 고개를 좌우로 가로저었다. 효룡이 일호에게 부탁했던 것은 비류연의 출신 사문에 관한 전반적인 조사였다. 그런데 돌아온 대답이 '불명(不明)'이라는 한 단어였다. 좀처럼 드문 일이었다. 현재까지 지켜본 초식만으로는 도저히 사문을 짐작할 수가 없었다. 그렇다고 정보가 많은 것도 아니었다. 비류연은 자신의 사문 관계에 관해서는 좀체 말을 하지 않았다. 계획과 다르게 좀 더 시간을 들여야 될 것 같았다.

"그럼 우선 삼절검 청흔과 칠절신검 모용휘에 대한 조사에 신경을 써 주세요. 특히 두 사람은 가능성이 높은 인물이니 주의해서 되도록 많은 정보를 수집하세요."

"예! 알겠습니다."

"아! 그리고……."

갑자기 생각난 듯 효룡이 일호를 불러 세웠다.

"하명하십시오."

일호가 깍듯이 대답했다.

"일단 위의 세 사람에게 전력을 집중하되 덤으로 장홍이란 사람에 대한 정보도 모아 줘요."

일단 장홍에 대해서도 알아두어야 했다.

"존명!"

"그리고 청혼과 모용휘! 그 둘은 다른 어떤 사람들보다 우선한다는 것 명심하세요. 때가 다가오고 있습니다."

"명심하겠습니다."

효룡이 떠나라는 신호를 보내자 무흔 일호의 몸은 밤의 어둠 속에 녹아들 듯 스르륵 사라졌다. 언제나 감탄이 나올 만큼 깔끔한 솜씨였다.

"휴우!"

한숨을 내쉬며 효룡은 밤하늘에 걸린 달을 바라보았다. 그의 마음을 아는지 모르는지 달은 여전히 밝기만 했다. 밤이 깊어 갔다.

〈『비뢰도』 6권에서 계속〉

검류혼 장편 신무협판타지 소설

飛雷刀

01.8 쁼리슈

비류연과 그 일당들의 좌담회

비류연 : 안녕하세요, 독자 여러분! 드디어, 드디어, 제가 여러분과
　　　　다시 만나게 되었습니다.

효　룡 : 아아! 정말 긴 시간이었지…….

장　홍 : 아암! 길고도 길었지. 작가의 무책임, 방임, 방관에 의해
　　　　내팽개쳐졌던 비뢰도 제5권이 겨우 빛을 보게 되었습니
　　　　다.

비류연 : 그렇습니다. 기적 같은 일이죠.

효룡 & 장홍 : 맞아! 맞아!

비류연 : 그런데 작가의 날림 정신이 투철하게 발휘된 관계로 5권
　　　　에 불만이 많습니다.

효　룡 : 자넨 또 뭐가 불만인가? 나야 이번 권은 특히 출현 횟수가 적어 엑스트라로 강등되는 게 아닌가 하는 심정이지만……. 이놈의 작가! 다음에 만나면 가만 두지 않겠어!

장　홍 : 이런, 이런! 효룡 군! 자넨 그래도 나은 편일세. 날 보게, 내 비중은 이번엔 아예 잡혀 있지도 않더군. 자넨 그래도 한 장면이나마 에필로그에서 강렬하게 등장했지 않나. 출현 횟수가 중요한 게 아니라 짧더라도 강렬하게 나오는 게 중요하다네. 임팩트(Impact)! 알겠나? 임팩트(Impact)라네!

효　룡 : 듣고 보니 그런 것도 같군요. 그럼 아저씨만 피 봤네요?

비류연 : 무슨 소리! 아저씨 말대로 그 임팩트가 바로 문제야! 그 임팩트가 모든 소년 M 군에게 집중되었잖아! 영원불멸(永遠不滅)의 대(大) 주인공인 이 몸의 비중이 조연 소년 M 군보다 밀린다는 게 말이나 되나?

M : 훗!

효　룡 : 류연! 자네 뒤에서 소년 M 군이 씨익 미소짓고 있어!

비류연 : 뭐야? 그 녀석 혹시 작가하고 교섭 중인 거 아냐? 다음엔 자기도 여기 출연시켜 달라고?

장　홍 : 그럴 수도 있겠군!!

효　룡 : 아저씨! 그렇게 태평하게 있을 때가 아니에요! M까지 여기 끼여들면 우리들 비중이 지금보다 현저히 덜어진다고요!

장　홍 : 헉! 그렇지! 자네 말이 맞네, 효룡 군! 아무래도 M 군까지

이 자리에 끼어드는 건 위험천만해! 우리들이 힘겹게 쌓아 놓은 아성이 무너질 수도 있어.

효　룡 : 맞아요! 필사적으로 저지해야 돼요!

비류연 : 그래서, 스트라이크라도 할 거야?

장　홍 : 그것도 한 방법이 되겠지.

비류연 : 얼씨구나 하고 잘라 버릴 걸? 자네 아직 작가를 잘 모르는 군! 너무 물러!

효　룡 : 뭐? 그동안 쌓은 인정이 있지 조연 캐릭터가 반항했다고 냉큼 잘라? 세상에 그런 조잡한 전개가 어디 있나?

장　홍 : 아니야! 작가의 날림 정신이라면 그럴지도 몰라. 크 흠…….

비류연 : 우리 이 문제는 좀 더 우리끼리 상의해 보자고. 지금은 보 다 중요한 게 있잖아?

효룡 & 장홍 : 그러지!

비류연 : 독자 여러분! 드디어 여러분의 성원에 힘입어 비뢰도 5권 이 나왔습니다. 그리고 독자 여러분들이 보내 주신 많은 편지를 눈물 나도록 고맙게 잘 받았습니다. 편지가 너무 많이 오다 보니 일일이 답장을 못해 드려 죄송합니다.

효　룡 : 다 작가가 게으른 탓이지! 누굴 탓하겠어!

비류연 : 아아! 나도 알고 있지만 어떻게든 현 상황을 타개해야지. 독자 여러분! 일일이 답장하려고 노력하는데 작가가 원체 게을러서 그런지 잘 되지 않고 있습니다. 지금이라도 작 가를 윽박질러 열심히 답장을 드리도록 노력시키겠습니

다. 그러니 저희들을 내치지 말아주십시오.

장　홍 : 작가의 게으름 때문에 우리들까지 피해 보는 건 사양이라구!

효　룡 : 맞아! 맞아!

비류연 : 작가는 각성해야 돼! 여러분, 제가 맨발로 뛰어서라도 작가를 각성시키도록 하겠습니다. 그래야 이 가련한 미소년의 앞날에도 조그마한 서광이 비칠 수 있겠지…….

효　룡 : 그게 본심이었군!

비류연 : 하하하하! 좋은 게 좋은 것 아니겠어! 너무 깊게 따지지 말자고!

장　홍 : 속 보이는군.

비류연 : 다음 권말엔 특집! 비뢰도(飛雷刀), 그것이 알고 싶다! 코너나 신설할까?

효　룡 : 그것을 알려 주마 해서 알려 주면 어쩔 건데? 자네 밑천 다 들어먹을 일 있나? 원래 비밀은 많을수록 좋은 거라구. 비밀주의!

비류연 : 난 그저 좀 밝은 세상에 나가 보고 싶었을 뿐이야. 한 번 생각은 해 보자는 뭐 그런 이야기였지. 자자! 빨리빨리 진행시켜야 하지 않겠나? 이제 지면도 얼마 안 남았다구!

효룡 & 장홍 : 그러지 뭐!

비류연 & 효룡 & 장홍 : 독자 여러분! 저희들의 심오막측한 잡담은 여기서 이만 접고, 다음 권에도 꼭 다시 만날 것을 약속드립니다. 여러분! 좀 불안하긴 하지만 우리 다시 만날 수

있겠죠? 그럼 다음 6권에서 계속 뵙겠습니다. 그럼 기체
일후 만강(萬康)하시고, 옥체보존하십시오. 천세천세천천
세(千世千世千千世)!